围城之外

蠡湖吹雪 著

WEI CHENG ZHI WAI

新华出版社

图书在版编目（CIP）数据

围城之外 / 蠡湖吹雪著.
-- 北京：新华出版社, 2016.5

ISBN 978-7-5166-2546-0

Ⅰ.①围… Ⅱ.①蠡… Ⅲ.①长篇小说-中国-当代
Ⅳ.①I247.5
中国版本图书馆CIP数据核字(2016)第113957号

围城之外

作　　者：蠡湖吹雪

责任编辑：刘燕玲　陈君君　　　　　　**责任印制**：廖成华
封面设计：臻美书装

出版发行：新华出版社
地　　址：北京石景山区京原路8号　　　　**邮　　编**：100040
网　　址：http://www.xinhuapub.com　　http://press.xinhuanet.com
经　　销：新华书店
购书热线：010－63077122　　　　　　**中国新闻书店购书热线**：010－63072012

照　　排：臻美书装
印　　刷：北京文林印务有限公司

成品尺寸：165mm×230mm　1/16
印　　张：18　　　　　　　　　　　　**字　　数**：280千字
版　　次：2016年6月第一版　　　　　　**印　　次**：2016年6月第一次印刷

书　　号：ISBN 978-7-5166-2546-0
定　　价：36.00元

图书如有印装问题请与出版社联系调换：010-63077101

序

　　爱来时，相许千年。爱去时，满地绚烂。这只是文人墨客的美好愿望。因为无人能说得清说得明白"情"为何物。"情"有时候去来似无意，却又常常多误有心人。

　　都说因爱生忧，由爱生怖。但若离于爱，何忧何怖，人生便没有了欢娱的幸福。因为多少人离开了情和爱便会黯然凋零。多少人怕黯淡无光的自己配不上光芒万丈的对方。而爱情正是穿越雾霭打在人们身上的追光，是照亮人生前进的力量。

　　《围城之外》迥异于一般都市小说文风的气息，它结构恢宏，凝练紧凑。急遽的爆发，利落张扬的收尾，令读者轻松于故事的那个别致的世界之中，与那些痴情儿女一同喜乐悲哀。她们的可恨可笑，她们的可悲可怜，他们的可叹可惜，无一不折射出我们这个时代一些人的无奈与惆怅。一切好东西，无论是小说、电影还是生活，都必须以悲哀之调作为基础，欢乐是不能作为基础的，欢乐太轻浮，像泡沫一样。

　　《围城之外》几个主人公的故事告诉我们：所有的情感都不应该被辜负，因为那些辜负都成为生命的历练，也会变成生活的回报。《围城之外》中女孩们的"遭遇"也告诉人们：如果你能做个很好的自己，为何还愁今生嫁与不嫁？所有人的生命中，都会遇到各种魑魅魍魉。难道怕遇到"鬼"就不去烧香？

《围城之外》写的是人青春时期青涩的爱情故事，这对于青春期的女孩来说是人生唯一的大事。在她们的青春故事里有拳下有风的热烈，也有秋风扫落叶的怅惘。故事中描摹的被辜负的那些人，她们的天真或说幼稚也成为她们的软肋。也许这就是她们在劫难逃的宿命吧，注定要撞击在情障的天罗地网上。

　　一下子找到心随所想所爱的人，对于许多人来说就像未婚先孕一样那么意外并夹带千山鸟飞绝的惊奇。当一个人终于明白自己并不是最好最优秀并在婚恋中屡屡失败的时候，才发现人生无法完美。爱情终究是年轻独有的风花雪月，绕过了弯，跨过了坎，再激荡的心也意兴阑珊，终究安心静气地停靠在婚姻的海湾。曾经风雨海浪中承诺的对酒当歌，在岁月如逝中磨灭成了春雨时节的绵延细丝，温柔，婉转，就是没有一个痛快。爱情故事，或许就是要以悲剧结局才令人感悟。

　　爱情过渡到婚姻，有三样东西不可少，爱的感受，爱的能力，爱的智慧。相对婚姻，爱情是轻松的，因为得到他，只需登上第一座山就够了，而婚姻要想美满需要登上三座山，且两人都得登，还须步调一致。否则你就会被远远丢在他或她的身后。

目 录
CONTENTS

3

第一章　那一眼

仲夏的江南，从迷蒙到清明，从清明到迷茫。

心怀烦躁的周印在这样闷热的天气里，觉得每个毛孔都像有蚂蚁在爬。于是他来到乾隆几次光顾的惠山脚下，这里的阴凉顿时让他感觉周身舒畅了许多，他盯着眼前的一株株盛开的杜鹃花，发现它们在微风的吹拂下，盛放得娇嗔可爱。再望一望惠山半坡上的花草树木，似乎嗅到一股沁人心脾的清香，不由得心神一阵舒爽。

诗情画意的景色舒悦了心情，容易让人产生说不出的美妙幻觉。一阵清风吹过，周印看到一个长裙飘飘的女孩在距离自己不远的地方款款而来，她皮肤白皙，鼻梁高挺，嘴唇薄薄的，瓜子脸的骨架修饰着略长的脖子，像一只美丽

1

的白天鹅。周印期待着与她擦肩而过的感觉，可是当女孩快要到达他的跟前时，却又停止了脚步，眼睛迷惘地看着远处一对双燕齐飞。

那时，天与群山都缄默无言，风和树却刺啦刺啦地相爱着。性格内向的周印喜欢这种意淫的独处，觉得这样的感觉是那么快意。当然这样的独处也是拜各种烦恼所赐，否则身为老板的他是没有时间在这里悠然神会。女友温茨是他经历过的大致第十八任女友，当然这只是像他做的工程概算一样。如果把意淫过的加一起，怕是要拉一绿皮车厢了。

有些人生而知之，不念书却充满世俗的智慧加灵动的能力，周印就是这样的一个人。他的眉宇间既有北方人的坚韧，却又有南方人的阴柔。黑暗的瞳孔还带些深邃，一副文化人的模样。当初他从西南山区乘坐绿皮火车前往这个城市的羞辱至今不能忘却。那天，本已经挤成饼干的他伴着列车的晃动碰了身边女孩一下，没想到她却回给他一脸鄙视厌烦的表情。仇恨的种子随着列车的前进一路种下——他发誓，发财了一定要找到她，让她坐在宝马里哭！

"与其用别人的幸福来惩罚自己，不如用自己的痛苦来鞭策自己。"愤恨中的立场总是如梦随行，于是像许多鸡汤中的励志男一样，周印一路打拼，从帮别人打工转到别人帮他打工，直到成为一家数码科技公司的老板，中间的经历也堪称一部传奇了，用他自己的话说就是，没文化的人成为有文化的人的老板，就如KTV的小姐见到是男人都叫大哥一样，有点乱。

岁月就像枝头上的月光，总是静悄悄地，走着走着，就变成了灿烂的阳光。成功让他的愤怒得到满足快意时，在一次聚会上，温茨一不小心，带着当年绿皮车上女孩的模样，走进他等待多年的世界。披散着腰的长发，围着深红色的围巾，皮肤白得像雪，眼睛又黑又亮。尤其她们长得如此相像，一开始他还以为她就是当初绿皮车上的那个女孩。

周印觉得他与温茨在千千万万人海中相遇，实在有点意外。想到这里，内心的难言之隐折磨得他有些喘不过气来，或许他并不爱她，他当初的侵略只是为了猎奇，而不是为了占领。于是自我安慰道："好吧，历史都是男人创造的！"

光芒之下，暗夜蒸腾。

带着一肚子的心事走进小区，在穿过小区公园的隐避处时，就像家里的狗狗一下子找到了适合内急的地方一样，尽管他不喜欢一些人随地吐痰随地大小便，可这环境令他有些欲罢不能。

此时，上帝却给他送来一件酣畅淋漓的大礼包。借着小区明亮的灯光，一组画面闯入他的视线，发现一对男女正在热吻。他掌心在她手上反复摩挲着。她轻轻咬了一下他的脖子，像个小动物，濡湿柔软的舌头，突然咬一口，像是在撒娇。他转过身揽住她。如时光不复当年。

时间顿时仿佛被拉长成一条没有终点的射线，静止在一个眨眼的罅隙间。仿佛黑夜与白昼对调，梦境变成现实。

抬眼清晰地看见那纤细的身影，背挺得直直的，一动就露出肩胛凛凛的蝴蝶骨。面对如此熟悉的背影，周印忍不住"哎呀"一声惊叹。尽管这声音很微弱，甚至弱得只有风儿听见，可还是让那对男女像受惊的小鸟，然后同时扭过头来。

天下所有不以为然的秘密，就这样发生了——竟然是她！周印像个刚入江湖的侠客，落荒而逃。

回到家中觉得天气闷得要死，心脏剧烈地跳个不停，于是他随手从冰箱中拿出一瓶啤酒一口气喝完，却更加喘不过气来，仿佛世界在暴露秘密之后，单薄得只剩下天花板上的水晶吊灯，最后化作一缕反射在镜子里的光一样苍白无力。

"我这是怎么了？"

那个无意中撞见的"恋人"是邻居美少妇杨晨。周印之所以如此难过如此心情颓败，是因为美丽的杨晨在他心中一直是那么纯洁，那么高贵，今日所见，她在他心中形象如同一座无比美丽的大厦，一下子坍塌了，剧烈疼痛在心中拉扯。只有他自己知道有多么难受。

周印庆幸，现在的小区都搞假山假水的，让人容易躲藏，以致让他在错乱中，能在曲径通幽中找到出处。这时他才明白难怪很多有假山假水的小区房价奇高，原来是为一些人干见不得人的勾当而奇思妙想，实在用心良苦。

对于杨晨的美，是那种激滟之美，仔细看时，算不上很漂亮，尤其眼角已经被岁月刻上了浅隐的细褶，却在举手投足间拨动起心上的涟漪。周印从他们搬进对门那一天起，就牢牢地将这个女子扎根在脑海中，像时刻能发出芽来。尤其她那深情似水的眼眸，一瞥之间，便融化了他的心神。从那一刻起，他每天都期待能够看见她，像要按时吃药一样离不了。

也许有些遇见，是天作之合；也许有些遇见，却是在劫难逃。周印的心异动起来，在赤道与北极处交汇……

杨晨也和许多美女一样，喜欢在微信圈刷存在感。这令周印能随时关注她。对于男人的关注，她似乎心领神会，因此在每天见到周印时总是会意一笑，然后随手拨弄一下额前的刘海儿。他能真切地看到她雪白的牙齿和花蕾似的双眸，不经意间脸烧得通红。每当此时，他就试图隐藏起内心的偷窃，接着慌不择路，闹出笑话。

别人的钥匙插不进自己的锁孔。周印也不知是在替好友郁寒山抱不平，还是男人对漂亮女人的占有欲在作祟，烦躁和野蛮充斥着他那原本快要破碎的心。当他丢下啤酒罐后，又不心甘地匆忙从家中折返现场。以为"鸟儿"被他吓飞了，没想到，他们俩居然胆子很大，惊扰不扰，还在故伎重演地大写人生……

面对灯影灼灼下的他们，周印的下身不争气地有了热烈冲动，可是"树上鸟儿成双对"，他只能羡慕忌妒恨。于是在煎熬的等待之后，他跟踪了那个男人。在得到那男人的妻子张梓芯是蠡江大学老师的信息后，接着很容易就得到对方的手机号码。

沉淀在情绪最深处的东西，总是像魑魅魍魉纵横捭阖。一个周六的中午，周印从窗口看到杨晨匆忙走出家门，行色匆匆，十有八九是去幽会，他知道机会来了。于是他开始了"敌特"生涯，一路驾车尾随并看到他们一脸暧昧地走进东方明月饭店。

随着他们俩的身影在饭店大堂中消失，周印心碎了一地。回家的路上，他满脑子都是年少时看过的三级片画面。一番斗争后，他模仿郁寒山的口气给张梓芯发送了这样一条短信："你丈夫和我老婆在水上东方明月饭店偷情。"接着用另一个手机号给好友郁寒山发了一条类似的信息。

真是"中等人好事情，下等人好是非"。发完信息后，他像在等待看一场惊悚的演出，那种说不出的快感在心里荡漾，只等待着郁寒山和张梓芯去捉奸在床的画面。

撼动窗棂的阵阵热风令他感到焦虑，等着等着……他开始焦躁起来，后悔的情愫充满心胸，那刹不住超速滑行的情绪，像窗外的光线被云团抖搂出来一样，然后从树叶罅隙滚落到地上，"啪"的一声，清脆悦耳的声响却震耳欲聋。

"亲爱的你在哪儿呢？"电话中，温茨语调平和，就像海风轻轻吹来，又如海浪缓缓退去。

周印欠了欠身，带着不耐烦问道："没什么，在睡午觉，怎么了？"

"难道你忘了，今天是我的生日呀，也太健忘了吧？"温茨的语气中带着不满还有一丝娇嗔。

周印开始清醒起来，但还是很疑惑地问道："你的生日不是还有一个多月的？"

温茨在电话那头儿责怪道："人家这是阳历生日啊！阴历还早着呢。"

周印一听，也有点生气了，过个生日还分什么阴和阳的，这是生死重生的节奏吗？不过他立即意识到这全是他们这些老男人给惯坏的。什么中国情人节，外国人的情人节，以致把节操都搞乱了。

"好吧，你说在哪儿吃饭，我来安排。"周印压下心中的烦躁和怒火，语气和缓地说。

"那就到蠡园春色吧，别忘了准备礼物哦。"温茨在电话中的笑，他在几公里外都能感到美丽动人外加谈感情伤钱。

周印喜欢这种雌蜘蛛在性交之后击杀雄蜘蛛的节奏，因为他习惯了她的存在，习惯了"叫他滚他就滚"的节奏，更重要的是绿皮车上女孩的表情，一直在他脑海里时不时地出现！

恨，有时候能越过千年生根发芽！

[二]

记忆的河，总是洒满遗憾的光点。

一走到蠡园春色饭店门口，周印突然发现自己好像在无中生有中上当受骗了。因为他努力回忆给温茨过生日的日子，可就是不敢确定是不是这一天。正当他踽踽独行思考时，温茨在饭店外踟蹰着打电话，轻声地说着："好的，我知道啦。"那样子像是特别怕某人听到。谁知，竟让周印不期而遇。

情人间的面面相觑，不是因为爱或不爱，而是因为不知从何说起。

温茨惊讶了一下，不过随即就恢复了镇定，接着边笑着边说"改天再说"，便掐断了电话。不过，那脸上的笑，明显铺垫不足。

"在跟谁打电话呢？"周印故意问道。

温茨立即脸一变，责怪道："一个客户。你怎么才来啊！"一句话就把他的问话给堵了回去，不过真正起作用的是温茨那决定性的一个假笑，他的心立刻被她弄疼了，于是他决定一会儿给她颜色看看。

走进饭店包厢间，果然不出所料，又是一群男男女女。他知道温茨喜欢在闺蜜面前炫耀她多么幸福，多么富有。见此，周印本来板结如土地的脸上，假假地开始洋溢出播种的希望，说道："不好意思来晚了，大家晚上好。"这时他才发现自己像他见到的领导干部一样，没有他来，不得开桌，立时成就感满满。只是他忘记了人家在乎的是他的钱包。

谁知，还没等他接下来再想说句什么，温茨就像传说中的欧诺拉女神一样，一阵旋风而来，以霸气威武的姿态，华丽地出现在大家面前。

"各位我来介绍一下，这位是我男友周总，那位是欧总、犁总、黄总，还有我的几位闺蜜你都认识的。"一番介绍后，温茨又老练地端起酒杯道，"感谢大家今天来为我庆生，一起干一杯吧。"周印觉得自己完全是个摆设，但还得配合，为此他只能满脸堆笑地与大家一一碰杯。不过从大家的眼神中，他感觉到有些异样——干吗要这样看我？自己是西装少了一粒扣子还是领带打歪了？他环顾了一下自己的衣着没有问题，觉得有些莫名其妙。

有美女的饭局，总是充斥着"敢死我活"的氛围。周印作为女主人的男友自然成为被攻击的对象。面对强大对手的围攻，周印以多年修炼的韧性，在步步紧逼中规避锋芒开始装死，他很快就"眼送黄昏酒醉夜阑"地给败下阵来。

尽管在周印两岁时，父亲就让他舔筷子上的劣质酒，并说喝酒要从娃娃抓起，只有会喝白酒的男人才像个男人，才能敢爱敢恨，懂得人生……

但是父亲的培养似乎并不见效。除了他和父亲外貌酷似神态毕肖外，不同之处实在太多。如他喜欢随遇而安，韧劲十足；而父亲则秉性犀利，锋芒逼人，热烈而偏激，富有英雄情怀和济世精神，总想霸占世界，世界现在是我们的，将来以后还是我们的。为此他好笑：谁能与天不老！

方向错了，停止了就是前进。

周印借故装醉倒在沙发上睡起觉来。一来今天没有给温茨准备生日礼物，想考验她到底是为了礼物过生日还是为了生日拿礼物。因为在温茨一个个花样变化的节目中，他已经身心疲惫但还得应付。二来杨晨的背叛像海风带着菜市场臭鱼烂虾的气味令他恶心不已。尽管客观来讲他从心里觉得这事与他无关，可这几天来他只要一闭上眼睛，脑子里就会出现杨晨与那男人三级片的画面。

"这么漂亮的美人儿怎么也会偷情？拥有那么英俊潇洒的老公她怎么还会背叛？"一连串的问号不得而解。想到这里，杨晨满眼哀伤的样子又浮现在他眼前。他为她心痛，为她心酸，好想立即见到她或者给她打个电话，随即下意识地摸了一下手机，发现在桌上。

此时，饭桌的气氛已经进入高潮并蔓延到打情骂俏的酒桌文化之中。

"温茨，你老公不行嘛，几杯下去就倒了，看来今天晚上春宵一刻是不行喽！"

"犁总你开什么玩笑啊，我们只是朋友，不信你问我的小姐妹们。"

"是呀，是呀，犁总你还是有希望的！"一向不说话的苏雅故意打趣道。

犁浣春一听不知真假，立即反问："你说的是真的？那我要铸犁为剑，发起冲锋啦！"

"你这棵树太大了，我的园子太小，种不下你这棵大树。"温茨意味深长地说着，不动声色地拿开了肩上欧阳端那只不老实的手，看似不经意地回头看了一眼"酣睡"的周印，同时丢给欧阳端一个眼色，整个动作浑然天成，没有一丝刻意的感觉，却让假装睡觉中的偷窥者一点儿也没放过。

周印知道，这些做生意的男人脑子里都有禽兽，想纯洁都不行。温茨的半边身体贴在欧阳端胳膊上，模样如同发情的母猫，周边两公里的公猫都能闻到她发情的味道。欧阳端的右手悄悄地向她的大腿内侧伸去，仿佛温茨的体温从指间传来，霎时间充斥到身体的每一个毛孔，他的腿毛立即成排成排地向那个温暖的方向竖起、摇摆，仿佛水底迎着暗流的水草。

周印看在眼里，立刻怒火中烧，好几次想一跃而起拎起酒瓶给他龟儿子来个头顶开花，不过他在再三思想斗争中还是忍住了，他倒要看看温茨背着他还有什么不为他所知的勾当。放纵，有时是检验真相的最好手段。

犁浣春见欧阳端与温茨眉来眼去，心里妒忌很不是滋味，便也不甘示弱地发出进攻，他端起酒杯对苏雅说道："妹子，咱们是不是也活跃一下气氛呢？"

"嗯，好的呀，犁总，你看是来白还是来红的？"苏雅微笑着一个闪身，让犁浣春的胳膊扑了空，并险些倒在地上。

犁浣春也不气馁，就自我下台阶地应战道："那咱们就来白的吧，连干三杯，今天你要什么哥就给什么。"

"那我要是要月亮呢？"苏雅轻摇着杯中的液体，故意巧笑倩兮地问道。

犁浣春立即"嘿嘿"一笑，站了起来宣布道："今天当着哥们儿妹妹们的面，你喝三杯酒下去别说月亮了，就是砸锅卖铁把你婆了，哥也二话不说照办，省得妹子闲得慌。"饭桌上的气氛立即如洪水般高涨。

面对大家的哄笑，苏雅觉得这群所谓的老板实在恶俗，就有些生气地说道："妹妹这辈子宁愿单身，也不拆别人家庭，即使再喜欢！"话音落下，桌上立即鸦雀无声。人人都酒醒了，人人一下子成了惊弓之鸟。

周印超速滑行的情绪，被苏雅踩下紧急制动。他发现，随着苏雅话语的落音，欧阳端像小偷一样迅速抽出了那只肮脏的手，神情间却大有猎物到手又让她给跑了的失望。周印不由得在心里笑出声来。

苏雅环视一周，发现气氛很不对劲，尤其好友温茨的脸色像猪肝一样难看，不由得有些难为情起来。

周印想看到的结果没有深入下去，有些失望起来，不过他很为苏雅的话感动——没想到这个平时看似文静柔弱的女孩子竟如此睿智，如此有立场。可是他怎么也想不明白，人们不是经常说"物以类聚，人以群分"吗，她怎么能与温茨这帮人玩到一起的？

饭桌的气氛顿时沉闷起来。不过，还是温茨比较老到，在尴尬一阵后，端起酒杯，像什么也没发生一样："犁总，苏雅不是你的菜，呶，你身边那位美女的儿子正好缺个爸。"

潘文珺一听，心领神会地笑道："允许你当儿子的干爸，不过你得干完三杯后，咱俩才好商量。"包厢里立即发出"哧哧"坏笑声。

犁浣春就坡下驴，一脸淡然地说道："那要是我干四杯呢？"

"好说，今晚我就是你的人！"潘文珺说完，人们在起哄中说着什么"果然人间自有真情在"之类的话语，对话又从高雅到堕落，令周印彻底厌恶起来。于是他自动屏蔽起他们的污言秽语，而是把思绪回到苏雅身上。这时他发现喝了一点酒后的苏雅比过去更漂亮了，长发披肩，白白嫩嫩的脸上透露出清高的神色，周围的喧嚣仿佛与她无关。周印看着她，心竟然渐渐平静下来了。

被戏剧化的生活里，很多人会迷失方向，也有很多人从不改变方向。周印对苏雅进一步好感起来，他曾听温茨说过，苏雅在外企当白领，业余时间除了爱好喝茶外，大部分时间都花在动漫服饰制作上，并取得了相当的成就。

可是，她对自己的终身大事并不着急，因此，直到30岁成为"黄金剩斗士"。父母亲很着急，又是跑婚介，又是找亲戚朋友介绍，拿回一大堆照片，她看都不看一眼。她有自己的想法，觉得这世界上有千百种喜欢，也要等到彼此相匹配那一个。

当初在大学里她视为生命的珍宝爱情，却让她在一不小心中亲自撕碎。然而在她脸上眼泪尚未凉透，在前男友何夕刺破的伤口还淌着血时，她却又带着泪痕爱上了另一个人。这时她才意识到她想要的爱人并不是最优秀的那个人，而是自己最需要的那个人。

与公司总经理杨可的爱情，至今她都觉得是因为需要忘记一段情而开始的。因为她常听人说，要让地里的草不再长，最好种上庄稼，想要忘掉何夕，就得找一段新情。

那段感情是在她大学刚毕业后担任总经理助理的时候发生的。确切地说称不上感情，完全是游戏。她知道，而且从一开始就知道，她和杨可的爱情没有结果，因为他们无论从性格到爱好再到生活习惯，就不在一个星系。但是没有关系，只要能从伤痛中走出来就好。更重要的是，她听母亲时常唠叨"不相配的爱情往往有别人看不到的情深意切。"

她与杨可走到了一起，是她主动的，他在被动中认真配合，但她并不介意。

那个记忆深刻的情人节，在狂欢夜的余味未了之时，带着酒精的作用，她主动来到杨可的单身公寓。

[三]

带着痛苦寻找幸福就如饮酒，只会得到一时的麻木。

"你这是在求欢吗？"杨可痞痞地看着她问。

她顿了顿后，媚眼如丝地一笑说："看你能给我多少欢乐了。"

听到她玩世不恭的话，杨可心里乐开了花，借着酒后的色胆，带着那种志在必得的坏笑，对天感叹道："看来今天是个难忘之夜，别说哥没提醒你！"

"那要看你了，是鬼是人终有分晓。"说完苏雅无所谓地走进厨房，寻找能充作夜宵的食物。其实寻找夜宵只是借口，她在做心理建设，尽管来之前她已经想好，可是内心还是不安。

一番心理建设后，突然觉得自己一下子变成了一个无耻的贱人。苏雅的心里清楚，自己在不知不觉间已经对爱产生了错觉，以为自己得到的，全部是自己配得上的。可也只是用另一种所谓的欢乐替代另一种悲伤，到最后那光鲜的脸庞，也只能顾影自怜。但她已经不能自拔，沉陷泥淖了。

厨房翻了个遍，原以为像杨可这样的人物，冰箱中一定三明治、燕窝、鹿肉罐头满满的，还有美酒，结果统统没有。找来找去，最终找出几个鸡蛋和方便面，于是她只好像家庭主妇一样开始给他煎荷包蛋。

杨可也不客气，像个孩子一样守在餐桌边，当一只蛋放进餐盘时他便狼吞虎咽，直到吃到第五个时，苏雅笑着打趣道："小心撑坏了胃！"杨可则满足地笑了笑却意犹未尽。苏雅觉得这家伙一定是吃不饱穿不暖长大的。

直到他咕噜咕噜再把方便面吃完，苏雅又母爱蔓延地问道："吃饱没有？"

"嗯，相当满足。"杨可说着，还煞有介事地摸了摸肚子，坏坏地看着苏雅，"我是吃饱了，有人还饿着呢，现在换我来喂你了。"

面对霸道总裁一副完全落草为寇的样子。苏雅在嫌弃他的同时，也发现他真实得可贵，甚至真实得赤裸裸的，令人一会儿讨厌，一会儿喜欢。

杨可似乎从不顾忌什么话可以说，什么话不可以说。不过她突然想到，有人曾经说过：人这辈子，有三个自己。一个是心中的自己，一个是别人眼中的自己，还有一个是生活中的自己。许多人呈现给别人都是生活的自己，想到这儿，她开始喜欢起杨可的真实来。

　　相信能把弯路走直的人不简单。也许他只有在面对她这种等级的小喽啰时才不加掩饰吧，否则以他这种只走直线不绕曲线的态度是怎么当上总经理，值得怀疑。只是很遗憾的是，她相信她那都是老师的爸妈不会喜欢这样的坏孩子。好在她也没当真，只是让他填个空儿。

　　"下次给你煲珍珠鸡汤喝吧？"苏雅边说边站起来收拾碗筷。

　　"别动，放着别管，那不是你应该做的事情，抓紧时间办正事！"杨可说完，用手指了指卧室的门，色相一脸暴露无遗。

　　弄假成真，苏雅虽然早有心理准备，但面对他的直接还是有几分惊愕。为此，她认真地看起他来，发现他的眼神中充满了霸道和不容置疑。她突然又讨厌这种直接，尽管她之前设想着他这样的性格在爱爱时会不会含蓄点，没想到他的尺度如此之大，来得如此猛烈，令她有些害怕。

　　自投罗网不一定是心甘情愿。苏雅于是装作矜持的样子对着他翻了翻白眼，然后深呼一口气说："诺。"她是主动送上的一只羔羊，不会选择逃脱。

　　顿了顿，她在故意的踟蹰中将发绺到耳后，像深入思考似的冷静地说："我要洗澡，你呢？"心想，既然要做美味，也得做一道香喷喷的美味，否则岂不是坏了这盘精致羔羊的尊严和身份？我可不是来自鄂尔多斯，而是大洋彼岸！

　　杨可以为她后悔了，于是赶紧凑上前，很流气地捏住她的下巴道："是得好好洗洗，吐故纳新，重新做人。"苏雅连连后退，原本以为他要先来个热身的热吻，结果发现又如此无趣地松开了手，因此带着一丝失望地狠狠地瞪了他一眼后转身向洗漱间走去。

　　身后立即传来杨可的戏谑声："好丑，再这样我可要报警了……"

　　正在这时，苏雅的手机划破夜空响起。

　　苏雅赶忙拿起手机，一看是爸爸打来的，她便冲杨可做了一个噤声的手势。挂断电话，苏雅优雅地摊开手，做了一个对不起的动作。谁知，杨可突然如饿狼般冲了上来……

现在想来，苏雅觉得杨可其实就如许多霸道总裁一样，都是不按牌理出牌的主儿，也不适合结婚。她曾经听说这样一个笑话。说某霸道总裁要结婚，对象有三个，都长得很善良。霸道总裁给她们1000块，让她们去买东西装满整个房间。这是考验智慧的关键时候了！一个女孩买很多棉花，装了房间的二分之一；第二个女孩买了很多气球，装了房间的三分之二；第三个女孩则买了很多蜡烛，蜡烛的光亮照亮整个房间。正当第三个女孩为自己的创意而沾沾自喜，以为霸道总裁一定会娶她时，结果霸道总裁却选择了胸大的一个。

这个笑话其实就是霸道总裁们爱情的真相，恶俗却一览无余。

苏雅陷在回忆里有些迷茫，现场越来越嘈杂的喧闹把她拉回现实。看着眼前纸醉金迷的男男女女，她心中一阵恶寒。过犹不及，爱情就如商场的衣裳，谁都想弄件款式好的穿穿。结果在试穿中换来换去，她还是她自己。

饭桌上的话越来越粗俗，正当周印有些忍无可忍时，苏雅又一次地帮助了他——她突然站起来说要回家了。于是在苏雅的提前退场中，立即让一群语言错乱和手脚并用的人，偃旗息鼓了。看得出很多人尤其温茨在听到苏雅说要走时，眼里带着"十八里太短，情话还没说完"的几多遗憾。尽管那种场合说出口的话都言不及义，但他实在有些点不堪忍受。

听到苏雅的提议后，周印立即从别人的前尘往事中返回现实。便故意打了一个非常认真的哈欠像从沉睡中惊醒，因为他不想看到但很想了解的，今天全看到了。还沉浸在遗憾中的温茨听到周印发出的声音后，一个华丽的转身，甜蜜说道："亲爱的你醒了，还没有给我生日礼物呢！"说完天真地伸出嫩嫩的手。

此情此景，周印真想上前给她一个大大的巴掌："哎呀，真的不好意思的，下午忙着接待一个客户，给忘了，真该死！"周印故意装着如梦初醒般地拍拍脑袋，满脸真诚的歉意。

"连态度都没有，别指望你的行动了。"温茨因此生气道。苏雅看得出这是周印故意为之，因为她的眼睛一直注视着他，明显是虚而不振。

事实上，周印这句话从下午接到温茨的电话时，已经酝酿好了。原以为温茨会像许多女人一样喋喋不休，死不罢休地责怪不停。谁知，温茨看似落寞了一下，转脸便艳如桃花起来说："下次别忘了啊。"原谅他的速度，比他原谅自己还要快。

周印一脸认真地假假配合道："下次一定记住，打死不敢忘记了。"

"好吧，我也记住了。"温茨说完小鸟依人样的向他怀里依偎，仿佛在说我永远是属于你的女人，归属感极强。但，信者非傻即蠢。

看着怀里艳如桃李的女子，周印一股恶心从腹腔由下而上猛击胸腔。不过在失态中，他猛掐了一下自己，捂住了嘴。

"怎么了亲爱的？"温茨一脸担心的样子。

周印看到温茨这真假难辨的表情，心房中支撑的大厦，又沦陷下来，于是不假思索地说："没什么，我给你讲个故事吧。"温茨莞尔，示意说下去。

"蝎子要过河，让青蛙背着。青蛙说，你可千万别蜇我，那样咱俩就完蛋了。蝎子答应得好好的，可到了河心，这事儿还是发生。往下沉的时候青蛙喊，你怎么能这样不守信！蝎子说，对不起，我习惯了。"

"你不会也习惯了吧？"温茨听了脸一红，反问道。

周印不语。她不知道这是周印的一语双关，这令周印对她有些失望起来。

正当客人们纷纷离去，周印还在一语双关中陶醉时，温茨一个变脸，生气地问道："你心里到底还有没有我？"

周印马上意识到跌宕起伏的神圣时刻来临了。因此他不假思考实施他的怀柔本领，将所有要说的话生生咽下肚子并以一种平静似水的眼神注视着她。他知道只有这样，她的帆才无法升起。谁知，行将覆巢，焉能不怒？

温茨再次发作，歇斯底里声音像一支蘸饱浓墨重彩的笔，从昨天到今天，从历史到现实声嘶力竭地来了一遍。

"你闹够了没有！"周印在平淡的言语中，开始喷出极光般的愤怒。于是她又像许多情侣那样，在吼声中声音变小然后沉默无语。周印很清楚，她那样子看似沉默无语，其实是恍惚。眼睛里随时可能射出一把军刀，亮闪而锋利。果然，她在恍惚中醒悟过来，突然就将手中的包砸了过来，见周印并不恼怒。于是，她又像是很伤心、很受委屈地拱进周印的怀里。

她青春的眼睛闪射出猫咪的光亮，柔软的躯体紧贴着他，给他以母性的慰藉。周印在犹豫一阵后，将她柔软的手轻轻叠进自己的手掌里。她的手掌软糯，便开玩笑说，"你的手怎么像无锡阿福。"她"扑哧"一笑，鼓起腮帮子留给他一个白眼。这时，知道她是消停了。

"唉，你们女人啊，不要火气这么大，不就没有买生日礼物嘛，你看金子银子全给你了，都是你的了，还要什么礼物。"

"我就要，我就要！"温茨发嗲道。

"你说你这手里万一是一把刀呢，我不就给驾崩了？"

"皇上怎么会驾崩，我会伺候得皇上欲仙欲死的。"温茨窝在周印怀里，昂着头，舔着周印的嘴唇，满嘴的女人香和酒香，周印又迷醉了……

温茨令周印有些欲罢不能，也许这就是他们的关系一直维系到今天的全部理由。其实温茨以前不叫这么好听的名字，像许多迎合时代的人一样，随着她的事业起步，她将原来名字改成现在芳香的名字。于是她像花瓶一样漂亮，不过这样的改名更姓，也掩不住内心的空虚。就像人长得丑，时常嫌弃发型不好看。

第二章 作 孽

[一]

　　苦难的人生经历或许也是他们走到一起的原因之一。周印常常这么想。

　　温茨和她的双胞胎哥哥是在父母未婚先孕中诞生的，然后才是奉子成婚。

　　有人说，人生本来就是赌博，随手押向哪一边，命运就会不一样。温茨的命运是多舛的。本以为生在那个穷山恶水的地方，已经够倒霉，期待着触底反弹，不承想，悲剧远远还不够悲剧。

　　那天母亲抱着哥哥坐在路边与邻居聊天，她则只能像个弃儿一样在路上追小狗，抓小鸡。也不知母亲聊天聊得高兴以至于忘记她的存在，还是根本就把她没当回事。渣土工程车也许根本没有看到步履蹒跚的她。待司机发现时，她已经到了生死关头，司机尖叫着打着方向盘，一头撞上准备前来营救她的父亲。

一花一世界，生命各不同。

父亲去世后，母亲几乎整个人都崩溃了，从此对着她的总是仇恨的眼光，仿佛她是讨命的魔鬼一般令人憎恶。母亲不再管她的衣食住行，她几乎是吃邻居的百家饭活下来的。

她能感受到母亲的态度，因此平时总是远远地躲着母亲，直到有一天她不小心把碗打碎，母亲胸中的怨恨在一瞬间暴发了，一把揪住她的耳朵，随手从地上抄起一根木头，暴打伴随着声嘶力竭："都是你害死你爸爸，不然我们家怎么会变成现在的样子……"

镌刻着悲伤的记忆，总是刻骨铭心。温茨记得，"都是你害死你爸爸，不然我们家怎么会变成现在的样子……"这样的话，在以后的多年里成为母亲的常用词。父亲的死全部落到她的头上。从那时起，对于死亡的概念认识不清的温茨觉得大人们不可理喻，但之后的冷淡加冷暴力中，她才慢慢懂得，母亲面临的一切苦难与她有关，她是罪过的根源。但她对此十分不以为然，明明与自己无关，是汽车跑偏撞上了父亲的，干吗要怪她？不明白归不明白，该承受的一分也不会减轻。

面对丈夫的死亡，本来就懦弱无能的母亲面对肇事者无力赔偿的情况，只能把希望寄托于找个男人帮衬。可在那个贫穷和愚昧的地方，要想找个男人托付终身也是一件很难的事，因为谁都不愿意为一个女人再去当两个孩子的爸。于是母亲的希望在破灭的同时，还引来了村里只想"吃肉不愿养猪"的人的觊觎。

恃强凌弱从来都是懦弱生命无师自通的本能。那些男人用微不足道的一包烟钱甚至是帮母亲挑一担稻谷就换到母亲的身体。

不过，这一秘密是突然发现的。那天她因为语文考了100分十分高兴，老师还奖励一个文具盒，便急忙跑回家向母亲报喜以期博得母亲一笑。然而，当她推开门直奔家中，发现卧室里传出母亲生病似的哼哼唧唧的声音。

闻此声音，她万分担心地向母亲卧室冲去，可是当她推开那扇破败的房门时，眼前的一幕把她惊呆了。一个男人光着身子像骑虎搏斗样折磨着母亲。灵机一动，温茨慌乱地抄起墙角的腌菜坛子，用尽力气挥向那人的后脑勺。接着只听那男人"啊"的一声后，鲜血顺着流着汗的背，蜿蜒而下。

温茨见状急忙上前，声嘶力竭地呼喊："妈妈，妈妈……"这时母亲才下意识地抓起被子挡住裸露的身体坐了起来。这时她发现母亲并没有受伤，而是脸色潮红地瞪着她。几秒钟后，她才反应过来，发疯一样随便裹了一件衣服下床去拉扯那男人。这时男人像梦中醒来，抓起地上的衣服，落荒而逃。尽管那时她还小，但她看得清楚是母亲使的眼色。

"妈妈你没事吧？"

母亲脸一沉，装作很自然地说："这家伙跑到家里偷东西，被我发现了还想打我……你怎么就放学了，哥哥呢？"

"哥哥就在后面。妈妈，这是老师奖励我的文具盒。"

温茨一脸欣喜地仰着脸，等待母亲的表扬，结果却在意料之外。

"啪"的一声，母亲一巴掌扬在温茨脸上："谁叫你不跟哥哥一起回来，他要是有个三长两短怎么办？"

温茨这才意识到自己的严重失职，于是转身去寻找哥哥。心里止不住的落寞，"这大白天，会有什么三长两短，再说他是哥哥呀。"

自从父亲去世后，哥哥被母亲寄予了生命的厚望，从穿衣到吃饭到辅导班再到学习用品，他有的她全没有。她不理解，只是对这种不公平待遇时时伤心。好在哥哥对她很好，只要母亲不在，他拥有的全让温茨享有，包括一个煮鸡蛋他都分给她一半，这令温茨感到十分温暖。可是哥哥在学习上并没有像母亲希望的那样一路领先。

一路心酸。

找到哥哥后，温茨把刚才发生的事情告诉了他。哥哥一听有人到家偷东西还打了母亲后，便以百米赛跑的速度跑到母亲面前，急切地问是谁偷他们家东西还打了她。

母亲却是支支吾吾的："反正也没少什么东西，那人也吃了大亏，被你妹妹打出血了。"说完就拿起铁锹往外走。

然而哥哥却一个箭步冲到母亲前面，挡住她问那人到底是谁。这时，温茨看到母亲脸一红，随即一沉，说道："我也没看清楚，小孩子别管大人的事。"轻描淡写中推开了他。不过在跨出门槛前，母亲却回头温暖地看了她一眼。

　　长这么大，这是温茨第一次从母亲眼中看到温暖，因此更加坚定以后要好好保护母亲。

　　小学毕业后，哥哥被送到城里最好的学校住读，而她则上了偏远的破旧的公立中学。于是她和哥哥见面的机会越来越少，以致她时常怀念与哥哥一起的日子。

　　很快又到暑假的时刻，她和哥哥终于团聚了。

　　这天，温茨从地里割完母亲下达的任务量的稻子回家。母亲一改往日的脸色，递给她一碗荷包蛋，温暖地说："累了吧，快吃，吃吧。"

　　母亲这本应该是温暖的一句话，却让她感到像地狱般的召唤。这时她看到哥哥坐在一边像打蔫的茄子。

　　"哥哥你吃吧，我不饿。"她故意讨好母亲道。

　　谁知母亲却一把把她推进厨房，责怪道："快吃，吃完妈有话跟你说。"

　　温茨在荷包蛋的香甜中忘记了一切，三两下就将三只荷包蛋全部塞进肚子并在母亲告诉她真相后还沉浸在荷包蛋的回味之中。

　　"你到底听清楚没有？"

　　温茨闪动着两只无辜的眼睛幽幽地看着她，她其实还在回味荷包蛋的滋味。

　　"啪"一个巴掌打在脸上的疼痛，终于使她回过神来，捂着脸道："我没轧大表舅啊！"

　　"你这死丫头，你不轧就得你哥哥轧，这样他就得去坐牢，我们家就彻底完了，你爸就会死不瞑目。"

　　温茨一下子愣住了，不明白母亲为什么要这样说，已经到嘴边的话，在看到母亲的恶狠狠的眼神后，又生生地咽了回去。母亲看到温茨的样子，发现自己操之过急没把话讲清楚，又拉着她到里屋，把今天发生的事讲了一遍，并教她说如何轧伤的过程。

听着听着，温茨大致明白了，忍着心中的挣扎与憎恶，答应了下来。作为回报，她替哥哥担责后，每天不用下地干活，可以陪哥哥在家看电视、写作业。

等价交换，银货两讫的道理就此深深扎根心中。

双方达成一次成功的默契，至于那个被轧的大表舅跟她没有太多关系，她甚至都不曾认识。一个人连好好活着都顾不上的时候，哪里还有力量去在乎"公平正义"？她也不知道什么叫"公平正义"，"公平正义"的地方只有火葬场，此处人人平等，一律来料加工。不过这个道理直到她长大后很久才明白。

接下来的日子里，她等待大表舅妈来找她算账，一直风平浪静，这时她发现母亲的脸色又回到从前。直到有一天母亲举手一巴掌即将落下时，她选择了出逃……

在温茨的喋喋不休中，周印想起父亲今天还在手术后的观察中。

"手术很成功，你父亲很幸运！"医生用一只听诊器在病人胸口放了几分钟后，拿下来如释重负地说道。周印长长松了一口气，来到医院走廊里。

"昨天，在蠡湖大桥上发生一起惨烈车祸，死者系某研究所高工郁某某，初步断定为超速行驶引发的交通事故……"

电视上播放的新闻一下子让他惊呆了。这时他听到身边有人议论："据说失控汽车直接冲撞上大桥，不过，那个人竟是器官捐献志愿者，听说死亡当天恰好就在我们医院找到了匹配的心脏病患者，那人真是幸运啊！"

从人们议论中，周印再次回过头来，便看到屏幕上方锁定的黑白人像——郁寒山。他有些不敢相信，再定睛一看。屏幕上的黑白像一下子刺穿了他的瞳孔，直直插入他的心脏。周印顿时感觉自己的心脏停止了跳动，全身的血液瞬间都凝固了，两腿一软，一个趔趄差点摔倒。

所有的悔恨和愧疚化作了料峭的太湖风，浸湿他每一根神经，留给他深峻而痛苦的回忆。

郁寒山比周印大两岁，虽然他与他并非深交，但也是好友。郁寒山的学识令他佩服和敬重，由于自己开的公司是数码科技公司，当他得知新来的邻居是科研所的高工时，十分欣喜，主动接近。远亲不如近邻，他们很快成为朋友。

郁寒山对这位草根老板佩服得不行，周印向他请教任何问题，他都一一慷慨解答。经过一段时间的接触，他们准备联手，搞一个物联网公司，让更多的家庭快速进入信息时代。

悔恨和害怕随着往事纷至沓来。于是他像个小偷一样，连回病房跟父亲打声招呼的勇气也没有，丢下病床上的父亲，疾步而去。

纷乱的脚步透露出他内心的慌乱，耳边的风声开始呼啸，似在倾诉人生的无可奈何。曾经的甘苦，曾经的享受，曾经的一切一切，在尽情流淌。

[二]

"咚咚咚……"

一阵急促的敲门声后，门"吱呀"一下打开。杨晨披头散发，再也不复往日的精致与优雅。周印由开始的偷窥慢慢变成与她对视，那目光同情而又惶愧。

时间没有消弭平淡的岁月。看着看着，他发现杨晨的眼睛里再也找不到秋水怡人。相反，那满眼的幽幽的哀伤里，像沦陷了一个世界。接着，周印发现她的眼神由哀伤变化成厌恶直到升华到仇恨，周印下意识地打了一个寒战并立即后退了一下。

谁知杨晨在痛苦地嗤嗤鼻子后，如山洪暴发，哑着嗓子说："周印，寒山他出车祸走了……"说着眼泪簌簌地落了下来，像一只受伤的小鹿，跌进他的怀里。

面对这突如其来的举动，周印由惊愕到惊喜来了个时空穿越。

她并没有像他想象中的那样哭得天崩地裂，相反她的哭声像叙事诗一样舒缓而缠绵，这让他感到新奇却无法渗透进去。杨晨轻轻颤抖的身体带着热量一点点向他身体上传导，周印怔了怔，觉得时光仿佛错搭，在错误的时间迎来这样的相拥。

佳人在怀，任时光飞逝不察，此刻永恒。

周印觉得，再这样下去，他将会崩溃。于是他不舍地轻轻推开了她，轻轻地拍打着她的后背，说："我知道，我知道，哭出来就好了，大声哭出来吧……"

他第一次感到自己的词汇不够用。不过他的声音低沉，像是从遥远星球传来的回音，一层一层地将杨晨轻轻裹住，却是那么温暖。

周印觉得自己像烧香引出的鬼。他为她的伤心感到万分心痛，又为她如此信任自己而感到惭愧。心口一直在隐隐作痛，好像在不屈不挠地提醒他的愚蠢。于是开始痛恨自己是如此卑劣的小人。他后悔他总是按照自己的意愿我行我素。尤其是看到杨晨楚楚可怜的眼神时，真想找个缝隙钻进去。

"他一定是因为我的告密而遭遇劫难的，不行，我得把真实情况告诉她，不然我的灵魂得不到安生。"然而，那句"听我说"还没出口，便倏地停滞在半空中，然后蠕动了下嘴唇，再次拍拍她的背说道："别伤心了，还有大哥我呢，以后我会……以后有事还有我呢！"温暖如救命的稻草，杨晨一激动，便紧紧抱住了他……

这是个甜蜜、凄伤、战栗的相拥。

杨晨只要的悲伤依附，他却当成了终身的依托。

丈夫的离世对于杨晨来说无疑是晴天霹雳。她不知道丈夫说好在单位加班，为什么要跑到蠡湖大桥上去，难道他知道自己在东方明月饭店的秘密幽会？一连串的问号令她百思不得其解。这时她开始痛恨丁海峰，是他毁了她后半生的幸福。

与丁海峰的爱情发端于大学校园。他是一个令她仰望的人，在风帆中试图把对方变成岸，可是最终却发现，一切遥不可及。她披荆斩棘，花光力气，也没换来登船的资格。

十九岁那年，杨晨刚上大学，为了多些零花钱，多看一些好书，假日时就和同学美婷在图书馆兼职，她负责收银，美婷负责巡视。收银台的位置侧面是窗台，正对着一大片桂花林，她没事时总趴在窗台上嗅桂花的芬芳，同时等待丁海峰的出现。

丁海峰是附近蠡江大学对面的技术学院的大学生，马上就要念大四了，成绩优异，每次来图书馆都会借一些物联网的外文书看。杨晨在收银的间隙，总喜欢偷偷看他，每当凝视着对方的眼睛，仿佛就能隔空传情，听到对方的心跳。

在那段时间里，她经常感到害怕，觉得这是一种生命的烛照——既害怕爱情来临，又害怕爱情擦肩而过。那种感觉很奇妙，越是害怕越是希望到来，她希望能和他对视，那是一种天荒地老的缠绵。但是，每次她如愿以偿和他对上眼睛的时刻，她又把自己打败了，然后再也没有勇气抬起头来，那种自卑痛彻心扉，又怕他看出，只能慌乱得坐立不安。

越是缺什么，就越祈求什么。杨晨的不自信，就像所有胖女孩们的烦恼一样，吃什么都长肉。因此，在节食不力的节奏中，把盘正的五官，条顺的身材，折磨得不忍直视。尤其那一天天增加的体重，像是成心与她作对，非要把船压沉，不让她与爱人泛舟蠡湖之上。

何处合成愁？离人心上秋，纵芭蕉不雨也飕飕……

她时常用手机屏对着自己扫描，看着那张扭曲的大脸，一会儿作个怪相，一会儿捏捏脸，一会儿拍拍腰上的赘肉，每当进行完这一程序后，她都会发出老式火车般的呜呼声。

见此情景，好友美婷总是忍不住落井下石，打趣道："胖点好，摔倒也不会骨折。"面对损友的言语，杨晨也不生气，只作出咬牙切齿状。美婷知道杨晨的顾虑，因为有些界限，的确像太平洋般宽广，无法跨越。她还需要做很多很多努力，否则一旦失败，从此就会连从空隙里看他一眼的机会都不复存在。

为此杨晨开始努力起来，她开始拼命减肥，一天只吃一顿饭，而且是西红柿炒一只鹌鹑蛋。饿了就喝点水，实在饿得难受了，就睡觉去，第二天还要去健身房跑步，把所有注意力花在减肥上，直至被抬上救护车。

面对美婷各种苦口婆心的劝导，杨晨总是一副英勇就义的模样："总有一些人，一定会让你心甘情愿，带着所有的青春前往。"

"你这是作死的节奏吗？"美婷觉得她一定是疯了。

她便翻个白眼。那意思是死就死吧，反正这样活着比死更难受。

死不改悔在杨晨身上有了新的注脚。她开始尝试新的减肥法，有规律的节食，找了职业的健身教练指导，不过依然是苦行僧般的节制。面对同学们的烧烤、薯片和炸鸡，她临危不乱。这一切，让人不得不感慨爱情强大的魔力。

美婷期望她能感动天，让她获得想要的爱情。功夫不负有心人。几个月后，杨晨居然成功减肥。

机会总是照顾有准备的人，在杨晨心心念念的等待中，丁海峰出现了，而且是在那个记忆深刻的晚上。不过这一次他来得比平时要早，让杨晨有点手足无措。好在，这些天的等待中，她以幻想幻灭的臆想，把所有的台词已经铺就。

那天，图书馆人来人往，窗外落英缤纷。

丁海峰一如往常，来到前台刷书，她主动与丁海峰说了第一句话，不过陈词老套。她恨自己就像考不出分数的学生，用心很苦，却不见成绩。不过她自信地看到他的眼睛是放光的，并散发出迷人的微笑，说："你真的很漂亮！"

就是这句话，让杨晨半晌才回过神来，以至于丁海峰已经走了，她还怔怔地发着痴。丁海峰的话，就像在兔子尾巴上着了一把火，不往前跑就要烧成灰烬。给杨晨增加了无穷的动力。从此以后，似乎多跑几个公里都不再那么痛苦了。

有了那个开始，丁海峰也会主动和杨晨说两句话，虽然都只是普通的闲聊，杨晨却甘之若饴，以为这便是爱的天意。一来二往，杨晨也鼓起勇气主动没话找话地跟他聊天。他们聊功课，聊明星……丁海峰最喜欢好声音Ａ，她说她也喜欢，不过这一次她说了假话。

在聊天中，她得知丁海峰多才多艺，会钢琴，会网球，也喜欢看韩剧和美剧。这一切不管杨晨喜欢或不喜欢，注定要成为他们共同的语言。她认为，大概有时候努力地投其所好，不仅仅是因为喜欢，也是想变成对方一样优秀的人。

她了解他的一切小习惯，就像知道他爱吃金武牌鸭脖，每次他来借书时她都往他包里塞一包，丁海峰当然理所当然地笑纳了。他却不知，在他享受美味时，杨晨在节衣缩食。可杨晨依然乐此不疲，心甘情愿地付出着。

此后，杨晨更加发奋减肥，将减肥事业拓展到各个"领域"。行动者有未来，她的努力没有白费。她身材窈窕，长裙飘飞，美腿无瑕，而且脸在塑形中，越来越像韩孝珠的脸。面对路人们频频回头的艳羡目光，她才意识到，投资谁，都不如投资自己！

单相思的爱总是情不自禁和自说自话。从此以后，她还像以往那样在窗边等待丁海峰的出现，那种等待却带着更多的期盼，内心的情感也在这种期盼里变得急切与热烈。然而，最悲伤的事，不过是自己一鼓作气地花光了真心，而那个人却全然不知。

望穿秋水的等待，却换来杳无音讯。直到新学期开始，丁海峰也没有出现过。杨晨在挫败中，辞去了图书馆的兼职。

爱情，总是适逢其会，却常常又失之交臂。

［三］

离别总是太匆匆，蓦然回首才懂。落幕的掌声余音在耳，舞台上的人，却只有自己独对寒秋。回忆容易让人旧路重合。杨晨本打算上街购物，来到门外却又走到楼下小公园里，矗立在与丁海峰相拥的地方。

触景生情，一些记忆中的画面零乱地闪过眼前。她环顾四周，感觉这里的每一棵树，每一片叶子，每一根草，每一块泥土都像在嘤嘤碎语地指责她："你走的是一条不归路。"

"她怎么在这儿？"她的脸甫一出现，周印就如同被施以鞭刑般浑身刺痛，似火炙烤，差点疼得要夺路而逃。可是杨晨已经看到他了，于是他赶忙收起慌乱，走上前来打招呼："哎，你怎么也会在这儿？"

杨晨惨然一笑，回答："随便走走，怎么……"

还好，她没有说出"怎么又是你！"这是周印最害怕的几个字，于是心里放松了一些。

他相信那天的情形下，她没有发现他。不过，杨晨说完又用那双探究的眼睛看着他。周印心下一惊，杨晨的探究在他看来便是怀疑加咄咄逼人，心越来越虚，腿一软差一点要给她跪下来的时候，他缓过神来，稳定情绪，化被动为主动，转移话题："你还好吗？"说完却又心虚地低下了头。

杨晨以为他害羞了，便有些好奇地问道："你好像每次见到我怎么都有些害羞？"

周印强作厚颜地抬起了头，并用双目注视着她。他希望这次能在注视中打败她。结果在杨晨的探究中，他还是败下阵来。

周印是个唯心主义者。他一直相信，该遇到的人一定会遇到的，因为这是一个百鬼夜行的时代，上一秒还在云飞雪落，下一秒就可能灰飞烟灭。

"对了，问个愚蠢的问题。"杨晨探究的眼神变得云雾迷蒙，像是遇到了什么疑难问题。

"你说吧。"

"你和寒山算是好朋友了，帮我分析一下他是一个什么样的男人？"

周印害怕中圈套，以退为进眯起眼睛，看着天空一字一句地答道："根据我对他的了解，他可能遇到什么烦心事了。"

杨晨心一惊，脸上自然生发出轻微的惭愧状。不过她没让周印看出来，而是用弱弱的腔调转移周印的注意力："何以见得，他整天高谈阔论地跟你谈着物联网，是遇上难处了吗？"

面对杨晨同样以退为进的手法，周印在心里叫苦的同时，灵机一动，抛出了一个太极拳式的撒手锏："如果起了一阵风你不喜欢，通常你会怎么办？"

"当然干点别的，等风过去呀！"杨晨对这句话并不明意，以致在他回答完后，闪着那双大眼睛迷惘地看着他。

"根据大数据分析，他一定遇到了为自己所不齿并不想让人所知的难言之隐。"

"大数据？你真是走火入魔了吧。"杨晨嘴角一扬道。

"亚马逊曾经给一个未成年少女，寄去一堆婴儿用品的广告。少女的父亲见此很生气，就控告亚马逊。亚马逊说可以，但请你稍等时日再诉讼。几个月后，他发现自己闺女真的怀孕了。闺女告诉他的确准备把小孩子生下来，于是上网查了如何孕育婴儿的书。这就是大数据。"

杨晨淡然一笑，说："不错，那你是怎么通过大数据，对他进行分析的？"

一下子反中别人圈套。周印说不出话来，像是不经意地去试水温，却被沸腾的水给烫到一般。他开始有些恍惚，仿佛觉得杨晨的眼角带了笑。双方对视，周印觉得她比以前更有一种说不出的味道。

他过去一直觉得美女是看五官的，现在发现一个女人的美，是由内而外散发出来的。像杨晨这种，即使是雾霾天，透不过光线来，站在你面前也是最好看的。

此刻，她看起来瘦了许多，脸上多了一些倦怠，一双眼睛迷蒙，比过去无神了，但这更能掩盖她眼中的迷离。原本白皙的皮肤融在浅金色的光线里，楚楚动人。

周印的心再次被打劫了。他不忍心再伤害她，但他更不愿意承担郁寒山车祸的罪责，否则一旦自己从心理上上位了，那将是一生不得安宁。

"不好意思，还有点事，得先走了。"他知道言多必有失的道理。

见周印准备开溜，杨晨则像从天庭突然回到凡间，上前一步，就拽住他的衣摆。周印愣了一下，顺着她纤细的手指往上，面前的那双眼睛似乎有说不清的情欲令人爱怜。

他的意志有些失控，于是避开她的眼睛，这微妙的变化令他有些不知所措。"刚跟女朋友吵完架，得走了。"

尽管他说的是实话，但杨晨看得出他在撒谎，于是窥探式地问道："你这么好的性格，怎么会跟女朋友吵架呢？"杨晨并没有放过他的意思，接着说："知道怎么哄吗？"

这是她秉性中那种固有的坚持，当然这种坚持是她冥冥中感到，他一定知道什么，甚至是丈夫告诉过他什么，否则他的对话不可能那么精准到位。她才不相信什么狗屁大数据，只不过是他在信口胡诌。

"人家不是这样说的，如果你长得帅直接上前去吻，如果不帅直接掏银行卡来。"周印瞪了她一眼就要走。

杨晨见他有些急了，说："干吗这么急，反正天还早着，说说你女朋友长什么样，为什么要吵架啊？"

周印开始叫苦不迭起来，本来想以退为进，却让她抓住了线头，人家只要顺着线头就能抽空他的线球儿，导出他心里的所有。

他快速地整理了一下思绪，把那天温茨生日的情景复述一遍。不过他又用上他那生而知之，充满世俗的智慧，像写小学作文一样详略得当，不应该说的坚决不说。

听完他的话后，杨晨真想骂他笨，可话到嘴边却又是笑："既然她那么爱你，干吗不跟你结婚呢？"

这一问让周印有点哑口无言了。是呀，她那么爱我为什么不和我结婚？他的脸色在她紧盯下涨红起来，杨晨知道，男人都好面子，通常情况下总会把自己抬高得不同凡响，却又把别人贬低到尘埃里。

见周印开始哑然，杨晨决定乘胜追击："其实你们并不相爱，爱的只是对方的利益。"这句话就像一把刀直戳周印的心窝，精准到位。这也是这些天周印一直不愿意想却又时常不得不想的一个问题。因为他与温茨的爱根本就不是爱。

"你觉得你猜对了吗？"他反问道。

杨晨没有接话，而是用笑得有些傻气的表情，给予不确定的回答。

"你不是很能说的，倒是说呀？"周印追击道。

杨晨于是一挑眉，说："咖啡没了可以不喝，猫跑了可以再养，而爱是独一无二的，有就是有，没有就是再跋山涉水也找不到。"

语言有时候比刀剑更可怕。

周印立即回击道："一个人的灵魂走在双脚前面，这是一种极为危险的失衡状态，很有可能在着急迈过第一道门槛时跌倒。"

杨晨眼睛一眨一眨，看着他不说话。

周印顿时败下阵来，心想，既然秘密道破，我也不想再隐瞒什么，兴许还能有所收获。于是周印怅然若失地开始说起实话来，不过他没有说出全部。因为，伤不起！

果不其然，杨晨听后，以胜利者欢呼说："你们的爱一开始就带着虚幻和利益，最终一定是以一种不想闻到的气息而逃走。"

"现在女孩不都是这样吗？男人怎么就不行！"

"我现在真想给你耳光，你怎么不过过脑子，即使你说的现象有，也不是全部，为什么别人堕落你就非要堕落呢？"杨晨气愤道。

"那你说我现在应该怎么办？"周印一脸的无可奈何。

"挥刀断乱麻！前者是能力问题，后者是态度问题。"

"那我跟她投入茶吧的上百万元不是要打水漂了？"

"唉！真是俗人常在吃饭时候想工作，在和老婆睡的时候想情人，然后跟情人做爱时候想伦理道德，你没救了。"

"好酸爽的歪理邪说！"周印听了嘿嘿一笑，接着小眼眯成缝，问道，"不是说世上没有永远的爱情，只有共同成长的婚姻吗？"

"你这是共同成长？要不我给你讲讲中国股市吧？"

"好啊，你对股市有研究？"

"谈不上有太多的研究，不过我学的是财经专业，还是能让你有所领悟。"

"唉，说股票我真是爱恨交加，现在股市真的就像出轨的男友，你一次又一次地相信他会变好，他却一次又一次刷新你的底线来伤害你，但你又怀上他的孩子，要跑就得割肉。月份太大的想割肉都不行，只得待产。"

"呵呵，中国股市得了短暂性精神障碍，专治各种不服，这是人性的贪婪所致，不知道止损！"

"怎么止？"周印惊愕道，他从来没有想过这个问题。

"那我来说说让你受益终生的止损法则。止损，对于股票投资者而言，这个字眼听起来令人很不舒服，也不太受他们的欢迎。如果你也非常厌恶这个名词的话，那你的投资行为就已经埋下了重大隐患，就像一颗定时炸弹，迟早要毁灭你。"

见周印不明就里，杨晨接着说道："其实止损对于一个业余投资者而言，是一系列操盘程序的重要一环，没有任何感情色彩，只是预订计划的一部分，按照设计好的程序去执行任务，无比自然。由于人性天生的弱点，时时不自觉地影响我们的操作，一次大亏，足以输掉前面99次的利润，所以严格遵守止损纪律便成为确保投资者在风险市场中生存的唯一法则。止损是证券投资的一项基本功，也如驾驭婚姻的基本功。"

"问题是我现在想止损都来不及了啊！"周印在她说了半天后又绕了回去。

杨晨摇摇头，继续说道："其实，止损的性质不是直接的投资损失，其实质是为保护本金安全而向市场支付的保险费，这是股市投资必须承担的成本。这就好像你买了一辆私家车，你首先要去办理保险手续，而且每年要预先缴纳保险金，如果你一年交5000元保费，而你的车安然无恙的话，你会不会后悔？你是不是认为你遭受了损失？"

"你的意思就是让我花钱买个教训？"周印有些灰心地问道。

"你也可以这么说，实际上是莫须的保障。"说完她又接着说道，"控制风险是达成目标的最重要的保障。一个刚学开车的人，懂得如何踩住刹车比只知道踩油门要更让人放心，才能更快学成上路；一个刚学滑雪的人，懂得如何控制下滑速度与一味放任加速相比，才更安全。出师未捷身先死，长使英雄泪满襟！炒股和感情何尝不是如此呢？多少人因不善止损身陷绝境！"

"你说的这些道理我都懂，网上就有很多，可是又有几个人能做得到呢？"周印一脸不以为然地反驳道。

"好吧，你仔细想一想你所谓的爱情现在不就是处于这种状态吗？"

第三章　爱来时，相许千年

[一]

真话可以拯救人，也可摧毁人。杨晨走后，周印顿时像泄气的皮球一样，带着沮丧独自来到蠡湖周边的勃公岛上。

一走下车，便感到轻风绵绵，心情舒展许多，再望了一眼湖中央，发现湖中的快艇在波光粼粼的水面上，划出一条翻滚的碧浪；艇上的游客扬一把鸟食，成群的水鸟便追随而来。金秋的傍晚云淡风轻，芦苇和垂柳竞相摇曳。夕阳下，五彩斑斓的蠡湖生机盎然。

他有些懊恼，却不知自己可以挽回什么。于是他一下子蔫贴到草地上。冥冥中他看着一个黑影从眼前掠过，瘦削的身影被倾泻的人群裹挟向前。他匆匆地钻入人群中追寻着他，拼命地靠近他，他也不断回头，近乎凄艳地一笑，长长的睫毛，歇落在柔和的脸颊上，像展翅欲飞的蝴蝶，再一次淹没在滚滚人潮中。然后他发现自己从万米高空的飞机中弹跳而出，从惊出的一身冷汗中醒来。

"我这是怎么了？"他不相信刚才发生的一幕幻觉。不过这让他想起老人们曾经讲过，人在死之后，灵魂会在黑夜中飞走寻找下一个替身的偈语。想到这里，他心脏顿时怦怦地跳个不停。"寒山兄弟别怪我，全是为你好，求你别找我了，我认错了。"

正在祈求间，仿佛老天也要配合情绪的场景，天空乌云翻滚。就在一瞬间，暴风雨来了。

雨滴漫长、粗密，汇集成一行行诗，一字一句，毫不犹豫地砸到地上，溅起无数肮脏的尘埃，溅到他隐痛的心上，像魔鬼绽开微笑般开花。

杨晨的一席话，在他的心中开起花来，就像天空中的雨滴，砸在身上痛在心里。他没想到这个女人如此有思想有见识，觉得自己太对不起她了，不知道哪天她知道内幕后会作何反应，会不会也是这样很有思想地疯狂报复他呢？想着想着，周印觉得自己的后脊背一阵发凉，汗已经湿透了贴身的衬衣。

作为家中的老幺，周印的优越地位是被包括哥哥姐姐在内所有人认可的。在十五年岁月里，在大量的五谷杂粮的滋养下，他长成了五谷杂粮一般有营养有形态的栋梁。

这个外表看起来从来都是若无其事的人，其实跟其他在星光灿烂的夜里无法入眠的人一样，有焦虑和强迫症。周印被无形的网牢牢地束缚，那些看不见的情绪早已在暗无天日的心房里疯狂生长，并层层堆积。

经过杨晨的分析，周印现在想来，与温茨在一起，是各自都带着不一样的目的。当时的温茨只开了一家很小的茶楼，认识不久，温茨就像鱼儿一样死咬住他的钩不放，并缓缓把他往自己身边拽，而他周印也同样裹挟着自己的目的欲罢不能。

"我要借他成为桨，成为帆，甚至变成船。"这是温茨的最初的想法。而周印则想借她的梯，上更高的楼，顺带让美人打发寂寞报绿皮车女孩一箭之仇。

"你干吗要叫这么大声？"那天，周印与温茨首次完成成人节目之后，很是疑惑不解地问道。

温茨一怔，然后娇媚一笑："我要不喊，怕你把我肚子弄破。"正是这句话让周印感到自己才是真正的男人，并找到前所未有的信心。在他的世界中，一直认为被蜜蜂、蝴蝶搞残的一定是最鲜艳的花。今天他意识到这种想法真是大错特错。

但温茨的那句话，给了周印无穷的力量。从此之后周印便一直欲罢不能，再也跳不出温茨这锅温水之中，并爽快地拿出全部资产投资温茨的"菲克芭斯"茶吧，当然这也与他之前内心的隐痛有关。在他过往的十八个女友之间，竟有三分之一以上嫌弃他出工不出力。

尽管这样，周印并不认为是自己的过错，相反他觉得不是哥不努力而是妹你太勤奋。觉得女人就应该以配角为主，更不能反客为主。所以他对女人的水性杨花，有着气死亲娘般的仇恨。想到这儿，他决定到温茨的"菲克芭斯"茶吧去看一下。

温茨的"菲克芭斯"茶吧坐落蠡湖边的渔父岛上。

白天这里安详、宁静、洗练，似纯洁的少女。而夜晚的渔父岛却是最为迷人的，游船在湖里走着，月光笼罩在船上，湖面白茫茫的，空明远望，鹿顶山塔顶的明珠发出璀璨的光芒。天地与湖之间，竟如此辉煌，眼前的水绸缎一般，近处的垂柳错落有致，被远处的云朵装饰得井然有序。由于这里的环境独特，温茨的"菲克芭斯"门前常常停满了各种豪车。

"哥，我们这儿的铁观音爽口吧？""哥，经常来看一下小妹啊！"那语气那声音令你感觉仿佛走错门，来到漂亮的小表妹家做客。这是温茨对男性客人的习惯性用语。当然她也有叫帅哥的时候，不过这样的机会并不多，因为来这里品茶的人清一色都是有年轮的人。对于这样的称呼，温茨像是设计师，是经过反复琢磨，从心理学、社会学、管理学三位一体中拈拿出的结果。然后再配合上她清脆的声音以及眼睛里涌出稀薄泪光，一下子就激起男人的保护欲。

当然，她还有更绝的撒手锏，用字词诱惑。如爽、嫩、甜、脆等并接着肢体语言配合，或拉着对方的手依依不舍，或趁客人喝茶打牌时坐在边上把胸轻轻贴上去。如此一来，不管那块云里是不是有雨，她相信只要是块云，总能滴下雨来。于是"菲克芭斯"的生意异常火爆。

为此周印一直想不通，他经常听人说总接触老板和领导的人，身上都有怪味。为什么还有那么多人喜欢温茨？这时他想起杨晨刚才说的话，品出了其中的道理。

温茨就像是一只股票，错，应该说她是股市！这样说好像也不对，也许是不够精确吧，温茨对于自己来说，就像是股票，对于更多的人来说，就是那神秘的股市。

"挥一挥手，还依稀记得你的气息，还常常怀念你的黑发，还偶尔寻找你的影子……等到秋风再来的时候，我不知道这一切是否也会像残花一样被雨打风吹去，零落、湮灭、了无痕迹。"

这是杨晨离开大学时，在日记本记下的话语。丁海峰的离开，带走了她的青春，顺便还偷走了她的梦想。于是她想起那天与丁海峰突然相遇的情景。

晨起，雨便格外细密，如牛毛般纤细和柔长，直至午后才妖娆停歇。清新的空气，伴着温暖的阳光，令杨晨心情极好，于是她决定到蠡湖边去看一看那座心仪已久的大剧院。

或许情境与心相随，伴随着轻盈的脚步和内心的呼唤，曾经光芒万丈的爱情仿佛一下子从泛着波光的蠡湖中捞了上来。

"怎么是你？真是人生何处不相逢。"丁海峰和杨晨同时愣住，眼神的交流波澜壮阔。落日余晖里的对峙是摄人心魄的，而能与之争辉的只有丁海峰了。杨晨目光触及，发现他的身体像风中瑟缩的香樟树叶，轻轻颤动着。

与丁海峰的再次相遇，瞬间如时光倒流。那经年的情感一下子横亘在他们的世界里，他长大了，天啊，这个比喻是如此的不合逻辑，可是她却再没有其他形容词了。因为在丁海峰身上，那些徜徉于岁月尾巴尖上的校园青涩已消失殆尽了，随之而来的是一份自然而然的高高在上。是的，就算在校园中他也是卓尔不凡鹤立鸡群的，只是那份成熟是用外表和姿态标榜出来的。现在，他站在她面前，好像一个被上帝宠坏的胜利者，一个悲观的厌世者，就连脸上的那份惯常的冷漠也少了一份理所当然。

对峙、注目，道是无言胜有言，心里的那只小鹿却怦怦地奔跑而来。那彼此苦涩的莞尔一笑里包涵了太多说不清道不明的内容，就像远处湖滨饭店顶楼上的大钟，可以回到起点，却已不是昨天。十年的时间缓慢又匆忙，整个世界就像是正在摇摇晃晃地羽化，记忆的侵袭让他们都措手不及。

而丁海峰惊讶于杨晨的变化，虽然还是一如从前那样漂亮，但是却另有一番成熟女人的风韵，含在腮边的又是小女孩的娇羞。十年前图书馆里那个漂亮的女孩子，如今化成了女神，俨然一下子随着季节绽放开来，美得让他挪不开双眼。

丁海峰做梦也不会想到，图书馆的短暂交集，竟然严重影响到一个女孩仅有的一次青春和爱情，还带有梦幻。十年前的杨晨不曾想到，就是这个远在天边近在眼前的男人，从初见时已带走了她的心，带走了她对爱情的向往，也带走了她对偶像的渴望，即使后来跟郁寒山的婚姻，也无时无刻不充斥着他的影子，只是她逼着自己不去面对罢了。

当心里的牵挂变成了触手可及的人，杨晨悲喜交加却像小女孩般害羞得说不出话来，心下一急，杨晨听见了自己的声音："要不我们到蠡湖中央公园去坐坐吧。"丁海峰习惯性地环顾了一下左右："嗯，好的呀，正好今天天气不错。"

蠡湖公园里，花坛里花团锦簇，令人眼花缭乱，小鸟们在欢乐地鸣叫，仿佛一切都在悄悄构造美好生活的未来。

都说相见不如怀念，杨晨觉得这是一个多么荒谬不带色彩的拙词。

"你现在过得还好吗？"杨晨稳稳心神，微笑着问道。

丁海峰被杨晨的问话打断了思绪，从他陪着杨晨往蠡湖公园来的路上，不经意间碰着身边这个女人的衣衫，他心里就止不住地想拥她入怀，十年前与她无数次见面，却从来没有这么强烈的情感，为何今天如此失态？

丁海峰僵持一笑，自以为笑得风轻云淡，答："我以为你会问我还爱吃精武鸭脖吗？……还算过得不错吧，我结婚七年了，老婆在大学教书，有个女儿，很可爱。老婆追我的时候很热烈，现在日子很平淡。"说完他又补充道，"可能……90%的人的婚姻是没有爱情的。"

杨晨在惊诧中反驳道："这话也太绝对了吧，你不爱你的妻子吗？"

杨晨的话让丁海峰有些尴尬，丁海峰略加了一下思索说："我觉得爱情这东西与婚姻不是一对姐妹，而是宿敌。"

"你的独家理论？"杨晨的声音像远古精灵从幽谧的森林中传来的神谕，悠远平淡却含着不容抗拒的味道。

"你们女人不是经常说，最渣不是最难过的，最难过的不是深爱的，最深爱的不是最深刻的吗？"

"这些话就能代表 90% 的人的婚姻是没有爱情的？"杨晨的眼珠在黑暗中闪烁着流水般盈动的光，令曾经不可一世的丁海峰开始颓败起来。

[二]

沉默就像多少次山雨欲来的午后，令他恐惧窒息和挣扎不已。于是丁海峰决定打破沉闷的气氛："你过得好吗？"这句话问得像以其人之道还治其人之身，他其实并没有还击的意思，而是一下子没找到合适的语言。

说完他认真地盯了杨晨一眼，发现她细而修长的双眉或浓或淡地隐藏于斜刘海之下，眼眶的睫毛倒是浓密乌黑到无人可比。两颗眼球泛着血色的光芒，仿佛是两袋子被灌满鲜血的透明水袋，随时随地就会有红色的液体迸发出来一般，那眸子的魅力令人沦陷其中不能自拔。丁海峰心下不由得后悔当年眼拙。

"在想什么呢，你说我过得好吗？"顿时，几点泪花在好看的睫毛上颤抖起来，给人以凄美的震撼。

阴晴不定是女人的专利？这让丁海峰惊诧莫名起来。他大胆地上前拉拉她的手，发现凉得如寒冰一般。默默地，泪水像流不尽的泉水，缠绵冷峻在年轮深处。于是他像小孩似的扯着衣角儿不知如何是好。

过了好一阵儿，杨晨止住了泪水。这时才发现自己的失态，并清醒地意识到丁海峰没有走出她的世界。

"你知道你害我有多苦吗？"

丁海峰迟疑了一下，一脸茫然地答道："怎么了？杨晨……如果我伤害了你，现在让我来为我的过错负责，好不好？"丁海峰一脸认真说，那样子像回头草的男友们。

"那倒不用了。"杨晨反而笑了，有些事，一开始，确实有点痛，不过喜欢一遭，应该灿烂的应该温暖的通通经历了一遍也没有什么好遗憾的了。

丁海峰听了她那句不咸不淡的"那倒不用了"，心中顿时一沉。原本以为杨晨应该重拾旧梦，像见到丢失的一只牧羊犬倍加珍惜，一把把他揽进怀里千般爱恋。可是，并没有，什么都没有！

他高冷的自尊心受到了极大的打击，于是他又重拾旧梦般拿出当年淡淡的神情："那好，我们以后再聊吧，今天还有点事儿，先走了。"

谁知，当他一迈开步，杨晨便真像失而复得的牧羊犬一样，主动把自己投入他的怀中。

错过的爱人，就这样仓促热烈地回到起点，猛烈而又如此突然……

两个人的围城，终究变成一个人的空守。处理完丈夫郁寒山的后事，杨晨决定回乡下去看一下父母。她不知道丈夫为什么死得那么蹊跷，难道就因为手机上的那条信息。那条信息也没什么啊，不就是"天凉了注意加衣服哦。"虽然包含暧昧的成分，但并不能说明太多问题。除却这个原因，就是那天在小区小公园里被人撞见了。杨晨想到这里，脑子里立即蹦出那个一闪而过的身影。

"难道是丈夫？不会吧，如果是他，从心理学上讲，他一定会愤怒地扑上来，暴打丁海峰一顿，除非他不是男人。"那么应该是熟人，怕撞见后彼此难为情，因此他才会选择避开。

想到这儿，杨晨肯定了那天一闪而过的人一定是熟人。可她在这个小区里也没有什么熟人，于是她想到了周印，而且那影子虽然一闪而过，可她在冥冥之中感觉就是周印，加之昨天与周印对话，加上他与丈夫关系要好，说不定他在喝酒后一不小心就说出那天小公园见到的情景。

"对，就是他！"杨晨反复想了好几遍，更加坚定就是周印出卖了她。锁定人后，她心中有了主意，也不再想这事。

小轿车在城乡接合部上飞驰，电影《Auld Lang Syne》里那首百听不厌的歌在车里蔓延，可今天听起来却感到如此凄凉。往昔的一幕幕像车窗外的风景般缓缓掠过脑海，淡淡的酸涩夹杂着凡尘的留念，苦苦挣扎又沉浸其中。记忆是她人生最后的庇护所，无论有怎样的宿命般的忧伤，那些离去的人都在记忆里渐渐闪烁成星，最亮的一颗，是他。

一路的音乐狂奔，令她不知情归何方。好几次差点刹不住狂奔的车，她迅速滑落的情绪借着车的速度在狂野里奔跑。杨晨知道，最长情的故事最终也会败给那些猝不及防的意外。

"再也不会想他了。"虽然心里这样想，但她知道，不管是相濡以沫，还是相忘江湖，她白袍点墨，终不可湔。越是想忘记一个人，他就越容易占据你的心。

一走进熟悉的农家四合院，她就听到父母的吵架声。

父母的婚姻，所有的幸与不幸用他们的话来说，全都来自若干年前那一场浪漫的误会，一个阴差阳错的节点，成就一桩错误的婚姻。这个故事就像尘埃眠于光年般，在银河系的边际以外游离婉转。因此每当父亲说给她听的时候，她总觉得不能得出一边倒的结论，但是又不能不一边倒地去安慰父亲。

"如果不是生了你，我早就跟你妈离婚了；要是跟她离婚了，我早过上好日子了。"

"那你们干吗又生了弟弟？"每次父亲说这句话的时候，杨晨总在心里默默嘀咕，不过她从不说出来。杨晨总是讪讪一笑，自我陶醉地把父亲为她付出的所有揽过来。父亲为了对她的爱，对她的责任，长期忍辱负重，跟一个感情合不来的女人凑合地过了一辈子。

很多人的婚姻都是如此。挑挑拣拣看花了眼，最后只能随便找一个伴侣，把这辈子和着柴米油盐一起浑浑噩噩过完。敷衍婚姻一次，婚姻认真痛苦你一生！

柴米油盐的琐碎衍生到婚姻的争吵中，其表现就像六月的天。过程也是循着规律的，先是一些鸡零狗杂的事，渐渐转入历史回顾，然后开创未来，利用含而不露却又指向明确的话来攻击对方的要害，矛盾冲突之后，便用他们积攒了半辈子的丰富语言以求最具杀伤力地取得决定性的胜利。

这样的结果，往往是父亲以摔打碗盆来达到高潮。每当此时，弟弟总是在她的眼神指引下，齐声"哇……"地哭起来阻止战火蔓延，于是父亲摔门而出，一切归于冷战。

仔细聆听了一番后，杨晨大致知道父母的争吵因她而起。说什么如果不是父亲阻止她与那谁谁结婚，女儿就不会跟郁寒山结婚，就不会有今天的结果，他们早就跟女儿住进城里抱上外孙等等。而父亲则反驳说："不怪没找对人，因为今生你嫁的人，一定是前世葬你的人。"

母亲听也不甘示弱，纠正说："完全是迷信，现在小姑娘小伙子不是天天在研究星座配不配的不是照样在离婚吗？离婚率一天天飙升……"听到这里，杨晨觉得有些好笑，觉得父母在微信圈中没少喝"鸡汤"。

不过她也看过这则故事。

说从前有个书生，和未婚妻约好在某年某月某日结婚。到那一天，未婚妻却嫁给了别人。书生受此打击，一病不起。这时，路过一游方僧人，从怀里摸出一面镜子叫书生看。书生看到茫茫大海，一名遇害的女子一丝不挂地躺在海滩上。路过一人，看一眼，摇摇头，走了。又路过一人，将衣服脱下，给女尸盖上，走了。再路过一人，过去，挖个坑，小心翼翼把尸体掩埋了。僧人于是解释道，那具海滩上的女尸，就是你未婚妻的前世。你是第二个路过的人，曾给过她一件衣服。她今生和你相恋，只为还你一个情。但是她最终要报答一生一世的人，是最后那个把她掩埋的人，那人就是她现在的丈夫。

战火还在继续，杨晨好气又好笑地推开了家门。父母见到杨晨突然到来，老夫妻俩的脸上立即挤出了笑容，齐声说："丫头，你怎么回来了？"

"怎么？我回来的不是时候吧？"说完分别瞪了他们一眼。

母亲脸上的笑再也坚持不住了，拉着她的手，眼里噙着泪水说："看你瘦得眼窝都塌了，都怪妈关心你太少。"

看到母亲满脸的泪水，再仔细一看母亲仿佛一夜间霜染白头："妈，你看你女儿不是好好的嘛，我还年轻，别替我操心了。"

母亲于是依依不舍地放开她的手，擦擦眼泪，故作坚强地又挤出一个笑脸，转身张罗着父亲下厨。见此，杨晨鼻子一酸。想想自己都三十多岁了，还要父母操心，深深地歉疚。

"是不是姐姐回来了呀？"听到声音，杨晨一个转身，发现是表妹苏雅走了进来。

"你怎么今天也回来了呀？"杨晨好奇问道。

"哎呀，你不知道，我是被十万火急电话赶回来的。"

"舅舅和舅妈怎么了？"

"回来给他们老两口调停战争的。"

"什么战争？"

于是苏雅说父亲受左右邻居的老头儿老太太的影响，看到别人在股市赚了好多钱，发财了，吵着跟母亲要钱再加仓……

杨晨听了，连忙说："股市的钱哪有那么好赚的，别把省吃俭用的养老钱都送进去啊！"

"谁说不是呢，刚把他们从老家弄来，还没清静几天他们又好上这事儿……"

杨晨和苏雅是表姊妹，相差五岁，两个姑娘长在汉江边上，从小喝汉江水长大，长得如汉江里的莲藕一样，白白嫩嫩的。她们俩从小一起长大，无论从性格到长相，聪明伶俐上有许多相似之处。她们像许多"凤凰女"一样，是靠自己的拼搏走进大城市的。而她们两家之所以能够来到这座城市住在一起，完全因为杨晨，准确一点说是因为郁寒山。

那时郁寒山还在土地管理部门工作，在工作中他接触的一个老板即将移民出国，家里有一套很大的宅子需要出售，为了实现把杨晨的父母接到城里生活的愿望，加之他也非常喜欢那古色古香的宅子，觉得这个机会难得，就利用职权跟那位老板讨价还价地把这个四合院买了下来，可是那价格对于杨晨一家来说也是天文数字。

钱的问题往往不是最大的问题。最后思来想去，杨晨觉得舅舅家更富裕一些，就与苏雅商量，然后一拍即合，两家卖掉家中的祖屋，两个女孩拿出全部积蓄，合力把宅子买了下来，再将宅子一分为二，成为苏、杨家的四合院。

因为这个，杨晨的父亲和苏雅的父亲在老家一下出了名。人们纷纷赞叹："谁说女子不如男，两家的闺女多能干，发了大财，把老人接到城里住了……"

"那你做通他们工作没有啊？"杨晨一脸担心地问道。

"哪有那么容易，这不，听到你的声音，搬救兵来了，他们最听你的话，去帮我劝劝吧，好姐姐，我都要崩溃了。"

杨晨拍了拍苏雅搭在自己肩头的手，笑着说道："走，那我就去试试吧。"

<h1 style="text-align:center">［三］</h1>

讳疾忌医，必然病入膏肓。

走进舅舅家门，眼前的一幕已经摆在面前。舅舅挽着老高的裤腿蹲在台阶上一脸气急败坏地抽着烟，舅妈则屁股对着老伴儿择着菜，脸上却是阴云密布。见到杨晨，老两口儿立即不约而同地笑着说："姑娘，你回来啦。"

看到这幅情景，杨晨给苏雅递了个眼神，意思是"看来叫我来是没用了"。

谁知，还没等她坐下，舅妈就立即快言快语道："姑娘，你是明事理的人，懂得多，你好好劝劝你舅舅吧！"

"什么事啊，舅妈？"杨晨故意装作不知情地问道。

舅妈立即嘴一歪看着舅舅。

见此，舅舅苏还坚也不示弱，立即接过话题："姑娘，你来得正好，给评评理，你说我想炒股有错吗？那王老头儿，张老太过去比我还穷，现在又买新房又买车，在股市发了大财。"

杨晨听完，眼睛扫了一眼舅妈，看见舅妈的脸色更阴沉了，接着又扫了一眼舅舅劝道："你怎么知道他是在股市里面赚钱的？"

"老王天天让我到他家看大盘，看他买的股票，那赚钱就像割韭菜一样。"

苏还坚说话的时候唾沫四溅，那样子不可动摇。杨晨知道，舅舅已经被别人赚钱急红了眼，不过也是人之常情。虽然她知道做投资性情远远比知识比智慧重要，事实上在股市里面很多像老王老张这样没有文化甚至连 K 线图也看不懂的人也赚了钱，却不知这样的钱来得快也走得快，搞不好会竹篮打水一场空。

"舅舅，股市来去可大了，就像……再说现在行情也到高位了，是极具风险的时刻，等下一个牛市再说吧。"

"姑娘你错了，机不可失，失不再来！"苏还坚据理力争，杨晨一时哑然，看着苏雅苦笑了一下。

"爸，你怎么就不听我姐的话呢，她可是学财经的，对股市有点研究呢。"

"你们糊弄谁呀，以为我不看新闻啊，那电视中昨天还说中国股市非常健康，要到一万多点，现在才五千多点，还早着呢！"

听了舅舅有根有据、信心满满的话，苏雅和杨晨你看看我，我看看你，不知道如何劝下去。最终还是杨晨想出一个折中的办法："舅舅你看这样行不行，你呢，也不要急着一口气吃个胖子，先少加点仓，如果你觉得能够得心应手了，赚钱了，再作打算如何？"

苏还坚一听，立即开心地竖起大拇指，说："不错！还是姑娘你会处理事儿。"

一场因为炒股而爆发的家庭战争暂时告一段落。

昨天与杨晨的一番对话后，周印对于她的投资理论佩服得不行。

周印认为，杨晨的美不单单是来自容颜，而是来自于皮肤下和眼睛里、智慧里呼之欲出的生命力。她的血液仿佛是金色的，在每个夜里像银河般散发出盈盈的光，湍急而宁静地流动。杨晨这样才貌双全的女人才是他真正想要的，这种女人是那种无论天翻地覆、海枯石烂，总有归宿的人。而他的温茨却是个春暖花开、湖光山水里行走也会惶惶不可终日的人。周印想到此处，不禁羡慕起郁寒山来，羡慕他曾经有过这样一个好女人。

同时，他也为杨晨感到惋惜，觉得像杨晨这样的女人就应该找一个比肩而立的人。他猜想那个背影中的男人一定有着比郁寒山更加优秀的地方，否则她干吗要和他偷偷摸摸？想到这里他觉得自己是做了一件好事，是帮了杨晨的忙，于是惭愧之心顿时好受了许多。

"男人对自己的背叛真的比脱衣服还快。"他有些为自己的推托而汗颜起来。

对于杨晨的止损理论，他是心有余而力不足。那样做，实在损失太大，毕竟是一百多万元。想到要损失钱，他就有一种掏心挖肺的痛。

钱这东西虽然他常挂在口上说生不带来死不带去，可一旦落到实处，他觉得他的钱对他来说来得太不容易了。

记忆拉回黑白照片的年纪。十五岁那年，他到省城打工，在一家门窗加工点落了脚。尽管他很珍惜这份工作，干得也非常卖力，可老板却是一个很难伺候的人，总是以各种借口找碴儿，动不动就要挟让他走人。周印就是想不明白："我靠劳动挣钱，怎么就不受待见了呢？"

可是他刚到这个城市，人生地不熟，找工作不易，只能一直忍气吞声。一天，天空下起了小雨，周印回到工棚给师傅取雨衣，刚到门口，就听见老板和会计在里面说话，又像是在争吵。周印侧耳一听，原来老板刚接了一个小工程，工期短，想把人都带过去，可这边的活儿还没有干完，他便想留他一个人在这里干。可是会计却说，那边的活儿干完了，大家可以到景点转一转，算是给大家的福利了，留下他一个人不好，伤了孩子的心。可老板却不在乎地对会计说："就留他在这儿，伤就伤，年纪太小，干不动活儿，早就想把他撵走了……"他想象得出老板说话时，眼睛里都是山里人没见过世面的霸道。

这时他才发现，都市像壮观而诡谲的大海，他则像一条来自山涧的淡水鱼，海水的深度和浓度并不适宜他的生存，他感到自己悲哀地沉浮其中，生死不定地漂浮，或者说生不如死。透过梧桐稀疏的影子，他看到了那属于都市也属于故乡的月亮，泪水悄悄滑落脸庞并伴着一股强烈的报复念头在脑海中渐渐清晰，进而成为那颗心脏的主导。

就在打火机即将发出"砰"的一声时，突然远处传来一声咳嗽，吓得他立刻蹲了下来。大爷见他进来，翻身一下，然后语气平和地问道："孩子，你起夜了？"

他心虚地"嗯"了一声就假装睡觉。

大爷于是懒洋洋地对他说："我也起一趟。"

那一夜周印一直没睡，心一直在咚咚地跳着……早上迷迷糊糊地醒来，发现大爷不在床上了。他便起身走到棚外，就看见大爷正在老板的临时工棚外转悠着，那一刻，周印明白了昨天晚上的一切……

想到这里，周印的眼睛里涌出了稀薄的泪光。他不怕苦，不怕累，就怕不受人尊重，可是他的所作所为往往又是他所不齿的。人的两面性让他总是在这种纠结中以最快的速度原谅自己。

宇宙洪荒，也许大家都是孤独无力的。周印是那种在苦难中依靠着单薄的力量荡出哪怕一丁点儿涟漪，就立刻能获得勇气的人。思前想后，他决定与温茨摊牌。然而，当他鼓足勇气来到"菲克芭斯"时，远远就看到温茨像家中那只蹭沙发腿的母猫，周边三公里全是她发情的味道。

周印的怒气不由得从胸腔中迸发出来，三步并作两步："你在跟谁打电话呢，又在春情荡漾！"

温茨闻言，脸一板，挂断电话回道："你胡说八道什么呀！"温茨说话时，眼神中充满了敌视，那种居高临下的样子，像冰川随时都会坍塌。

周印反而软了，叹了一口气说："我想跟你谈谈。"

"你想谈什么呢？是准备把生日礼物补回来，还是今天准备再请我吃饭？"温茨一听，转怒为喜，大眼睛一闪一闪的，充满着魅惑。

"我们还是分手吧！"语气中明显透着一股分道扬镳的意思。

"啪"一声，温茨刚刚端起的水杯跌落在桌子上，吓了周印一跳。温茨愣了一下，不过随即又摆出那副惯常的懒洋洋的模样，道："好的呀，不过……那是不可能的！"

"为什么？"周印像坐过山车一样，悲喜跌宕。他以为他一提出，她立即会说"好"。没想到她居然不愿意，从态度上看得出非常坚定。这令周印多少有些意外。

温茨思索一下，说："爱情的报酬就是相爱时的陶醉和满足，而不是有朝一日缔结良缘。"

"那你觉得我们这样下去有意思吗？"

"什么有意思没意思的，你做你的生意，我做我的事业，你有你的朋友圈，我有我的朋友圈，这样不是挺好的，等将来钱赚得差不多了，我们就去国外定居……"

面对温茨的一腔真诚，周印那颗容易感动的心又被弄疼了，不过他还是如刺梗喉。不喜欢一旦占了上风，那个人连呼吸都是错误。周印有一瞬间想，宁可娶个充气娃娃，至少它是干净的。

想到这里，他脸上露出苦涩的一笑。自己欲罢不能，又觉得"一别两宽，各生欢喜"倒是挺好的，可自己真是没有勇气，原本嘴里的唾沫都酝酿好了，结果让她三两下就给堵了回去。患得患失，成为他生命中牢固不破的枷锁。

"温总，VIP 包房的欧阳端老板在叫您。"服务员轻轻地喊到。周印一听到这些人的名字，全身立即就起鸡皮疙瘩。

"好了，有事咱们晚上回去说，你该去医院看下你父亲了。"温茨看周印不说话，态度也温和了许多，便开始转移话题。

这时周印才想起来父亲在医院里住着，自己竟糊里糊涂给忘记了。突然又觉得温茨还是一个有心人，心中顿时涌出丝丝感动。就如一个女孩对男友说"等我股市解了套，我就跟你结婚"一样，令你又很展望。

第四章　当年情

走进病房，发现妹妹周盈正陪着父亲有说有笑，温暖甜蜜，这让他感到非常意外。

"爸，什么事这么高兴？"

"还高兴呢，一连两天不来看我，要不是你妹妹守在这我怕死在床上也盼不来你看一眼！"

"哎呀，爸，实在对不起，这几天因为生意上的事搞得我焦头烂额的，真对不起……"

看到哥哥难为情的样子，妹妹周盈微笑着安慰道："爸是跟你开玩笑的，天天有我陪着，这不嫂子今天还来看爸呢，还带了这么多东西。"

"是啊，温茨真是好姑娘，你看她买来那么多水果，还给我这么多钱，能娶上这样的媳妇，是你小子几辈子修来的福分啊！"周印瞟了一眼，五百块。心想真是没见过钱。

高度评价，充分肯定，周印一下子觉得温茨比他这个当儿子的强，温茨真的比电视剧中的人物还要感人。然而，他真想跟父亲这位不知情的导演说："能不能改一下结局，我还都没看到真实的剧情，叫我应该怎么来演？"

想到这儿，刚才服务员喊"温总，VIP包房的欧阳端老板在叫您"的话又浮现在耳边，而后温茨那副旧上海的"满场飞"歌女穿梭在男人丛中的模样浮现在眼前。想到这里，胃里开始翻滚，一股深深地厌恶就要冲出喉咙。

"你怎么了，怎么了？"妹妹周盈担心地问道。

"可能是昨晚没盖好被子凉着胃了。"

"看你难过的样子，回去休息吧，这儿有我，对啦，嫂子说明天再来看爸的。"

周印心里在流血，却找不到伤口，憋得满脸通红，只好闷闷地说："以后不要张口闭口嫂子嫂子的，八字还没一撇呢！"

妹妹周盈却不知道周印心里的想法，不情愿地接口道："你们不是共同办公司，还……还住在一起了，不就是一家人了。"

周印本来已经走了，又转身把白眼从东半球翻到西半球，然后用口型对着她说："无知！"

见此情景，周皓轩立即帮腔："你这什么态度，别以为当了老板就不知轻重了啊，多好的女孩啊，又漂亮又会赚钱，你上辈子修来的福分啊。"周印看父亲态度坚决，于是不想再争辩，知道父亲是什么脾气。

这边的"菲克芭斯"里，温茨满怀心事地进了VIP包厢。

"来了，来了，欧总有什么事啊？"

欧阳端抬头看了一眼温茨，随即像发现新大陆似的，眼神中闪着阴阳不明的光泽，示意她坐下说话。

"你这眼神怪怪的，怎么了？"温茨看见欧阳端的眼神，打了个寒战，边坐下边问道。

"我上次跟你说的事怎么样？"欧阳端于是切入正题。

"那不行，那样我成什么人了啊？"温茨口气非常坚定，但没有上次那么板上钉钉的声音。

她的这一态度的细微变化，被久经沙场的欧阳端捕捉到了："这有什么啊，你还年轻，只有天知地知你知我知，我会计划周密的。"

"你还是先教我炒股吧。"温茨这时言虽未行，身已到他身边。

"那东西你玩不好的，搞不好会倾家荡产的。"

"那你为什么就行？"温茨噘着嘴表示自己的不理解。

欧阳端嘴唇嚅动了一下，停滞在那里，不知道怎么以专业的语言来说服她。因为他不想说那东西就像赌博，需要把握时机，需要心智甚至更多的时候就是胆大。但他现在是身价不菲的老板，总得说点儿有品位有文化的话，否则会让这些年轻人看不起。

"我的身价足够你享用了，干吗要那么拼呢？"欧阳端信心满满地劝说道。

"我就是想试试我这辈子能赚多少钱，说白了我就想看一下我的能力。"温茨说完，欧阳端像被石子硌牙般，一口茶险些喷了出来。

欧阳端如此举动，温茨觉得这是对她最大的侮辱，因此情绪反应非常剧烈，由此语言也变得剧烈，甚至有点反唇相讥的味道："据我了解，你过去也没读过几天书，还干过养猪、掏地沟油的事情。"欧阳端一愣，却不恼怒，只是用一副桀骜不驯的阴笑看着她。

温茨之所以如此痛下恶语，因为她也怕别人说她没文化。她出道后，竭力包装自己，不仅买了一个本科文凭，还对自己的身世、才艺甚至名字都进行了东拆西补。

越在乎什么，越缺什么。温茨并没有意识到，一个人的品位和素养并不是可以包装出来。作为同类人，欧阳端不用几眼就知道她在想什么。

"那好吧，我就给讲讲我们老人的故事。"欧阳端一脸认真，认真到面前茶盏里冒出的热气中都氤氲着一种沧桑的错觉，"我们生于20世纪60年代，过'六一节'必须统一穿白衬衫、蓝长裤；玩弹弓、铁环、玻璃珠；看过黑白小人书；看了山口百惠的《血疑》，天天查看自己手臂上有无红点、担心自己也得白血病；为费翔意乱情迷……"

"得、得、得，别说得那么悲伤，我怎么觉得你们这代是最占便宜的。"

"此话怎讲？"似水年华的回忆被打断，欧阳端并不恼怒，只是有些迷茫地看着温茨。

"网上不是一致这样说的：说60后男人最爽，有钱有房有老婆，还抢走了80后女人。"说完觉得不尽兴，想了想，又补充道，"你们60后老人似乎更喜欢追忆似水年华和曾经诗与远方。"

"我怎么觉得你在骂人啦？"欧阳端一脸无奈说道。

"你看我们80年代末90年代的人多无奈，当我们出生的时候，毒奶粉横行；当我们长身体的时候，垃圾食品当道；当我们要上幼儿园的时候，开始乱收费了；当大学毕业的时候，就业难了，当我想努力赚钱的时候，房价上涨了。"

温茨的话，欧阳端觉得有些道理，但他还是摇摇头。他自有自己的人生阅历，也有一套"成长经"，他觉得每一代人都不容易，都是要熬过苦日子，才能有好日子的。但是，这其中的苦，他不想和温茨说，说了她也不一定会懂。苦涩如波涛在心里流淌，而这只有他自己知道，他现在虽说有钱，有很多钱，但买不来他曾经的苦难年月——那笔苦难已经成为难以磨灭难以替代的财富。

记得刚到这个城市掏地沟油的时候，无论春夏秋冬，他就像一只活跃在下水道的耗子一样，总是一身臭气地穿梭在大大小小的巷子和饭店之间。直到有一天，一家规模不小的饭店因下水道被地沟油堵死，下水道臭水蔓延，严重影响饭店生意，饭店老板找来疏导工忙了一天一夜仍不能解决问题时，见到他去掏地沟油，便抱着试试看的心理说，如果他能帮他们疏通，给他两万元。欧阳端听了"嘿嘿"地笑着拍着胸脯打包票："不用！你只给我抱两床被子来，一会儿就能搞定。"

老板非常惊讶地问道："你这是要干吗呢？"

他笑了笑说："你按照我说的照办，保证没问题。"

围观人员纷纷说他这完全是扯淡，浪费时间，老板虽然也有所怀疑，但没有其他办法，只能死马当活马医了。于是欧阳端将被套一扯，将棉絮卷成笔一样，一点点往污水横流的出水口中堵。见此，老板"啊唷"一声："住手！我是让你疏通啊，不是让你堵死。"

"你交给我的事，就让我用我的办法来，否则我赔你两床被子走人便是。"

两床被子把污口堵死后，他又胸有成竹指挥着人们说："把你们饭店门口那头石狮子抬来压上吧。"老板不明白他在干什么，便上来责怪道："你这不是胡闹嘛！"

这时，欧阳端真的有些生气了，气馁地抬起头，满头大汗地说道："你还想不想让下水道恢复正常了？想的话就照我说的做！少废话！"

他的口气不容置疑，饭店老板只好吆喝大家起来。石狮子稳稳地压在污水口上，欧阳端又一挥手命令道："去把饭店能打开的水龙头全打开放水一个小时。"就这样，饭店被堵死的污水管网在巨大压力下打通了。

面对饭店老板的笑脸，坐在一边抽烟的欧阳端不敢相信，自己长期的苦难竟然成了丰厚的积淀，贫乏无知里竟然蕴含着如此卓越的潜能。从此他怀着大器晚成的骄傲，把自己看成天降大任于斯人的将才。

"你在想什么？"温茨的问句将欧阳端从遥远的记忆中拉回现实。欧阳端把他的成功之作复述了一遍。

温茨怀疑道："不会是吹牛吧！那怎么会疏通呢？"她觉得这也太天方夜谭了。

"这你就不懂得了吧，下水道之所以堵死，是因为人们丢弃的杂物过多，加之上面的压力不够，久而久之就沉淀堵死，上面压力一大，堵死的东西就顺势下去了。"

温茨于是像明白了什么，嘿嘿一笑，说："美特斯邦威，不走寻常路！"心里对他有些佩服起来，不过，这并不影响她嘴上的讥讽："刚才你说话时的眼神得意得很。"

欧阳端一愣，随即哈哈地笑起来，装作没听懂一般说道："阳光正好，心坦然，守得云开见月明，世界读懂了所有。"

温茨便转移话题问："怎么从未听你说过这件事，只是觉得你这人吧，胆子大，敢于冒险，没想到你还那么有生活经验。"温茨说着，用细密的牙漫不经心咬着一只突出的指甲，那样像极了一只狡猾的小猫。

"你也没有给我机会说啊。"

温茨开始沉默不语。

"跟我好吧！"

"不行，我有男朋友！"

"那你为什么不嫁给他？"

"不急，还没到时候！"温茨凄伤地笑笑，说完走出包厢。

欧阳端有些失意地看着她的背影远去，不过只是一瞬间，他的神色便又变得清明，目光炯炯，闪着志在必得的光辉。他相信，只要他再努力一下子，她会乖乖就范，因为她的眼神出卖了她的心。欧阳端有了新的办法……

[二]

念之再三，必有回响。

"一根金柱往上飙，赚大发了，赚大发了！"温茨在电话中手舞足蹈地与欧阳端说着，那样子比她那年考了一百分还要兴奋。

"唉，没听人家老股民们说嘛，那一入股市深似海。小心点吧。"

"嗯，好的呀。没事的，有您这位大师当指导，宝宝我才不怕呢！"

面对温茨嗲嗲的声音，欧阳端如春风拂面，春雨浇心般舒坦。他希望把她拉进怀里来，好好疼爱一番。可惜温茨总是若即若离的难以把持，总要费一番功夫才能吃上这道美味。

此刻，温茨的心情于云端之上，连天空都蓝得奢侈，仿佛在谈笑之余，划下一条幸福的痕迹。电话那头欧阳端的声音在温茨听来也变得明媚可爱多了："那你小心点吧，不要投入太多资金，我帮你选股票。"

"嗯嗯，好的，一切行动听指挥！"

"那我们晚上一起吃饭吧，庆贺你的成功。"

"哎呀，今天男朋友约了的。"

"哪个男朋友？"欧阳端意味深长地反问。

温茨立即脸一板，说："还有哪个男朋友啊，那天你不是见到过的！"

"唉！那人啊……"欧阳端以拖长的"啊"字来诱导她的好奇。

果然，她一下子就上当了："听你这口气，怎么不好吗？"

"这个，这个好不好，只有你自己知道啊。"

"那就晚上一起吃饭吧，听听您老的高见。"欧阳端没想到她的转变竟比翻书还快。

收到温茨的短信后，周印真有些生气。

说好的今晚一起到医院看望父亲的，结果人家一条信息就变了。不过对于温茨反复无常的变化，周印好像已经慢慢习惯并麻木了，因为她总是像风又像雾，让他抓不住摸不着，却看得见，而且这些天他的感觉更加明显起来。于是他调转车头向医院而去。

"你怎么会在这儿？"面对雪卉的突然出现，周印一愣，十分惊讶地问道。

"怎么，大哥不欢迎啊？"

"欢迎，欢迎，只是没有想到。"周印立即换了笑脸，不过这个笑很真，纯到血肉里。谈话间，周印发现儿时的雪卉已经有了脱胎换骨的味道。当年那个至清至纯的小姑娘已经被时间和社会雕刻得面目全非，眼角已被岁月刻上了浅隐的细褶，从她的身上就能看到岁月前行的脚步。

"怎么，我变化大吗，大哥？你居然这样看着我。"雪卉看到他异常的眼神后疑惑地问道。

"岁月无情也有情，一切一切，犹如那蠡湖的湖水，只要流起来，就不会再停下来，而且不会折叠不会打结不会弯曲，任何物质的堤坝也无法挡住——你变得更加漂亮了。"周印巧舌如簧般顺溜。

"多年不见，没想到大哥变得这么会说话，还说得好有文化。"

周印脸一红，他最怕人家谈文化，于是连忙转移话题道："对了，你怎么突然来了？"

没等雪卉回答，父亲周皓轩连忙解释说："这不，你妹妹要回家农忙了，你和温茨又天天忙得不着边，所以你妹就跟我商量，请雪卉来照顾我些天。"

"那……"周印欲言又止，眼神中却满是问题。

雪卉心领神会，回答："我出来打工好多年了，这不正好企业里停产，所以暂时没上班，就接到周盈的电话。"

"那太好了，不然周盈一走我还真分身无术啦。"

"雪卉今天刚来，你先带她回家安排住下吧，明天再来交班。"周皓轩说着像赶他们走一样。

周印说了声"好"后又突然意识到雪卉住进家中，大家都有些不方便了。且不说女友温茨不一定会高兴，突然住进一个熟悉的陌生人，尤其是他们年少时有过牵绊。

周印快速思考着怎么办才好，可是一时又找不出好办法，于是他提议："那我们先去吃饭，再安排你住宿吧？"

"哥哥，就让雪卉住我那房间吧，今晚你来值班，我和雪卉要好好聊聊天。"

妹妹的话已经定位雪卉以后要住她的房间，而且就在他的房间隔壁，周印在心里叫苦不迭起来。

"周印哥，听周盈说你现在是大老板，又开公司又开茶吧的，真是好厉害啊！"

面对雪卉闪烁着的羡慕的目光，周印难为情地苦涩一笑，说道："别听她的，都是小生意，这几年整体经济形势不太好，有点举步维艰。"

"啊！不会吧，今天听叔说你生意很好，忙得天天不着家。"

"事实不一定是真相，真相不一定是事实。他那看到的都是表象。"

周印知道好面子的父亲喜欢在乡亲们面前吹嘘，这是要强的父亲一辈子最幸福的事情。当年雪卉的父亲当上支书，他就觉得很没有面子，觉得自己好歹也参过军，打过仗，立过功，为什么不让他来当？他心中愤懑不平了很多年，终于，儿子给他扬眉吐气了！

假作真时真亦假。见周印言之凿凿，雪卉有些失望起来。这么多年来，周印在她心中的温情，在今天的见面中又渐渐预热起来；却又在听到他的不成功时，转而成为傍晚的阳光，慢慢发散一下就开始藏匿。

"走吧咱们先去吃饭吧？"周印转移话题道。他知道很多东西眼见不一定为实，成功与否每个人的标准不同。

雪卉坐上周印的宝马车，幸福得如出嫁的新娘。心想：这坐在宝马车里的感觉就是不一样。

　　周印与雪卉吃完晚饭后，觉得时间还早，决定带她到蠡湖边上的勃公岛看看蠡湖的夜色，这是他最喜欢的事情。每当自己有心事，或者不快乐的时候就喜欢去那里看看星空，看看蠡湖，仿佛绾着青丝、穿着罗裙的西施就在眼前，心情也会变得平静起来。

　　"这地方好美啊，大哥。"

　　"是呀，从早到晚，蠡湖都有不同的景色；晴天或雨天，蠡湖都有不同的姿态。冬天，蠡湖银装素裹；夏天，蠡湖垂柳依依……你总能看到不一样的风景。"

　　"真的太美啦，我也来这个城市安家。"雪卉眼神迷离，对于周印的话语都没听清楚，仿佛痴醉于蠡湖的美景中，自言自语，一团含义黏稠的话。

　　醉于景，因于梦。

　　"梦里不知身是客，且把他乡作故乡。他乡虽好，然故土难忘。"周印突然冒出一句感叹来，眼神悠远到雪卉看不到的地平线。

　　"怎么，在这里生活不好吗？"雪卉不知所以地问道，不明白周印为什么会突然冒出如此感叹来。

　　周印答非所问："你还不知道，在黄昏时分，天气晴好，阳光铺满整个西边的天空和云彩，那时的景是最好的。我经常在闲暇时一个人开着车来到蠡湖，天气晴朗的时候会看到夕阳，平静如水的湖面上会被太阳染得到处是金黄，有云彩的时候，阳光会透过云层透射下来，你会完全被那样的气势所感染。"周印越说越神采飞扬，仿佛诗人在吟唱他最美的词句。

　　雪卉一听，马上说道："是的呀，早就在朋友圈看到朋友发的蠡湖秀美的图片，一直没有机会来，今天一见果然名不虚传！"

　　"快看、快看，放烟花了。"

　　"好漂亮啊，今天是什么日子？"

　　周印突然想起来了，说："对了，今天好像是蠡湖灯光节开幕。"

　　话音未落，蠡湖上空一个个红点扶摇而上，随即散落成一个巨大的金球，那金球还没退去，又几个亮点蹿上来，爆炸出一簇盛开的菊花。一会儿是三两个光点升空，魔术般现出几条游鱼，八成是怕"鱼儿"空荡荡地浮着寂寞，瞬间，数根水草迎了上来，好让游鱼优哉游哉。正当他们俩沉醉之余，一声巨响，一个光圈直升夜空，一只"张牙舞爪"的金蟹悬在夜空。

"螃蟹！大螃蟹！"雪卉此刻仿佛觉得身在童话中，而身边，就是王子和幸福……

幸福总是与金钱有太多关系。

"今天我请你吃饭啊，别跟我抢。"温茨一坐下便对欧阳端说道。

"好啊，今天我客随主便。"

"嗯嗯，今天请师父，还指望师父带着我赚大钱呢！"

欧阳端嘿嘿一笑说："丫头啊，股市的钱哪有那么好赚的，不好当真的。"

"你看你又来了，我耳朵都听出老茧了，来，喝酒喝酒！"温茨端起酒杯，她不想听他哆嗦，赶紧用敬酒转移话题。

钱是开心果。温茨一杯又一杯地犒劳自己，仿佛这样才能代表成功的喜悦。

"咱们别喝了吧？"欧阳端发现温茨已经有些醉意了。

"怎么？你平时不是一直想把我灌醉吗？今天怎么大发善心了？"

"嘿嘿，我有那么坏吗？"

"男人都一个样儿，就喜欢借酒劫色！"

"我可没有啊，我对你是一心不二用，说一不二的啊！""嘿嘿，男人本就应该一心不二用说一不二的……"说到这儿，温茨顿了顿加重语气说："你实在想说二时先把一做好！"

"必须啊！"欧阳端说完眼睛直勾勾地盯着她。

"你看，狼已经出没了不是？"

面对温茨的指责，欧阳端连忙转移话题道："趁你没喝多，给你讲讲我炒股的故事吧。"

"你看又来了，好讨厌！"说完她又否定自己道，"那好吧，你讲吧。"温茨放下酒杯看着他，那样子仿佛要认真听似的。

"人在股市混，想从里面赚钱很有难度，而从里面亏钱却轻而易举，可能在短时间内噩梦成真。等我真正明白领悟'10个炒股7亏2平1赚'时，几十万资金已几乎蒸发殆尽。"

"是啊，每个人在做一件以前从未接触过的事情时，都有可能面临不可预知的损失。"温茨附和道。

欧阳端却没有接温茨的话，而是接着自己的思绪，继续叙述："那时，我抱着满怀信心的斗志，义无反顾地杀进股市，企图实现富翁梦，从来没有想过股海里除了梦想，还有波涛汹涌的浪潮。

"股市中有它的规则，在股市中，资金、政策、信息、媒介都不是均等的，我们散户只能是被动的，你不进来，就煽动你进来，你进来了，就要吃你的肉！大的吃小的——超级主力吃庄家，庄家吃机构，机构吃小散。散户处于食物链中的最底层，说白了就是弱肉强食的市场，散户人多，吃不尽的一批又一批的小散啊……"

温茨听着听着，惊讶道："有你说的那么悬乎吗？"

"哼，你别不信，记得在2001年8月初，那时的大盘正值多空双方'军队'对峙的震荡年代，多空双方交战激烈……"

"什么多空交战？怎么还打起仗来了？我都被你搞糊涂了。"温茨一脸迷惑道。

欧阳端哈哈大笑："所谓的多空投、多投是我们对做多做空的行话。"

温茨还是不解，欧阳端知道跟她一句两句也说不清，便又接着上面的话说道："其实，做个赚钱的股民难，做个每次大跌都躲过的股民更是难上加难，市场是不相信眼泪的……"

温茨听着听着，那感觉，仿佛"梦里走了很多路，醒来依旧在床上"……

"好了，我再给你说说我朋友的惨败吧……"

欧阳端话一出口，温茨便立即阻止道："败兴，败兴，不听了，你快送我回家吧，不然……"她故意省略后面的话。

其实后面没有话，她怕欧阳端缠着不放。果然，话音一落，欧阳端看了她一眼，嘴配合地动了一下后，又像被饭噎住似的拼命咽了下去。

[三]

清风袅袅，初秋微凉。当最后一朵硕大的烟花像天女散花般，悠悠梦幻，消散在蠡湖上空后，蠡湖又恢复了往日的静寂。

"大哥，你还记得我们七夕看牛郎织女的情景吗？"烟花逝去，心却还沉在梦幻中，雪卉眼中闪着光，转身问周印。

周印愣了一下，有些难为情地回答："当然记得，晴朗的夏秋之夜，银河横贯南北，在河的两岸，牵牛星和织女星遥遥相对。如此美景，怎么能忘记呢。"

"是的，不知从何时起，这样美丽的景色从我们的眼前，或者是心底消失了。小时候听外婆讲牛郎和织女的爱情……"雪卉说着，语气中渐渐生出幽幽的青春愁肠。

"是呀，渐渐长大，渐渐成熟，渐渐忙碌。这些虚无缥缈的东西再也感动不了我们，因为我们也从不舍得把赶路的双脚，稍作停留。"

"对的，城市的变化好快，还没熟悉它，它就又变了样子。楼变得越来越高，路变得越来越宽，夜晚越来越亮，星星越来越暗。大哥，我想外婆了……"

"雪卉，我也想家乡，月是故乡明，在城里这么多年，还是小时候家里的月亮最好看。"

在一对一答中，周印被带入雪卉的世界，那个世界里，也有周印的记忆。

为自己许诺一个更好的未来，是每个人的愿望。

一想到与周印那天看牛郎织女的情景，雪卉的感官就变得混乱不堪，但意识却格外清晰，缓慢膨胀着，逐渐溢出模糊的身体边缘，像个半生不熟的单面煎蛋往外流淌。

今夜，星星和月亮如那天一样故技重现。月亮那么大，那么亮，星星那么多，那么纯真，像一滴滴水滴，滴到他们不再年轻的脑壳上，泛起点点涟漪。

当周印从回忆的怅惘中回到现实，回头看一眼雪卉，发现她静静地闭着眼睛倚在树身上，像是在回味一段经年的往事。

月光粲然地洒落在雪卉的身上，像是要把一个女人曾经的所有曼妙以虚虚实实的笔法描摹出来。见此，周印积蓄了很久的冲动一下迸发出来，一个伸手，就把她轻轻拢在了怀里。

雪卉感受到周印的动作，却连眼睛都未睁开一下，烟花过后，童话依旧，仿佛所有的语言化作了行动的外衣；仿佛所有的快乐在这一刻凝固。

周印看着雪卉那安详温暖的脸庞，那一瞬间，他觉得自己跌落幸福的漩涡，有些晕，却绵绵软软，很是惬意。

正当他决定继续行动时，手机铃声不合时宜地响了起来，他只好离开雪卉，走开去接电话。

看到他瘦骨嶙峋的肩头被月光刮得薄薄的，雪卉很心疼地望着他，身后空旷的风一阵阵吹来，吹拂着整个世界。待雪卉将他拥抱的错乱神经理顺，一回头，发现周印接完电话愣在身后。从月光中她看到那深邃的目光宛如时空隧道，通向另一个熟悉又陌生的世界。

这时她发现，这人已经是熟悉的陌生人了。

"大哥，谁的电话啊？"雪卉带着淡淡的遗憾问道。

周印难为情地一笑，故作平静地答道："你不认识，一个朋友的电话。"其实电话是温茨打来的。温茨一开口就问他跑哪去了，并说在这么安静的地方，一定带着某个女孩在幽会，那口气就如她亲眼所见。面对几乎暴露的质问，周印非常生气。心想，一身的毛病还嫌弃人家感冒咳嗽。然而，他又不能发作，怕雪卉笑话他。

人生舞台，总是让人言不及义。这时，雪卉发现周印已经不再是那个记忆里时时安慰自己、逗自己开心的大哥了，原来一切的美好都会随着时光的渐行渐远而被渐渐冲淡，看着眼前的周印，和记忆里的大哥重叠又分离，然而，最终还是陌生了，那是一种咫尺天涯，转身陌路的悲凉。

雪卉喜欢他温暖的怀抱，喜欢他调皮的舌尖，当她还是一个懵懵懂懂的小女孩儿时，十四岁的初吻带着微微的月色，在她的心中开出花来。从那天以后，她对看牛郎织女有了一种新的认识。

那天，一开始她静静地靠在周印身边仰望着星空，希望能看到牛郎与织女的鹊桥会，渐渐地，她发现周印身体散发的汗味令她希冀。于是她将视线移到周印身上，又静静地将狐疑的目光转回天际。然后在月晕而风时，她有些害怕地抓住他的手，他则一下子把她揽进怀中，淡淡的香气弥漫在肺腑中，仿佛整个人一瞬间都有了一股清朗之气。他轻轻地趴在她耳边呢喃："好喜欢你！"

接下来，她只知道他一只手伸进衣服抓住她还在成长中的小鸽子，舌尖随即疯狂地游进她的嘴中，动作粗野而笨拙。激情在人们的嬉笑中戛然而止，他们有些失望，气氛有些尴尬。

返家途中，雪卉余味未了，故意撒娇道："大哥，太累了，你可以背我吗？"

周印回过神来忍不住"扑哧"一笑，愣了下，眼神一闪，说："嗯，好呀！"

雪卉便一个跃起，趴在他背上，轻轻地憧憬道："不都说每个成功的男人背后都有个伟大的女人吗？我这是要让你成功的节奏吧。"

周印心一惊就停止了脚步，回应道："小毛孩儿，才多大……不过我相信有一天我会成功的。"

从此以后，雪卉梦里有个他，幻想着在这个世界有那么一间魔法屋，让她和爱的人永远在一起；让寒冷变得温暖，让仇恨变得感动。

云舒云散，幻梦一场。

"好了，咱们该回去了。"周印的声音突兀地从空气中的某个方位传来，将雪卉从梦里唤回来。

"好的，不然嫂子会担心你的。"

"还没结婚呢，哪来的嫂子？"

"今天周盈一连夸奖嫂子好能干的，难道……"

"以后有机会我给你慢慢讲吧，她……"他想说她无知。戛然而止，雪卉却好想他一直讲下去，讲清楚。

周印也有很多问题想问雪卉，他想知道雪卉为什么突然企业停产，为什么在这个时候来到。他很想过问一下她生活状况，可话到嘴边，却总也问不出口。多年未见，再见面的那种感觉陌生而又新奇，就像是酿酒一般，当埋在地下多年的酒坛被挖出来，开封之前，酿酒人的心中总是忐忑的，只是周印这坛酒只是随手封藏在心底的。

周印也看得出，自从得知他和温茨的关系后，雪卉的言辞之间处处透露出同情和爱。但是，他也知道，有好日子过肯定不会四处奔波的道理。于是转移话题问道："叔叔还好吧？"

"他呀，还是老样子，都辞了支书了还管东管西的，仿佛这个世界离了他，地球就不转了。"

"唉！叔叔和我爸一样，他们这代人啊，一辈子要强，一辈子怕天塌了，结果天依然年轻，他们却老啦。"

"大哥，这次来，我发现你的话都很有哲理，难道当老板除了赚钱还长知识啊？"雪卉从车座上侧过身一脸认真地问道。

"都是跟朋友圈学的，耍嘴皮的话别当真哈。"周印难为情地一笑。

第五章　半夏晴雨

[一]

　　有最喜欢人的陪伴，如万物更新，一切都是那样恰到好处的温柔。从蠡湖看完烟花之后，那一夜雪卉失眠了。觉得记忆在被抛弃的荒芜之地，彷徨，失措。年少时那散落漫天的画面，一下子遗忘在这个相见的时刻。时间真的很贪婪，悄无声息地吞噬了所有的过往，连个骨头渣儿都不给人剩，因此她有些伤感起来。

　　第二天中午，雪卉从医院回来，走到周印的家门口，准备喊着周印出来，帮她拿医院带回来的东西。可嘴还没张开，门里的一声声争吵，立即让她闭上了嘴。

　　"你是不是性冷淡啊！"周印的声音冷峻。

　　雪卉心一惊，想：大哥不会带着外

面女人回家吧？

正在猜想中，女人回应道："作为一个男人，不好好去赚钱，整天为练八块肌肉忙活，就那点出息吗？"雪卉这时才判定是温茨的声音。

"我怎么没出息了？"

"我只是觉得做这事需要环境和气氛。"温茨的声音里夹杂着无力和无奈。

而周印觉得，这样的争吵实在有失和谐，不就是那么一回事嘛，干吗要这样别扭，又不是大姑娘第一次。于是非常生气地说道："你以为你是皇后呀，皇后还巴不得皇上一天多来几次呢。"

温茨听了，也不生气，倒像是有些妥协地说道："就不能有点情调，顺其自然吗？多美好的一件事搞得像……"

周印一愣，反问："像什么，像嫖客？"

"是的！"

温茨的话一下把周印激怒了："你……"

雪卉听得出他口中的"你"字的声音透着千锤百炼的狠劲。在激怒中，周印明显感到生理反应的那种畅快涌动如洪水般奔腾而来。一个男人最大的悲哀是能说不行。

看到周印脸色煞白，温茨隔了数分钟，小心地问道："你昨天晚上干吗去了，不知道别人担心吗？"字里行间里渗透着管家婆的唠叨和霸道。

没想到，周印听到这话，脸色变得更厉害了："你还知道关心我，一晚上没见到我这会儿才发现啊？"

"我怎么不关心你了，从你吃的到穿的不全是我买的？"

"那有什么用，我需要的温暖，需要情爱，也需要做爱！"周印说着又饿虎扑食般扑了上去。

一阵推拉，伴着一声女人的尖叫，接着一记响亮的耳光，间隔着一瞬间的寂静，又是一阵器物散落的声响伴着女人"不要，不要"的尖叫。

雪卉心一紧，怕周印弄出人命案来，赶紧拿出钥匙打开门。

"大哥，住手！"雪卉的喝声突兀却唤回了周印的理智，周印徘徊在温茨身上的手像触电一样骤然弹开。雪卉虽然在进门之前就做好了思想准备，但还是被眼前的情景吓呆了。温茨率先反应过来，满心的羞辱和不堪，随手扯起裙子护住胸后发出歇斯底里地喊叫："滚！滚开！"

雪卉愣了一下，立即上去要扶起温茨，结果被她乱舞一挥手，眼冒金星，顿时一股无名之火上升起，说道："你这是干什么？放着好好的日子不过，他是你的男人啊！"

温茨歇斯底里道："他是谁的男人，我们又没有结婚，干吗他随时发泄我就要配合！"温茨说完，脸红地愣在原地。

雪卉神情一顿，看了一眼周印，发现他冷峻的侧脸上已经流出血，嘴唇也被咬破，仿佛他才是真正的受害者。雪卉立即拿桌上的纸巾给周印擦着血并心疼地说："哥，你看你。疼吗？"周印脸一红夺下她手中的纸巾。

多年没有见到他这样子，也不知道他今天是忘记了刮胡须，还是故意留下胡楂儿装沧桑，沉陷的眼窝和野蛮的胡楂儿无一不在向世人诉说着他生活的不如意。

"我……"周印茫然地看着一地鸡毛的乱摊子，似乎半晌才意识到自己做了一件蠢事，然后试图挽回面子地看着雪卉说："唉，我今天这是怎么了？"说完快快地瞟了眼坐在地上的温茨就要走。

"还不去把嫂子扶起来认个错！"雪卉不依不饶，脱口而出。

对此，温茨像一下找到了借口，开始数落周印的种种不是。雪卉使了个眼色，他便落魄地走出了家门，步伐的摇摇欲坠中，仿佛在自责他是致使美丽陷落的凶手。

批判的武器代替感情的宣泄。随着周印的离开，温茨由数落周印的不是转到展示自己的坚强。"男人算什么东西，我赚的钱比你少吗，你的东西还都是我买的……"

"嫂子，我们都知道你很能干，昨天我一来，周叔都在夸你能干、懂事又漂亮……"雪卉身为女人，当然懂得女人的心事，尤其在农村生活的那十几年的岁月中，她学到了许多农村女人应对突然事件办法的精髓。

从昨天周皓轩描述，到今天第一眼见到，她就发现温茨是那种穿裙子的男人，强悍又漂亮，坚强又聪明，就算是得意扬扬的样子，她也会如端着枪在战场上勇猛的战士，让人联想，这世界是她的。

"嫂子，别哭了，别生气了，大哥可能一时冲动。"

温茨一听，刚刚瘪下的怒气又一下子翻腾起来，道："你不知道他，他，他是……"她话到嘴边停止住了，因为没法说出口。她想说，他根本就不像一个男人，他只有在生气发疯的时候，才能像一个真正的男人。那个时候的他像吃了半斤伟哥一般可怕。

男女间的事情说不清，温茨心里也是苦的。其实与周印平时的性生活并不和谐，只是几年在一起的同居生活，自己已经习惯了每天睡在他身旁，枕在他的臂上。他们像很多夫妻那样，过惯了那种平平淡淡的日子。

只有当他生气发怒的时候，他才会坚挺，才会猛烈，当他在她身上攫取时，她会有强烈的高潮，那个时候她就又有无与伦比的满足。温茨有时候盼着周印生气，希望他生气时暴发疯狂。那种疯狂带着摧枯拉朽的痛快，又倾泻出一种脱胎换骨的痛苦。痛苦与快乐的交织，让她矛盾又无从选择。她希望能像唱歌那样，有个前奏，不求柔情蜜意，不期温柔缠绵，但起码让她有心理准备，可是，他做不到。

她就像一匹受伤的狼一样嗥叫着。雪卉看到她满脸泪痕时，顿时有些可怜起她来。心里说：原以为像温茨那样的漂亮的女人，除了被男人捧在手里，含在嘴里，原来也有伤心的时候，也会像我一样流泪。大哥为什么会这样对她呢?

便发自真心地劝道："好了嫂子，我会说说他的。怎么能随便动手欺负女人呢！"温茨脸上渐渐明朗起来。

今天的场景又让雪卉回忆起来多年前的那个月夜，那天是七夕，她与周印一起看牛郎织女，周印不知怎地，突然对她动了情，如果那天不是因为自己的挣扎，怕是十四岁的乳房会被他揉成面团。不过从那以后，她居然时常怀念起他的粗鲁来，甚至希望他再来揉她的身子，把她揉成一滩水。

"去洗洗吧嫂子，我一会儿陪你去周叔那告状，让周叔好好教训他一顿。"于是温茨几点泪花在睫毛上颤抖着，终于找到了台阶起身走向洗漱间。

人仿佛只要有人活得比自己惨，现时的悲苦也就一下子淡了许多，而看到别人幸福时便会加剧自己的痛苦。雪卉心里有些开心得意起来。

女人看男人的眼神常常是复杂的，有时候是轻视，有时候又是爱怜，类似于一个养狗的人看到小狗在家门口等待自己归来时，发出"哎呀，这家伙蛮聪明的，居然会知道是主人回来了"这般的幸福，雪卉从温茨的眼神中找到这种光芒。于是她叹道："女人有时候也很贱！"

有些人，一定会把生活过得像诗，常伴在他身侧，只想时光慢一点再慢一点；有些人，一定会让你心甘情愿，带着所有的青春驰骋而去。

在劣势的束手无策中力挽狂澜，是一种大爱，救人于危难，救己于无形，只是很少有人能做到。窗外阳光无限好，雪卉觉得爱的阳光总是认真地对待任何一个认真的人。

[二]

温茨在收拾一番后来到欧阳端的家里。"你眼睛怎么那么红？"欧阳端关切地问道。面对欧阳端一脸的关切，温茨"哇"的一声中投入他的怀里。

欧阳端拍拍她的肩膀自言自语道："有一个鸡蛋，非常天真地嫁给了石头，在一起磕磕碰碰 N 年。弄得自己身上伤痕累累，但鸡蛋一直坚持着，终于有一天鸡蛋受不了了，离开了石头。后来鸡蛋遇到了棉花，棉花对鸡蛋的每一个拥抱都是那么温暖，鸡蛋的心暖暖的，这时候鸡蛋才明白：不是努力坚持和忍耐就能换来温暖，选择了对的，适合的，就会变得很轻松很幸福。再优秀，也得碰上识货的人；再付出，也得遇上感恩的人；再真诚，也得赶上有心的人；再谦让，也得面对珍惜你的人！"

"这些我都知道好吗？我现在心里好难受，你说的我全懂得……" 温茨边捶着他的背，边发疯地叫喊道。

欧阳端像哄小孩子样劝道："有时候你以为天要塌了，其实是你站歪了。"

"那你说我应该怎么办？"

欧阳端无奈地摆摆头又把前面鸡蛋的故事重复了一遍。

温茨因此又像小鸡掉水中扑腾一样，叫道："我才不要你呢，你那么老，皱纹那么多……"

欧阳端轻轻推开她，看着她说道："你们女孩子不是经常喜欢吃薯条加番茄酱吗？”

“是呀，怎么了？”温茨擦了一下眼泪，疑惑道。

“我以前一直认为土豆与西红柿是两个世界的，现在才发现土豆与西红柿是可以在一起的，土豆变成了薯条。西红柿变成番茄酱。两个不相干的物质，却成了绝配。其实两人在一起也一样，只要对方相互做一些改变就行了。”

温茨又故技重演：“不要，不要。”不过她的口气变得轻佻起来。

“好了，不要把一个对你好的人弄丢了，到时你就后悔了。”欧阳端边说边把温茨往卧室推……

苏雅处理完父母的纷争后，已经是午夜了。心想，这股票为什么能让人如此着魔呢？百思不得其解，睡意全无，于是她一个电话打给了好友子陌。

“深更半夜你闹什么鬼啊？”电话中听得出子陌睡意蒙眬，梦回千里。

“陪我聊会儿天吧。”

“是什么事把你心急火燎地叫回去。”

“你以前不是炒股嘛，说说炒股怎么有那么大的吸引力？”

“哦，我明白了，你爸妈肯定是因为炒股发生分歧，你回家当和事佬了。”

“还是你聪明！”

“天，跟我妈一样。都套进去快十年了，涨涨落落的，基本上一直在慢慢割肉中。我前些年给她寄的钱，让她跟我爸去旅游的，结果她全扔到股市里去了，还不告诉我，所以我就再也不寄了。以前我也劝过她，现在也不管了。这东西跟有瘾一样，戒不掉的，特别是对于生活中没有什么兴趣爱好的人，这股市就是他们唯一的精神乐趣。你一定要注意不要让他把你也拉下去了。”

“谁说不是啊，他自己不舍得花钱，穿的是50块的山寨皮鞋，用的是七年前的蜗牛电脑，我说他要好好炒股起码换个装备啊，老爷子说舍不得，真不知道是怎么想的。”

“没用，他不会听的。我妈也是，省吃俭用就为炒股，生活上完全不管，成天异想天开，说她想发财还不爱听，说是在搞自己的事业。”

"完了，你爸简直是我妈的翻版……我妈也是个不舍得花钱的，自己不花钱，还整天叫我节约用钱。我跟她上街，买双打折的鞋80块钱，都心疼得不行，嚷嚷着花钱像流水。可我寄给她的几万块钱全部套到股市里，居然一点不心疼。这是病态，除非他们自己意识到自己的问题而且愿意改变，不然我们做儿女的是没办法的。"

听了子陌的叙述，苏雅插话道："谁说不是啊，每个人都有双手，但不是每个人都能把握机会的。"

"小雅，不用太担心你老爸了，我发现越是这样的人，生存能力越是强。我妈都快把周围人全逼疯了，她自己还活得不亦乐乎呢。"

"炒股为什么会如此上瘾啊！"

"很简单，产生的原因是投资者存在赌博心态，就是赔了还想捞回来，赚了希望赚更多，因此沉迷其中无法自拔。"

苏雅非常不解地问道："赌博就有那么大吸引力？"

"是的，其实炒股也一样，但是过于沉迷于此，同样会像网瘾那样影响巨大。我的一个朋友有一天晚上睡觉做梦竟然梦见自己持有的股票从60块跌到20块，当即就惊醒了，还吓出了一身冷汗。"

"真有这事？"

"还有更绝的，遇到大盘暴跌时，自己会情不自禁地心慌、出虚汗，心情也会一落千丈。因为炒股赔钱心脏病发或者跳楼的新闻也屡见不鲜。"

听了子陌的话，苏雅本来忐忑的心情更是一落千丈。心想父母都这么大年纪了，如果真的要来个股灾不是要出大事了。"那我该怎么办？"

子陌沉默了一会儿，闷闷地说道："那得去看心理医生！"

苏雅立即像触电样从床上坐起来道："不可能！我怕是连提也不敢，敢说他是病，不是去讨骂啊。"

"这是唯一之路，你不知道了吧，这就是一种病，必须得看，否则只能等到股灾面前他才会收手，不过搞不好代价会很大的。"

"会怎么样？"

"哎呀你傻啊，他们这把年纪了，不是有"三高"就是有"三病"，要是

K 线图来一个过山车，不是……"

"真有这么严重？"

"好吧，我给讲一个大佬炒股人的悲惨下场吧。人家还是专业操盘手，就那么突然一天，就从十三楼上跳了下去。听说过这人吧，这个人在股市赚了不少钱，那年看到股市红火后，不惜花费巨额资金使用融资杠杆来股市博弈。结果一下子 2000 万被平仓。对此他妻子也太不理智了，跟他吵啊吵，结果就承受不住了。"

"这是真事吗？你快帮我想想办法啊，好姐姐！"苏雅听完子陌的一番讲述后，心惊似海中翻腾起巨浪般。

"就前几年的事，这些年发生这样的悲剧你在网上搜一下不少。"

"不行，我得开始着手阻止他了，否则后悔不及。"

"那你打算怎么阻止？"

面对子陌的问句，苏雅又不知该怎么回答，因为她实在没有这方面的经验，再说父亲的脾气她也知道，犟得很。

"小雅，我建议你把网上一些案例收集起来，多给你爸看看，当然不要直接要求他看。"

"好吧，我明白你的意思，就怕他迷途不归。"

"睡觉吧，明天还要上班呢。"子陌说完打了个哈欠，心想，生活就像一场电影，但常常都是自导自演，只有自己想通了才行。想想自己当初的经历，何不是与天下股民一个心态。所有的细碎小事儿，一层层叠起来，每一天每一天地折磨着。在 X 年的那场股灾前，她听朋友劝告，把大部分资金转入被低估的银行股，没有随波逐流。股灾发生后，国家救市，力推银行股，她才在灾难中幸免。

利益是致命诱惑，会让人欲罢不能。放下子陌的电话后，苏雅还是睡不着，在等时间与疲倦商量结果中，觉得子陌真是个好朋友，在关键时候总能找到她，这时她想起与子陌第一次去"静月轩"单身俱乐部的情形。

"哎哟，今天好漂亮嘛。""静月轩"门前，子陌明媚的双眸满含春水说道。

见此，苏雅假装生气地瞪了她一眼，随即轻佻地用手抚摸她的脸，回道：

"我把自己的心捆在百八十层内，再复捆八十层。这就是你看到每日微笑的我！"

"静月轩"的发起人，是胖姐。苏雅记得当初子陌让她加入时，曾条件反射地坚决不从，以为加入这种俱乐部就像加××俱乐部，生怕一不小心误入歧途。活了三十多年，听说过的俱乐部大多带给她的都是负能量。虽说她决定的今生不嫁会遭到世俗眼光的抵制，但她绝对不能堕落成另类人生。直到她听完子陌说完俱乐部的"乡规民约"后，她才不屑地说了声"好吧，我倒要看个究竟"敷衍了事。

[三]

那天是"静月轩"约定的聚会日。苏雅和子陌到来时，里面已经三三两两有好几桌的女人围在一起说笑着，定睛一看，全是三十上下的美女，当然除胖姐以外。一见面，她就对这个胖胖的女人没有一点好感，无论从面相还是言语，都令她望而却步。

"胖姐，这是我的好友苏雅，请您多多关照。"子陌一开口，苏雅心里就很不爽起来。心想，我又不是来当小姐的，干吗要她关照？于是狠狠地斜瞪了她一眼。谁知，她的这一举动被胖姐看得清清楚楚。

"这儿门并不是敞开的，这是一个聚集思想、灵魂、高雅当然还有美人的地方，来了就要遵守规矩。"胖姐说完又侧身对子陌质问道，"这儿规矩你跟她讲了吗？"那眼神从内到外都凉飕飕地冒着冷气，直插人的心底。

苏雅脑子里顿时轰隆一声，像无数东西蜂拥着在心底盘旋而起，作势就要转身离开，结果被子陌给拽住了。

"胖姐，我都讲过的，您放心。"

苏雅立即用愠怒斜视了子陌一眼，后悔不迭。然而就在一刹那，胖姐却来了一个急转弯，上前拍拍她肩膀说："真是个漂亮的美人儿，你带她到里面去登个记吧。"说完就风一样走了。

"干吗要我登记？又不是要加入黑社会，加入军统！"苏雅如惊弓之鸟。

"你别生气，她人就这样，心直口快，完全无害，人品可好着呢。"

"鬼才信，像女巫！我现在后悔了，我要回家！"

"心直口快的，一定是心底最善的。就像能吃的是好姑娘一样。走吧，去备案吧，又不是让你去卖身！"

"你……"苏雅"你"字没说完，就被子陌拽着走向里间。

"干吗要登记啊，我又不要加入你们的组织。"

"你真不要啊？我告诉你，这儿还真不是什么人都可以加入的，我看你是好朋友才……"

"那你说说一会儿登记一会儿备案的干吗？"

子陌一听她是真生气了，停止了脚步，撒开她还在挣扎的手，叹了口气道："这是为了能够分组，便于以后活动的开展啊！"

苏雅依然不解并闪烁着那双无辜大眼睛看着子陌，却停止了挣扎的动作，子陌又像老鹰抓小鸡似的把她抓到二楼的一个大厅。

大厅里，最先映入眼帘的是五位身着草裙的演员，伴着忧伤的音乐，他们的身姿曼妙妖娆地舞动着。

"你们这还有文艺演出？"

"当然！你看她们跳得多美。"

"你看那女孩好漂亮，有点像……"苏雅差点惊呼着叫出声来。

"像谁？"

"像……不告诉你。这些人都是请来的吗？"

"你猜猜？"子陌反回击道。

"哇，真心不错！"

"不错的还在后面呢，你个猪！"

正在说话间，一位白衣女子坐在钢琴前，玉指轻弹，行云流水。苏雅把身体紧靠沙发背，闭上眼睛，美美地听着这宛如山涧溪水的美妙乐曲，突然像看见一双彩蝶，翩翩起舞，在百花丛中追逐嬉戏，好不惬意。那翻飞的翅膀，那时而闪离，时而交集的舞姿，把它们的深情淋漓尽致地狂泻而出……

"这是从哪儿请来的演出，真心不错，还挺有水准的！"

子陌扑哧一笑道："这可不是请来的，都是我们的会员啊。"

"啊，不会吧？好有专业的范儿。"

"现在知道为什么让你入会了吧，缺心眼儿的！"子陌得意地一笑。

"心眼儿这东西，少就少吧，反正比你多一个！"苏雅索性耍起赖皮来。

"现在还要不要去登记？"子陌欲擒故纵问道。

"我五音不全，吹拉弹唱都不会呀！"

"那好办，好好攒点人品，就跟我一起参加古筝培训吧。"

"还有古筝培训啊，这可是我梦寐以求想学的。"

"就知道你喜欢所以才……"

"干吗不早说！"

子陌白了她一眼道："你让我说了吗？"

也就是从那一天起，苏雅已经认定，除了她的动漫服饰设计外，这里就是她的人生归宿，于是决定一往无前，就算越过物是人非的沟壑，刺破千山万水的阻绝，也要在这里安家。她是一个喜欢看世界的人，尽管她喜欢静。

"子陌那你带我去登记吧！"

"呵，不一定能通过啊！"子陌脸一沉说道。

"不行，你得帮我争取，否则跟你绝交！"

"知道你有多愁多病的身与风花雪月的心，那我就跪求一下胖姐了。"子陌做了一个欠她两斗米的样子。

望着子陌离开的背影，苏雅心里一股涟漪涌起，有感动，有欣喜。在此之前，她总觉得人与人之间就如泾水和渭水，界限分明，永不交融，因此很长时间里她都沉浸在她的动漫服饰设计中。那一刻，她却觉得自己不再孤立，那种感觉绕在心头，暖在岁月。

"嗨，搞定了！"不一会儿，子陌从她后面拍着她的肩膀高兴道。

苏雅兴奋地一笑说："那我们出去好好庆贺一下吧？"

"不用，这里都有酒，而且各种名酒都有，只要你能够承受得起。"

"走吧，我们喝酒去。"

来到小酒吧里，苏雅发现钢琴白衣女子正和另一位美女在窃窃私语地聊着什么。

"那不是刚才表演钢琴的那个美女吗？"

"是的，她叫白玉，蠡江大学的音乐老师。"

"我说她怎么钢琴弹得那么好呢，原来是专业人才。"

"那可不一定哦，她还会剑术，散文也写得很好，对了，曾经在××晚报上那篇让很多人感动的散文《曾有你的天空》就是她写的。"

"才女，绝对才女。"

"是的，她还有一句经典爱情宣言。"

"什么，快说来听听。"

"她说，有人把爱当作灵魂的贯通，而我只作安静的旁注。"

"经典，经典啊。快给我说说她的事情吧。"苏雅顿时来了兴致。

"八卦啊你，有机会你自己问去吧，很有意思的。"子陌却不愿意剧透，还使劲儿吊苏雅的胃口。

苏雅八卦之心洋溢，决心要好好挖一挖这里的故事。

"来吧，朋友，让我们干一杯友谊的酒。"子陌用她的新疆语说道。一杯饮尽，滋味缠绕唇齿之间，绵延出生活的味道。

江南湿润，日长夜薄，晨起的光线穿透云霄。周印站在走廊向阳处，瘦瘦的身影在阳光的轮廓里分明而柔和，身后拖出长长的影子，孤单还是寂寞，都在漫天的尘埃中被溶解成淡淡的感伤。温茨令他爱恨交加，却又只能听之任之。

"女人嘛如浮云，弃我者，昨日之日不可留。反正迟早都会来到，不差她一个人，干吗要为一个不能陪你一生的人折磨自己呢。"正自言自语中，周印就差点与上楼的杨晨撞了一个满怀。

"真是今夕何夕，见此良人。干吗这么急吼吼的样子？"杨晨打趣道。周印看着她，发现她眼睛一眨一眨，胸前像是捧了一束鲜花，随着呼吸不断开合。

"哎呀，没什么没什么。"每次见到杨晨，周印的脸色和心情就不自觉地变了又变。

"如果没有事，我正好找你有点事呢。"杨晨用期求的目光看着他说。那目光至美无比，周印立即溃败。

"那我们到小公园里去说吧。"不过说完，他立即就后悔了，因为他见到她心里就乱如麻。

此时的地平线上，已经是接近黄昏的色调，稍远处的物体都在朦胧中，但随着微风，草叶的清香沁入周印的鼻端，混着泥土的气息，野花的芬芳，蠕虫的腥气，千百种微妙的气息糅合在一起，填补了颜色的缺陷。

都说人和人撞上了就是缘分，其实不然。一样的场景，不一样的人。周印的心震颤了一下，下意识地抚摸了一下胸口。

"怎么，你不舒服？"

"心口突然刺痛了一下。"

"知道你心为什么会痛吗？因为心跟着你一起感受这个世界，当你快乐的时候，它也快乐；当你悲伤的时候，它也会随着悲伤。它是你身体的一部分，它的情绪会反作用于你，正面的情绪会锦上添花，负面的情绪会产生生理反应，即疼痛。"

"说吧，大美女有什么吩咐？"周印有些不耐烦地问。他也知道刚才心口突然疼痛的原因，因为冥冥之中他觉得亏欠了郁寒山，这种心理暗示撕扯着他，尤其是每次见到杨晨的时候，这种拉扯会发展到极致，以至于他潜意识里对杨晨十分害怕，想到这儿他又打了一个寒战，不过这次杨晨没有看出来。

"这不寒山去世已经快百日了，想请你帮我一起帮他选个墓地，让他早点入土为安。"

周印害怕的事还是发生了。虽然他活了三十多年，对死亡并不害怕，可是让他去为一个因为他而死去的人选墓地还是有点血淋淋的残酷，他受不了这样的折磨。

"哦，他家没有亲戚之类的吗？这个最好听听他们家人的意见。"

杨晨向花园深处光线湮灭的角落移动了一下，然后苦涩一笑道："他是独子，他的父母受不了打击已经病倒好多天了。"

周印本来想借势推脱，心想，你干吗不找你的相好的，干吗要找我呢。可是当他的眼神与杨晨的目光相遇，他知道他是无路可退了："好的，你说什么时候吧？"

"要不咱们现在去怎么样，这些天，天天做梦梦到他，是不是他在催促我了？"

杨晨的话给了周印躲避的借口："现在太晚了吧，去了人家都下班了。"

杨晨醒悟地一看表，表情上认可他的话，觉得是有些晚了，可她并没有想离开的意思，便弱弱地提议道："那我们一起去吃点东西吧？"

周印一愣，左顾右盼了一下说："那好吧。"杨晨小鸟依人地跟他上了车。

第六章　欲罢不能

宝马在灯红酒绿声色喧嚣中穿梭，他们各自却想着各自的心事。

周印害怕跟她单独相处，又发自真心地想跟她一起。不止是因为他喜欢她，更多的是想了解她与那个男人的故事，而害怕的是，他怕她那审视的目光看透他是导致惨剧的幕后导演。

想到这儿，周印有些不寒而栗起来。于是便主动搭腔道："你最近好像瘦了好多。"没想到此话一出口，杨晨的泪水像春天的雨水，滴滴答答从眼眶滴落。见此，周印的心口条件反射地疼痛起来。

杨晨不明就里地看了他一眼，问道："你没事吧?"

"没事，刚才心口又疼了一下。"他本想撒谎的，可是一转头看到杨晨楚

74

楚可怜的样子，马上就缴械了。他感觉到这样下去总有一天他会把自己都卖给杨晨。

"就那地方吧，我去过。"

杨晨的话如制动器，宝马一个左转跃上西餐厅的平台。这一路很平坦，可周印却好像跨过千山万水一样艰难，自己一个混蛋的举动，却生出与世界为敌的痛楚。

服务员把他们引进一个车式的小间里。茶色的玻璃使屋里的光线幽暗而温馨，日式音乐雅致清心，桌上摆放着一枝红色的玫瑰花。

不喜欢的东西扔不掉，讨厌的人拉不黑。

一落座，周印与杨晨对视了一眼。怔然几秒后，继而一种莫名的恐惧感又渗入周印的心头。

"咱们今天喝酒吧？"杨晨又用她那审视的目光提议。"开车不喝酒，喝酒不开车啊，再说到西餐厅喝酒太另类了吧。"

"路是人走的，车是人开的，难道车不能放在这儿？"杨晨的语气明显带着指令。

"那好吧，今就奉陪到底。"

"干杯！"

"好，干了！"

"你说我老公怎么就出车祸了呢？"酒过三巡，杨晨终于切入正题。

"命吧！"

"那你帮我分析分析，寒山为什么会突然去蠡湖大道呢，他一个正在上班的人突然跑去那里，这是要干什么呢？"

周印听着，心一沉，僵在那不知道说什么。虽然他是那种生而知之者，可像许多人一样，在喜欢人的面前依然口拙起来。

"说嘛，帮我分析分析！"

"也许突然接到某个人的电话，有什么紧急事吧。"

"也不知道是什么要紧的事，把车开到以死相拼的节奏。"

一提死，便把周印隐藏的灵魂吓得一跳，于是心里开始叫苦不迭起来。"看来她今天是有备而来了，否则不会旧事重提。"想到这里，周印立即转移话题道："来吧，喝酒，今天不谈这事。不然你又要伤心了。"

"不！今天一定要把这事搞个头绪来，否则我天天心里不安睡不着觉。"

"杨晨，你这又何必，寒山人都不在了。你有做对不起他的事吗？"周印知道直接破题带着极大的风险，但他明白，此刻进攻便是最好的防守，否则她提出的问题就像绕不清的裹脚布，又臭又长。

杨晨一愣，随即一直在气管碰撞的言语像在胸口逐渐撕开一条出路："怎么不说他有情人了呢？"周印感到很是意外。"为什么这样说？"

杨晨拧起好看的眉，一脸肯定地说："因为我们好久没有夫妻生活了，你说说一个正常的男人不和妻子性爱，那只能说明他在跑冒滴漏，外面有情况了。"

"寒山不是那样的人，再说我们在一起时间也不短了，没有发现苗头啊。"

"哼！你们男人没一个好东西，把女人电话都变成10086了还有什么不可能！"杨晨端起一杯红酒倒进胃里，满脸的鄙夷与不信任。

面对她的强词夺理，周印有些不高兴了。心想，你偷了情还说自己男人在干坏事，觉得她把一切明火执仗转化成暗度陈仓的本领真是棒极了。于是他用愤慨的口气道："你们女人吧，总是说男人坏，其实啊我看到很多女人跟男人差不多，今天这个叫老公，明天那个叫老公的。"

"你说的是别人，至少我不是！"

面对她一脸无辜的反驳，周印一下子恼怒了，他最讨厌道貌岸然，尽管他也是如此。他快速思考着怎么说出来才能让她既能承认偷情的事实，又不那么严重伤害她。谁知，也不知道是酒精的作用，还是心有所想，心有所想的话脱口而出了："你好像外面也有情人吧。"说完还气不过地补充了一句，"有人看到过的！"

"哈哈看看，真是左瞒右瞒，瞒不过谎言。我就知道这事有隐情，那天在公园里看到的就是你，就是你告密的。"说着她像午夜杀手样站了起来，面目因激动而狰狞。

"我可没看到啊！"

"看看，你拿镜子看看，你一撒谎就脸红！虽然你刚喝过酒。"

顿时，周印像做错事的孩子，不知道如何安放自己双手。他的心更是越过他的大脑，先一步地后悔起来："如果那天没有去公园散心，如果回来路上没有抄那条捷径，如果在捷径上没有多看一眼，和杨晨就没有交集，就不会有接下来的这么多事。"一瞬间，悲凉在全身萦绕。

　　"你说说你为什么要出卖我！"周印从来没见过杨晨这般模样的时候，印象中的她总是那么温婉，现在突然暴风骤雨，强悍而猛烈到周印应接不暇。

　　周印苦涩地一笑道："我没有！再说你敢做就应敢当啊！"

　　"每个人都有大脑，但不是每个人都有智慧，你瞒不过我的眼睛！"

　　"好吧，是你自己贴上来的，我只是成全了你。"说完像看陌生人样看着她。

　　令他没想到，杨晨忽然从桌上拿起西餐刀，道："我知道就是你，狐狸终于露出尾巴了。"

　　话音刚落，周印只觉得眼前一亮，西餐刀倏地就从他耳边飞过，他蓦地瞳孔紧缩，唯恐避之不及，然后听到西餐刀稳稳地扎在身后的飞镖盘上，宛若回风流雪。

　　周印被她突然的举动吓出了一身冷汗："你疯了吧！"一脸不可置信的愤怒，站起来就要走。

　　"怕了吧，睁开你的眼。"杨晨已经安静下来，她情绪的暴风骤雨仿佛已经雨过天晴，周印却觉得此刻的气氛淡定得诡异。

　　"我怕什么呢，又没做亏心事。"

　　"今天我才终于认识你了，还算个男人。"

　　"为什么要这样说？"

　　"因为说实话的男人才是真男人，就算嫖妓了老婆都会原谅你！"

　　周印一脸不信任地问道："真有这样的好事？"

　　"至少我是，有些男人在外面偷鸡摸狗总想拼命毁灭证据，依我看来，这样男人实在不像男人。而女人呢，更是悲哀至极，以为找到了好男人。"

　　"杨晨，你要是真有这么好，那我娶你好了！"周印有意调侃道。

　　"对不起，姐这辈子不嫁了。"说完，杨晨起身向他挥手，并再次丢下一句话，"眼见不一定为实！我没有做对不起寒山的事。"

望着她远去的背影，周印在心里骂了句："哼，谁知道！贱人！"酒的火焰开始在他身上上下窜动。

老男人的温暖总是意味深长。

温茨从欧阳端处出来后，没有马上回家，而是来到蠡湖之畔的雪浪山下。站在绿荫丛前，温茨发现所有的植物几乎都要枯萎了，只剩下那些香樟树还依然葱绿着。

一阵寒风吹来，天空开始飘着不大不小的雨，给悲伤的心更加蒙上一层阴影，于是她折返自己的车中。看到四溅的雨水，她浮想联翩，那雨水就如她的爱情，有点覆水难收。

温茨的初恋生发于金山寺这个城市，那时她还在酒店当服务员。现在想来，她与杜淳的爱情很有点邓文迪与默多克相识的味道，只是人家是有意为之，而她是手忙脚乱的一个不小心，真是五味杂陈。

一次上菜中，因为她的不小心，将菜汤泼到一位客人身上。面对客人惊诧的眼神和笔挺的西装，十七岁的她立即被吓哭了。

客人看到她哭得胆战心惊的样子，安慰道："别哭，没事，等你下班后帮我洗洗就好了。"那目光同情而又带着惶愧。

桌上的人也纷纷附和道："这么清纯的妹妹，我们就想让你把衣服弄脏还没机会呢。"温茨在破涕为笑中，擦干了眼泪。

那时的温茨还不知道清纯的价值。那清澈明亮的瞳孔，弯弯的柳眉，长长的睫毛微微地颤动着，白皙无瑕的皮肤透出淡淡红粉，薄薄的双唇如玫瑰花瓣娇嫩欲滴。

这一切，都令杜淳有些欣喜若狂。作为一位长期在灯红酒绿中摸爬滚打的过来人，深知温茨的这种纯得彻底的女孩已经很少见了，于是他心中有了主意。

"给你衣服，我不告诉你们老板了，但你得帮我把衣服洗干净。"说着就脱下西装。

温茨非常感激地点了点头说："请你留下电话，洗好后我给你送过去。"洗衣服对能干乖巧的温茨来说并不难。

但为了把杜淳的西服洗干净，温茨左思右想好半天，因为她想节省点洗衣费，还不能把人家衣服洗坏，尽管她不知道衣服的价值，但她知道穿西服的人一定都是有钱人，有身份的人，而有钱人和有身份的人，就不会穿廉价衣服，带着这样一堆逻辑推理，她决定多花点功夫，既要把衣服洗干净，又不能伤了衣服。

"洗衣粉不行！"

"肥皂不行！"

"白猫更不行！搞不好还会把人家衣服洗坏。"

"对了，何不用牙膏试试。"

于是她开始小心翼翼地测试起来。意外收获，效果明显，西装上的油渍居然洗干净了，对此她欣喜起来，觉得自己太了不起了。

晾晒，然后再用空酒瓶装开水熨烫，一件笔挺的西装又回到了原来的模样。于是她打通了杜淳的电话，对方在电话中说了句"先放那儿再说"便挂了电话。这令温茨本来就悬着的心又悬了起来："他不会讹诈我吧。"

[二]

温茨就在这样的疑问和担心中忐忑了三天，突然接到杜淳的电话，问她什么时候有空一起吃饭。温茨一听心想，只要能把事情解决掉，妹妹我什么时候都有空，不就是请半天假扣点工资嘛。

特意精心打扮一番后，穿衣镜前的温茨，折纤腰以微步，呈皓腕于轻纱。眸含春水清波流盼，香娇玉嫩秀靥艳比花娇，指如削葱根口如含朱丹，一颦一笑动人心魂，还真有点粉腻酥融娇欲滴的味道。

"我这样是不是太成熟了？"她问着镜中的自己，"管他呢，只要不说我太嫩就行。"

"呀，还是很漂亮的嘛。"杜淳依然用他玩世不恭的语气说道。温茨害羞地低下了头，一副闭月羞花的样子，令杜淳越发喜欢了。

"给您的衣服，不好意思了。"她要趁着和谐的气氛先把正事办了，否则心里压的那块石头太让她难受了。

谁知杜淳接过衣服看也不看就丢在一边说："小事情，也不值什么钱的。来来来，喝酒喝酒。"

"我不太会喝酒。"温茨小心谨慎地说。

"不太会就是会呀！"杜淳抓住了她的话柄。

于是她只好端起杯，决定今天就是上刀山下火海也把这事给了了。

酒会给气氛升温，杜淳更是一个很善于带动话题的人。

在谈话中，温茨得知杜淳也是南漂，是外企的销售经理。这让她肃然起敬起来，常言道，这经理就像参谋长一样，有大有小，销售经理一定权力很大，说不定相当于她们饭店里的大堂经理，是领导。

这是她进城来见到的最大的官。于是她恭恭敬敬地端起酒说道："不好意思，把你那么好的衣服弄脏了。"

"嗨，那衣服不值钱，是出差时在地摊上买的，我倒是不好意思让你给洗衣服了。"杜淳一摆头，不屑地说。

温茨这时才意识到穿西装的人不一定是有钱有身份的人。

杜淳的话越来越多，温茨知道他工资并不高，一年四季在外面推销产品也很辛苦，于是她对他开始同情起来。杜淳也并没有光顾着聊天，而是一筷筷给她夹菜，一顿饭下来她对他产生了大哥哥般的好感。

后来这位大哥哥转换成恋人，尽管那年她还不满十八岁，真有点恋人未满，血肉犹存的味道。

合租房里的爱情也是快乐的，温茨至今还这么想。杜淳对她宠爱有加，工资月月上交，她则像个真正的家庭主妇一样，履行起当家做主的责任。她希望自己快点长大，希望男友多挣点钱，然后他们一起在这个城市扎下根来。

在这样期望的蔓延中，她把辛苦贫穷的日子过得笑容灿烂。杜淳也不负她所望，销售业绩越来越好，在他们恋爱第三年的时候还当上了销售副总经理，看着男友天天西装革履，一种成功感油然而生。

然而，高兴之余，温茨心中的不安越来越浓，压得心生疼生疼的。有时候，期许太多，遇到现实，就只能绝望。

就在一个阳光的早上，她起床感到恶心的时候，杜淳在千里之外，用一个电话结束了她的所有愿望。

在一起需要两个人决定，分开却是一个人的事情。三年多的感情就用一个电话就结束了，于是她心不甘，疯狂地打电话、发信息，直到对方电话回复为空号时，她才在泪水中清醒过来。这时她意识到，穿西装的男人也不一定是有身份有品位有责任的男人。

睹物思情，温茨拿出了全部的力气将他用过的东西统统丢进了垃圾堆。当她准备将最后的金毛丢弃时，她看到了一双楚楚可怜的眼睛，便又心软地将它抱回了家。痛就痛吧，与生命无关。

处理这一切后，温茨意识到可能还有更大的一件麻烦事在等待着她——她怀孕了。面对无辜的小生命，她绝望地哭了。倒不是因她要承受多大的痛苦处理掉这个孩子，而是觉得这孩子像她一样命实在太苦，没有出生就被父亲抛弃。为此她疯狂地寻找杜淳，可他却像从人间蒸发了。

"我就是要饭也要把孩子生下来！"温茨在绝望中发誓。于是当天晚上她和要好的小姊妹杨洋说出了自己的想法。

"你没搞错吧，你想过后果没有？"比她年长的杨洋一脸惊愕道。

"有什么后果，大不了这辈子不结婚，我们母子相依为命罢了。"温茨底气十足说道。

"你看啊，你现在自己都穷得叮当响，更何况还没结婚，你怎么向你父母交代。"

"人家有钱富养，我没钱穷养！再说我都没打算再回我那个家了。"

杨洋一听像着火样站起来道："你不要死脑筋，好好想想带个孩子怎么生活，你才二十岁，人生还有很长的路要走。"

看到好友杨洋真的发火了，温茨不再争辩。一直以来，杨洋是她最贴心的朋友，她文化高，年纪长，见的事多，所以她的话在很多时候让她无可辩驳。

"那你说去打掉？"

杨洋点点头。

"这不就是谋杀吗？"

杨洋听了，无奈地叹了一口气，用她智慧纷飞的教育口气说道："那医院里每天那么多流产的人都是谋杀者吗？"说完又补充道，"作为一个母亲，如果把一个孩子带到世界上受苦受难，你觉得你会幸福吗？"

温茨伤心欲绝地说道："我如果不生下这个孩子以后我就当不成妈妈了。"

"为什么？"

"因为医生说我是先天子宫有缺陷。怀上孩子的概率几乎为零。"

杨洋顿时像泄了气的皮球又坐了下来："怎么会这样，怎么会这样。"那种慌乱，像是在问自己。

温茨叹了一口气说道："认命吧，爱对了是婚姻，爱错了是青春。"

"我不信！不过现在，现在我信了。"杨洋在心里说着，却又只能安静地听她诉说着生活里那些无处安放的痛苦，却无能为力。她知道，人这一生，都是在残酷的现实面前执拗争斗和厮杀后，最终沦陷为现在的自己。

温茨的伤心如秋雨绵绵不休。

童话里的故事全是骗人的！故事的结局都是王子与公主幸福地在一起，却没有写这之后的故事。不是不说，是不能说，说了就不是童话。

女人的变，是最大的不变！

最终温茨还是在左右为难中，谋杀了自己的孩子，这令杨洋都大吃了一惊，至今她也不知道为什么温茨突然转变。想想也是，山盟海誓的爱情都可以变，况且一个十几岁还没有多少心智的女孩呢。那些信誓旦旦的山盟海誓，到最后终究会成为年幼无知的把柄，只能用来相互亏欠和伤害。深入骨髓的感情就是全然不信任的缺陷，不会因为重来一次就抹掉不见。

苏雅踩着吃午饭的时间点，睡了个懒觉，起床后简单地收拾了下准备回家。因为昨天父亲在电话中说今天家里有客人，让她回家吃午饭。苏雅知道，保不准又是父亲在操心她的婚姻，不知道哪儿找来的媒婆让她相亲。

当时在电话中她本想说："爸，你不用瞎操心了，我这辈子不嫁人的。"可话到嘴边她又忍住了。

汽车在杂乱无章的城乡道路上行驶，她发现天空原是乌云如幕，忽而又金光四泻。金色的阳光刺破云层，在低空中构成一幅金丝版块，大地被笼在一片金色光芒中。有风，树木摇摆着身姿，枝叶在空中战栗。不知道哪儿来的喜鹊飞得很低，从树梢掠过，斜冲天际，兜了一个圈，又飞到车的前方，仿佛在给她领路导航。

"难道真的好事将近？"苏雅想到这里，马上又坚定地否定了这种想法。可是如果父母真是从哪个角落帮她找到一个意想不到的意中人怎么办？分心走神，她的车险些剐蹭到贴身而过的 CAYENNE 上。

苏雅心一惊，心想这要是撞上了一年工资都赔不起，于是开始收心。然而，随着小车的前行，她的心不自觉地又折返到相亲上来。"不能伤他们的心，不能伤他们的心。"就这样在预演中，她回到家门口。

[三]

推开四合院的门一看，她惊呆了，家里亲朋好友该来的和不该来的，认识和不认识的全来了。她只能在亲朋好友的招呼声中用最能解决问题的"您好"来回答。

"丫头你怎么才回来啊！"父亲苏还坚一见到她，责怪中带着关爱地说。

"爸今天咱们家什么大喜事我怎么不知道啊！"

"哼哼，等你知道就太晚了，时不我待，机会稍纵即逝。"长这么大父亲还是第一次用上这么有文采的成语，尽管他曾经是乡下的小学老师。

"来来来，我给你一一介绍一下。这位是你表叔，那位是你三婶，还有……对对对，这位是你父亲的大恩人王叔。"苏雅被父亲拉着在亲朋好友中穿梭，被动地赔着笑脸。

"爸，你还没说今天干吗要请客。"

"上菜，上菜，你一会就知道了。"苏雅于是四处搜寻可疑的男人，尤其是那种长得年轻，高高大大，白白嫩嫩的男人。这是父亲曾经问她想找什么样的男朋友时她随口说的人样。

环顾一圈下来，结果令她大失所望。严重的两极分化，除了老的就是小的，全不是她的菜。

"各位亲友，大家好，今天非常高兴把大家请来小聚。"父亲说到这里，四合院的客人们不再说话。这时苏雅一看，居然有五桌客人。接着父亲说道："今天我要感谢一位重要客人。"父亲咂了咂嘴，手一指老王说道："感谢老王把我引到发财路上。来我们一起敬他一杯。"欢呼声四起，苏雅这才明白父亲摆这么大场子，这么隆重，是为了庆祝他股市赚钱了。

苏雅听着听着，立即气不打一处来。坐在她身边的母亲看到她脸色不好，扯扯她的衣服，劝说道："他赚钱了，五十多万呢。"母亲的眼里都是高兴，看不出当初坚决反对父亲炒股的一丝丝怨气了。

"真赚了五十多万？"苏雅不太相信。

"真的真的，你妈还能骗你。"

"那他多少本钱？"

"我也不知道。"母亲像泄气样说道。

苏雅连忙警告道："这炒股不是闹着玩的，搞不好要倾家荡产的，不是说好的小玩玩的。"

"还说呢，你爸都怪我不给他本钱，说要是有本钱早就发大财了。"

"哎呀妈，你怎么关键时候放手了呢！"

"我不放手也不行啊，天天跟我闹，再说你不也给他钱了。"

苏雅哑然。

看得出父亲今天非常高兴，这是她很少看到的。这时她才知道，是男人都好胜，是男人都好面子。父亲按照农村人的说法是有文化的人，虽然只是中专，但在当时的农村里那是一文化人。可就是这样一文化人没有得到重用，因此他对自己非常不满意。他常愤愤地说："那刘老歪有啥本事能当林业站的站长，经常读错字的……"

每当此时，母亲总是安慰道："鱼有鱼道，虾有虾路。"父亲便再不言语，把手里的东西摔得砰砰直响。从此他就恓恓惶惶地夹在人生的自恋中，像个有车不让上的人。

看到父亲今天如此高兴，苏雅不忍让父亲扫兴。于是她走到父亲那桌向亲友们敬了一杯酒后又对着父亲说道："老爸，今天的成功感到开心吧。"

父亲连忙起来高兴地对大家说："我这丫头真好，支持我炒股，还给十万块本钱。"大家一听，纷纷称赞他养了个好女儿。

苏雅看到父亲眼里全是满满的幸福。她知道，父亲这话明显是阻止她不要给他泼冷水。她也心知肚明，本来今天就没有想扫他的兴的意思。

碰杯声、欢笑声在苏雅坚定的忍耐中总算结束了。

送走客人后，父亲酒意很浓但并没有醉，这是苏雅没有想到的，于是她决定借着父亲的酒意套套他到底赚了多少钱。

"老爸，跟我们说说你到底赚了多少钱呗。"

父亲立刻笑得像个顽皮的孩子："你真想知道？"

"嗯，想知道。" 苏雅一脸认真。

"你猜吧。"

"五万？"

苏还坚摇摇头说："你这丫头吧，就像人家说的那样，一个听不出父亲脚步声的女儿，肯定不是一个好女儿！"

"一百万？"

苏还坚又摇摇头。

"一百五十万？"苏雅用直视的眼睛问道。

苏还坚再次摇摇头说："你大胆点嘛，你也不把你爸当……当回事啊。"其实苏还坚自己都不敢相信，自己长期的荒疏，竟然成了丰厚的积淀，贫乏无知里竟然蕴含着如此卓越的潜能。那一刻，他像怀着大器晚成的骄傲，把自己看成抵御外侮的民族英雄。

苏雅见此扑哧笑了出来，喝醉酒还在想着林业站长的位子当时没给他。"你就直说了吧，跟你女儿还卖什么关子哇。" 苏雅在撒娇中怂恿道。

"就五十几万吧，不过这个数会翻倍的。"

苏雅"啊"的一声吃惊道，然后头脑里一阵晕眩。这么快就赚了五十几万，相比之下她这个小白领辛苦挣的那几个钱，在他这儿简直是小儿科了。

"那本钱投入了多少？"

"百十来万吧。"父亲一脸轻描写淡写。

苏雅一惊，问："你哪来这么多钱？"

苏还坚嘿嘿一笑唱起了沙家浜：

这个女人哪不寻常

刁德一有什么鬼心肠

这小刁一点面子也不讲

这草包倒是一堵挡风的墙

……

　　仿佛这一役他就此扬名立万。真是幸福没有标准答案，快乐也不止一条路。看到父亲一招一式的样子，苏雅这次是发自内心地高兴了。父亲已经是白发人，这么多年来，她似乎并没有带给他什么幸福和快乐，相反更多的是为她操心。想到这里，她的眼窝里湿润起来。

　　母亲看到老伴苏还坚一副得意样子，便有喜有悲地打趣道："老不正经的，也不怕让孩子笑话你。"

　　"人生就像啤酒，别急，总有让你冒泡的时候。有什么好笑的，凭本事赚钱，又不偷又不抢，咱这是感谢共产党。"

　　"可你这就是赌博啊，老爸！"苏雅跟自己说好不扫兴的，还是不经意间从嘴边溜了出来。

　　苏还坚立刻脸一板，反驳道："按照你这说法，那难道人家证监会是设赌局的人？大势之下难以独善其身，除非终老，否则你爸是不会倒下的！"一副振振有词的样子，苏雅无言以对，不知怎样才能说清个中利害。

　　看到父女俩僵持在那儿大眼瞪小眼的样子，这时母亲又当起了和事佬："好了，过几天不要再搞了，钱这东西你赚不完的。"

　　苏还坚随即瞪了她一眼道："钱不是万能的，没有钱是万万不行的，明者因时而变，制者随事而制，我不会亏的。"

　　这时苏雅想起蒙田曾经说过一段经典的话："不节制是享乐的瘟疫。赚钱了还要赚更多的钱、吃好了还要更奢华的、穿好了还要名牌的……其实，这些东西都不是好运的种子，它们控制我们的欲望，迷失我们的人生。"

　　父亲与她对视着，似乎意犹未尽，等待着下一句时苏雅的手机响起。

"你在哪儿呀亲爱的。" 温茨在电话中兴奋道。

"在……在乡下家里呢，有什么事啊。"

"快回来吧，晚上几个朋友一起聚聚。"

放下电话，母亲立即凑过身来问道："谁呀，是男朋友找你啊？"

"你听听是男人吗？" 苏雅没好气道。

"你妈这不是为你着急嘛！看你接电话那笑的样子……"

"我……我都不急你急什么啊！" 苏雅一冲动险些说出这辈子不结婚的想法。

母亲顿时哑然，怏怏地去收拾家务了。见到母亲黯然神伤的样子，苏雅泪盈满眶。她也想早点成家，完成父母的心愿。可是这个心灵契合的人在哪儿呢？她曾经也找到所爱，可是她的爱就那样被谋杀。现在似乎再没有恋爱的冲动，对此她时常怀疑自己心理上是不是出了问题。

想着想着，苏雅心中的疲倦感陡然而生，踉跄地走出家门。那每一步似乎都在地上踩出浅浅的痕迹，又似了无痕迹……

第七章　冤　家

[一]

打开家门，一股饭菜的香味迎面而来。

周印立即叫道："雪卉，饭做好了吗？"结果没人应，他这才意识到雪卉可能到医院去照顾父亲了。于是他径直来厨房。一看，心头顿时一热，饭菜全放在保温的蒸笼里。觉得家里有这样的女人真是幸福。于是拿出手机拨温茨的电话，还没拨完号码他就停了下来，心想："不是在店里就是在外面应酬，反正她是闲不住的。"便自己吃了起来。

雪卉做的菜，全是家乡的味道，这让他欣喜若狂。"好能干，真贤惠。谁要是娶了雪卉当老婆真心不错！"周印吃在嘴里不时发出赞叹。当"老婆"这二字从他脑子里一闪而过时，一个念头萌芽了。不过，很快他就又打起退堂鼓

来。虽然雪卉还是雪卉，但她已经不是当年那个人了。从她这次来到家里就可看出，她继承了父母辈中最优秀的品质——喜欢什么事都要管。他才不要娶一个"事儿妈"的人当老婆。

这种禁锢对于周印来说，是最不能忍受的。他喜欢自由散漫，不喜欢女人在男人晚回来一点儿就电话不停，更不喜欢被女人管着。他希望男人在外挣钱，女人只负责持家，其他事少问尤其是男人在外的事。这些年他所以与温茨游离而不散，就是因为温茨很少打他电话，让他有种放羊的自由。

收拾好吃过的饭菜，周印有些百无聊赖起来，便打算去医院看父亲。

然而这时杨晨像约好了一样推门而出，彼此狐疑地对视着，气氛诡异，却不尴尬，仿佛那天的争执根本没发生。

周印抢先问道："你怎么了，眼睛红成这样子？"

杨晨犹豫中楚楚可怜地回答："没什么，就是觉得孤单，你干吗去啊？"

周印答："准备去医院看一下我父亲。"

"那我跟你一起去。"

周印深深地窘了一下，说："你……你没搞错吧？"

"反正我也没事。"杨晨就跟在他身后。

自从上次周印说出内幕后，她明显感觉到周印一直在自责中，眼神不敢与她对视。她并不恨他，但也没有表现出原谅他的意思，觉得还是要惩罚一下偷窥者的良心。

事实上周印一直生活在自责之中。就在昨天晚上他还做了一个梦，梦见郁寒山拉着一口棺材对他说："兄弟，这东西我已经为你备好了，什么时候来啊，还等着跟你一起创业呢。" 周印说了一句"好"字便从梦中惊醒，然后发现自己已是一身冷汗。而后是再也睡不着，反而想到与郁寒山一起研究物联网时的情景。

郁寒山居高临下，口若悬河侃侃而谈的音容呈现在眼前——

"物联网是以计算机科学为基础，包括网络、电子、射频、感应、无线、人工智能、条码、云计算、自动化、嵌入式等技术为一体的综合性技术及应用。一条彩信，知晓家中一切。如果家里有人闯入或是想随时了解家中的情况，只需一条彩信，我们就可轻松知晓。这不单单是一种理论上的想法，在现如今的生活中，我们就可以实现。"

郁寒山的话，让他对新公司充满了信心。不过在机器人的研制上他们却发生了一点小小的争执。郁寒山动员他们一起把房子抵押出去贷款搞机器人项目，说未来机器人可以担负起服务业的绝大多数项目，前景十分看好。

周印觉得这样风险太大，搞不好要流落街头，因此否定道："这样不行吧，有这么容易吗？"

"当然不容易啊，所以以后我们得有较大的投入，还得去大阪一趟。"

"去那儿干吗？"

"技术合作啊。"见他非常疑惑，郁寒山接着说："你没看到报道，近日大阪大学和京都大学研究团队开发出一款可以使用人工智能（AI）流畅对话的美女机器人，并向外界进行展示。机器人名为'Erica'，形象设定在 23 岁女性，相貌通过扫描多名人类美女的脸部特征合成，机器人声音以录音为基础进行再次合成，与真人发音非常相似。最特别的是'Erica'通过眼睛、嘴唇和脖子等 19 个部位的气压活动，能够惟妙惟肖地表现各种人类表情，将来可以达到这样的对话——"

女："老公，你知道你为什么会遇见我？"

老公："为什么？"

女："因为我是仙女下凡来报你的恩。"

老公："那你还是回去吧！"

女："为什么。"

老公："我觉得你是来报仇的。"

周印立即被郁寒山搞怪的对话逗乐了，不过他还是不放心地又问："那得花多少钱啊？"

"不知道，舍不得孩子套不着狼啊，在忙碌的社会生活中，人们不但要在工作上干得出色，家中的事也希望能够随时掌控。"

郁寒山的音容笑貌就在眼前，负疚感立即袭上周印的心头。于是他的心像触电样，刺痛了一下，不自觉地又做了一个紧锁眉头的动作。

"怎么，心口又疼了？"

"你怎么知道？"周印讶然。

杨晨白了他一眼，然后用审视目光盯着他说："哼哼，难道你忘记了？"

周印脸上莫名其妙地呈现出一个负疚的苦笑。

"你等我，我得带束花上去。"

"不用，农村人不兴城里人的阳春白雪。"

杨晨在他说话当口，一溜烟地跑下车。变着戏法样很快就买来一大束康乃馨。

"这个怎么样，漂亮吧？"

周印感激一笑，随即脸一沉说道："不知道这花进了多少次病房了。"

"啊，不会吧，你什么意思。"杨晨的手立即哆嗦了一下，像园艺专家样仔细研究起来。

"别费心啦，你是看不出来的，这些花都是经过加工的，放个十天半月不会坏的。"

杨晨满腹狐疑地自言自语道："我是什么人品！我这个不会吧，那卖花的大姐长得一脸实诚善良！"

周印呵呵一笑道："往往脸上长得一脸认真，事实上这是一个伪命题，因为相由心生往往打败钱由心向。"

"眼瞎还有得治，心瞎就是一辈子的绝症，我不会。"杨晨说完狠狠地白了他一眼。

一走进病房，周印就看到雪卉在一勺一勺给父亲周皓轩喂饭，这令他在感动中有些汗颜。

"大哥你来了，这位是……"

"……朋友。"

杨晨立即礼貌地说了声"大伯好"，就把鲜花放到他的床头柜上。

见此，周皓轩在装作一脸认真的假笑中，用那双历经世事的眼睛，像审问犯人一样对杨晨从上到下审视了一遍。那眼神觉得杨晨一定可以去卖钱，但这眼神对于杨晨来说没有任何杀伤力，最多只是在她面前飘过。

"爸，你身体好些没有？"

"还不错，这得感谢雪卉啊。"周皓轩话虽然是回答儿子的，但却看着杨晨说的，好像生怕这位突然出现的美女要抢走他的儿子似的。杨晨一听话音，便在心里淡淡笑着，脸上却平静如秋夜的月光，皎洁而冷峻。于是她借接电话走出病房。

"那人是谁？"杨晨一走出病房，周皓轩立即脸一变，审问道。

"朋友啊，怎么了？"周印故意轻描淡写道。

"朋友怎么会买花来看我，你小子别乱来啊，温茨可是好姑娘。"说到这里周皓轩突然又想起什么似问道，"怎么这几天没见到温茨啊，你们是不是闹矛盾了？"

周印立即扫了一眼雪卉，雪卉随即用眼神答："我可什么也没说。"于是他很放心地搪塞道："她天天忙着炒股赚钱呢，听说跟一个什么高人学习呢。"

"高人？怎么高法？"

"我也不知道，反正她天天半夜回家后第一件事就是告诉我股票赚钱多少。"

"那是好事啊，怎么还看见你闷闷不乐的样子？"

"没有啊，只是觉得股票那东西只能小玩玩的，不能当正经事业来做，搞不好……"

这时雪卉也插话道："是呀是呀，那东西就跟打麻将一样，越赢越想赢，越输越想翻本。"

周皓轩一听跟打麻将一样，脸色立即煞变道："那是得好好劝劝她了，哪有女人赌博的！"这位乡村老师平生最不喜欢赌博，他觉得尤其是女人赌博，太伤风败俗，在桌上你摸我我摸你的，有损门风。

周印瞥了父亲一眼，接过话说："问题是我说她没有用啊，说了多少次了，她现在已经是走火入魔了。"周印恶人先告状，其实他也炒股。

"谁在说我好话呢。"话一落音，一声责怪袭来，温茨从门外走了进来问道。

还是周皓轩老道，连忙扯开话题问道："吃饭了吗？"最好的搪塞。

"吃了，爸，今天我请客，庆祝股票赚了钱。"温茨故意炫耀道。刚才走廊上听到了他们的对话，心里很是不爽，尽管如此，温茨还忍受着痛苦，尽可能做出孝顺儿媳的样子。

周皓轩犹豫了一下，一个大口吞咽，便切入正题道："听说股票那东西跟打麻将一样。可别再玩了啊！赌博这东西比……"他差点说嫖娼还可怕。

"爸，您听谁说股票是赌博，那都是他们瞎说，这叫金融投资，是互联网＋！"

这话周皓轩听起来虽然不大懂，但他知道只是换了一个头衔而已。温茨说完，恓惶地瞪了周印一眼。

"嫂子，我也听说股票不是闹着玩的，亏损起来像绞肉机样，一会儿大堆钱就没了。"雪卉不懂装懂的帮腔道。

"你们放心吧，我有内部消息，不会的，你们就看好了。"

［二］

看菜吃饭，听话听音。周皓轩一看这样讨论下去不会有意义，况且还是没过门的媳妇，多说无益。因此叹了一口气，圆场道："今天你们都回去吧，这有周印就行了。"

周印瞥了一眼父亲，知道他有话要说了。因此站起来催促道："你们仨快回去吧。"

"哪有仨？"温茨好奇道。

"大美女，我在这呢。认识一下，我叫杨晨，你们家周印朋友的老婆。"温茨一看是一位年轻漂亮的少妇，便认真打量起来。

从她眼神中，杨晨觉得自己一下变身奥特曼，她的出现就是意外。只好转移话题："走吧，我们边走边聊。"

"爸，你有什么话说吧。"三人离开后，周印直奔主题问。

"我怎么听雪卉说你打人家了？"周印这才意识到雪卉还是出卖了他。

"我们那是不小心碰了一下，没什么事。"

"你混账！雪卉可不是这么说的，多好的一姑娘啊，你前世修来的福，不好好珍惜。"

看到父亲如此生气，周印只好像倒豆子一样，一个字一个字地说道："就怕抓住蛤蟆攥出尿。我……我……们估计难继续下去。"

"啊，不会吧，你说什么！"父亲的表情，如猛虎下山般激烈，仿佛周印才是病人。

"我说的是真的，你不了解情况。"

"我怎么不了解情况，反正从我来了以后，人家又是来照顾我，又是给钱……你可不能做忘恩负义的人。"

周印听了，嘴嚅动了一下，准备把她的现状全说出来，可话到嘴边，又有些难以启齿。于是他踌躇之际长长叹了一口气说道："爸你别管了，以后再跟您细说。"

"男女间夫妻一场：年轻时是性伙伴，中年时是事业助手，进入老年演变为双方的父母。纵观世间夫妻，无一不是因性而结合，因爱而发展，因情而长久。这个情，就是亲情与恩情……"

面对父亲不知从哪儿学到的婚姻总结，周印心里有说不出的苦涩。于是他不再说话，任由父亲在"世人皆醉他独醒"中唠叨起来。

而在车上，三个女人就如三国鼎立在逼仄的空间里。一开始，车内安静得瘆人，然后温茨以她一贯主动的社交方式，打破沉默说道："杨小姐您住哪儿？"

杨晨立即答："和你家住一个地方啊。"

没想到一句实话实说，引来温茨的惊讶。随即她回过头问道："啊？你知道我家住哪儿？"

"×× 小区 ×× 门 ×× 号。"

"不会吧，我怎么没见到过。"

雪卉脱口插话道："她是大哥新交的朋友……"

雪卉的话令温茨非常意外。心想，这家伙也太胆大了吧，异性朋友还带到眼前来了。越想就越不对劲，于是故意试探道："你不会是我老公的前女友吧。"

杨晨看着雪卉说道："周印就算有前女友，不过也不是我，是她吧！"

话一出口，温茨又一惊呼"啊"了一声，踩了一下制动器，瞬时把雪卉和杨晨摔得东倒西歪。

杨晨看到她如此紧张的样子，决定好好挤对她一下："另外纠正一下你的错误，你们还没结婚不应该称老公，应该叫男友。"

杨晨的话，令温茜更不爽了，觉得车上两人全是她的敌人，尤其是杨晨这人更是神秘莫测。她曾经看到一则小三与某老婆的对话：

小三：喂，你是××老婆吧？

老婆：嗯，你是哪位？

小三：我是他女朋友，我爱上你老公了，我要和他结婚。

……

温茜觉得杨晨比那小三还可恶。

雪卉又气又急瞪着杨晨："你说什么呢？我没有跟周印大哥谈过朋友，嫂子，真的没有。我们只是以前关系很好，但是没有跟他谈过啊。"

从侧影上见温茜有些愠怒了，杨晨故意继续火上浇油道："好到什么程度？"杨晨觉得这傻丫头一步步走入她的套儿中。

"……也没什么。"雪卉有些坐不住了。

杨晨故意板起脸，说："我可以装傻，但别以为我真傻。他肯定与你接过吻。"

杨晨挑逗完，雪卉立即捂起脸，很害羞地说："哎呀，别乱说呀？"

于是杨晨中奖样一个开心的笑，接着胸有成竹道："通常情况下某人与某人关系非常好，一定在一起做阴暗的事情。如果是男女，一定有身体上的接触……"

"够了，你们给我下车！"温茜愤怒地把车停在路边说道。

"她干吗那么生气？"雪卉弱弱地问道。

杨晨得意一笑，答："行将覆巢，焉能不怒？"

温茜在故意加大油门的轰鸣中急驰面去，仿佛那巨大的轰鸣在宣泄着她的愤怒。

雪卉与杨晨面面相觑一番后，杨晨浅浅一笑，做了一个请的姿势，提议道："走吧，要不我们去看电影吧？"

"好啊，我还正发愁回去后不知道怎么与大嫂相处呢。"

"你觉得你大嫂怎么样？"杨晨说完又纠正自己道："不对，是你大哥的女朋友。"

雪卉嘴角上扬了一下又骤然停住，她不喜欢她喜欢的人，被别人喜欢。可是自己与这别人又差了太多，雪卉也不知自己是怎么回事，虽然第一次见到杨晨，却希望这个陌生的女人能理解她对周印的心意。

看着雪卉欲言又止的样子和期待的眼眸，杨晨说道："你大哥的这位女朋友，是个漂亮的人儿，可惜啊，我看跟你大哥不适合。这恋爱啊，不是谁强谁就能胜出的，而是要相契相合。你大哥和他这位女朋友嘛，是装不到一个模子里去的。"

面对杨晨的意有所指，雪卉大概明白她的意思，接话道："但爱情里的坚定应该是一粒种子，只要风调雨顺，将来就一定能五谷丰登。"

杨晨没想到雪卉能说出这么有思想的一句话来，很是有几分意外。于是她重新从上到下狠狠地打量着雪卉，表示出有重大发现。

雪卉知道她的意思，难为情地嘿嘿一笑道："这不是我想的，是从书上看到的。"

"没什么，不过书上得来终觉浅，生活中的爱情往往不是风花雪月的。"

"是的，我妈说，好的爱情就像熏肉，几年过去了片去外面的腐败，里面依旧味美可食。"

雪卉的话令杨晨又是为之一振，随口问道："我看你很喜欢你大哥吧？"

雪卉看了她一眼，怔怔不语了。

于是杨晨怂恿道："喜欢就要追呀！"

雪卉还是不语。

于是她换了一个话题："你觉得你大哥和你那大嫂有爱情吗？"

于是雪卉说话了："这些日子我在他们家，发现他们好像没有爱情，也没有婚姻，倒是像两个搭伙的生意人。"

"你从哪儿看出来的？"杨晨惊讶地问道。

"我来了这些天，他们好像只是晚上睡觉才在一起，白天各自忙自己的事，见面后也没几句话，我见过的恩爱夫妻都不是这样的，他们这不就是还没结婚就已经陌路了吗……"

杨晨越来越觉得这女孩不简单，在她的印象中，农村的女孩不是这样的。于是她故意说道："婚姻这东西，其实就是两个人彼此能看上眼，一块儿吃，一块儿玩，吃得开心，玩得快乐，那就是好日子，好生活，好婚姻。"

雪卉听了，满腹狐疑说："那多没意思，这样的婚姻我不要。"

"那你说说他们为什么会成那样子？"

"他们可能只是为了利益而走在一起。"

"利益，什么利益？他们不是各自有自己的公司吗？"

"可我就是觉得是利益让他们走在一起。"

杨晨听了，弱弱地叹息了一声。

雪卉继续说着自己的看法："他们本来就没有爱呀，这简直就抄近道，完全嫁给金钱了。"

杨晨回答："爱情的本质是交换感觉，婚姻的本质是交换利益啊。"

雪卉嘴一撇，叹道："啊，你就这么认为啊？其实他们心里都是有洞的。"

"难道你没看新婚姻法。在新婚姻法中，把夫妻从利益共同体变成利益冲突双方！新婚姻法和以前老法的根本差别就在于，老法规定共同生活8年，财产就是共同财产，这个法实际把共同生活超过一定年限的夫妻绑定为一个利益共同体，提高了解除婚姻的成本，增强了婚姻的稳定性。夫妻双方对于步入婚姻的心态是你好我也好，大家好才是真的好，这样在面临婚姻双方出现利益冲突的时候，对方可以向你保证这种时候非常多，比如买房子迁就谁的工作地点等等，双方容易协调，容易达成一致。在利益共同体家庭心往一处想劲往一处使，为了家庭共同利益愿意牺牲个人利益的情况下，才有可能过到一块儿。"

说到这里，杨晨停顿了一下继续说道："现在倒好，新法的基本精神就是婚前财产，具体说是房产，神圣不可分割，这实际上是在家庭利益中划分出一个个人利益区，而这块利益跟家庭利益是此消彼长的，加上内耗，对家庭整体利益的损失更大。举个例子，比如以前我有一百万，那我肯定全款用来买房，这样不用支付银行利息，但在现在这种情况下，我会能买几套算几套，全部支付首付算成婚前财产，这样才能保证我个人利益最大化，至于家庭利益，让他见鬼去吧！"

雪卉被杨晨的话弄懵了，准确说是被她的见识所征服了，以至于像丢了魂似的一副落魄神情。

[三]

杨晨见雪卉这副模样，"扑哧"乐了，接着说："通俗来讲就是，结婚后，我会挖大家补小家，把家庭收入尽量往婚前房产上贴，当然只要大家都不是傻子，这下不愁吵架没话题了！于是地产商和银行高兴了，这下不愁没业务了，可小老百姓，你们的生活质量真的提高了么？以前只要在单位钩心斗角，现在跟自己的枕边人都要钩心斗角。女的也不敢生孩子了，遇到矛盾冲突都寸土必争，谁付出谁傻缺，谁牺牲谁活该！"

雪卉听后，似懂非懂说道："为了钱，为了房子，为了过上城里人的生活而结婚，这样的婚姻，本身在结婚前就埋下了一颗地雷。将来因为利益，也多会翻脸无情，其实原本也没有什么情，不过是冲钱来的。"

看到雪卉带着一脸颓败，杨晨像是自言自语地说道："平常心在婚姻中是很难得的，谁得到了它，谁就得到了幸福。所以我不打算再结婚了。"

雪卉立即瞪着大眼睛好奇问道："你结过婚？对，你说过你是大哥朋友的老婆……怎么一点也看不出来啊？"

杨晨自信一笑，说："女人嘛，保养是葡萄，不保养是葡萄干。"

雪卉没等她再说下去，突然想起什么似的问道："对了，你跟我大哥怎么认识的？"

"这得好长时间才能说完的。"

雪卉生怕她反悔，连忙说："没关系，只要能说完，不怕时间有多长。"

顿时杨晨又被逗乐了，看了她一眼，故意顾左右而言他道："我们应该去看一场 Off-Broadway 的表演。"

"什么是 Off-Broadway 表演。"

"就是非百老汇的表演。"

"你不是说看电影的，怎么就变了？再说我们这个城市没有这种表演吧。"

"就是随便说的。"她其实想坦然相告，Off-Broadway的表演有很多无厘头的音乐剧，适合她去探究。

"你还没有回答我问题呢。"

杨晨见她很执着，心知不告诉她是不会罢休的："还别说，我们认识还真的挺浪漫的。"

雪卉一听，顿时心垮了似的问："我大哥不是那种浪漫的人啊！"

杨晨搞怪心起，用"甄嬛体"回答："有些人是表象的，有些人里面的。表象的人通常无毒，而里面的人往往一肚坏水！"

雪卉被搞糊涂了，急切地问："周印哥跟你到底怎么认识的？"

杨晨火上浇油，嘿嘿一笑，回道："你大哥也是蛮拼的，咖啡没了可以不喝，猫跑了可以再养，而爱是独一无二的，有就是有，没有了就是跋山涉水也找不到。"

雪卉一脸狐疑地看着她，那表情，像要急哭了一般。

杨晨见不好再逗她了，便收起那份搞怪之心，笑笑道："那我就给你讲讲我们美丽邂逅故事吧。"

"嗯，好的。"

"那是几年前，我跟男朋友吵架，去南海旅游散心，晚上在酒吧喝酒遇见了周印。那酒吧叫幸福酒吧，他问我是不是在这里喝酒的人都很幸福？我说是啊，幸福是两个人一起生活，每天我下班回家，你做好饭看着我吃，然后咯咯地笑，这就是我要的幸福。可是，我的幸福要走了……那天我喝醉了，周印陪着我。一个星期的假期很快过去了，临走前的那个晚上，周印在幸福酒吧拉着我的手，问我可以再见面吗？我轻轻地推开他，跟他说：对不起，你在我心中只是一个过客，我们就当这是旅途中的一小段插曲吧，从哪里开始就从哪里结束。说完拍了一下他的肩膀，转身就跑开了。"

杨晨讲到这里就停下了，后面的故事并没有讲完，没想到回到南江，自己跟男朋友寒山和好并结婚了，新房的邻居居然就是周印，当然，也许最大的浪漫是周印还跟寒山因为物联网的原因成了好友。

面对杨晨语速不徐不疾、脸上始终带着微笑的样子，雪卉觉得她的话应该是真的，看不出什么破绽，于是有些气馁道："这故事不浪漫，你们那一周一直在一起吗？周印哥一直陪着你吗？"

杨晨因此诡异一笑，学着惠贵人说道："人心贪婪，总是进了一步，还想再进一步，若是懂得适可而止，才能存长久之道啊。电影院到了。"

雪卉一脸失望。

温茨回到家中心情遭透。她觉得那个叫杨晨的女人明显在挑战她、欺负她。更令她可气的是，雪卉也不知道是真傻还是假傻地配合着。她真的试过仰望周印，努力把对方变成人生的诺亚方舟，今天突然觉得就是披荆斩棘，也遥不可及。

郁闷之极，她拿起电话。

"你在哪儿，我现在想见你。"

欧阳端一激动，听成了"我现在想你"，便立即答："在家呢！你过来吧。"

两个人的口气如同夫妻。

欧阳端居住的月亮湾别墅，夜晚的景色十分迷人，那儿的房子都是中式的古色古香。墙是洁白的，瓦是乌黑的，黑白分明，从中又透出另一种美。别墅区的布局一切环绕水做文章，因水成街，因水成路，因水成市，因水成园，巧妙而自然地把水、路、桥、民居、园林等融为一体，家家临水，户户通舟；沿岸，屋宇丛密，街巷逶迤。

一进门，"来来来，快请坐！"欧阳端像见到久别的亲人一样热情周到。

温茨是第一次到欧阳端家中来，才发现他住的是影视剧中才能见到的场景，室内古典，厚重，光线幽暗……

"就你一个人在？"

"是呀，有问题吗？"一路上温茨想好的语句顿时全没用了。她还费尽心思地想见到他的老婆怎么说话，见到他儿子媳妇怎么说话……

见温茨一脸的问号，欧阳端马上明白过来她的意思："我没有结过婚。"

"啊……"温茨语气中透着惊异，但是心情顿时像迷路许久突然找到出路般放松下来。

"你找我有什么事，一脸丢钱包的沮丧。"

"是丢了钱包就没有什么了。"

"那一定是丢人了。"

"是的。"于是温茨把她今晚遇到的事和周印的关系复述了一遍。

欧阳端长长地叹了一口气道："结婚前，要问自己的三个问题。第一个问题：你和他精神和追求上门当户对吗？首先你们能成为朋友吗？情侣间在浪漫之外，其实需要一些友谊所需的东西——共同的兴趣、追求等。"

温茨默不作声。

"婚姻会被许多东西挑战，如孩子、生活中的困难、父母的离去、变幻的兴趣和生活模式等。而此时紧密的友情就是稳固的婚姻关系的根基。因此，当一段关系发展遇到瓶颈时，问问彼此，如果我们不是情侣，我们会是朋友吗？如果不是，请三思。"

温茨还是不语。

"这第二个问题：你喜欢对方的家庭吗？老人们并不委婉，特别是在涉及未来可能的亲人时。如果你不喜欢你伴侣的家庭，在结婚前要多想想。仔细观察一下可能成为你亲人的人，这是防止你做出错误决定的重要保护手段。老人们说，伴侣的家庭，还有你的伴侣和他的家人们的交流过程能提供一些有关他或她的重要'诊断'信息。一旦结婚，在很长的时间内你都会接触这'第二个家庭'，因此观察就显得重要了。"

温茨突然叹了一口气问："结个婚有你说的这么复杂吗？"

"当然复杂呀，婚姻就是一个复杂的系统工程。这第三个问题：你们能交流吗？"

……

第八章　别人的错误

[一]

"你说的这三样我们全没有！"温茨听了余怒未消地愤恨道。

"那干吗要结婚呢？你看我这一人吃饱全家不饿多好，想干什么就干什么。"

温茨迟疑了一下，问："你的意思让我以后不要结婚？"

"那倒不是，一定要找到那个适合你的人，适合才是最好的。"

温茨又开始低头不语，心里却已是支离破碎。

"好了，今天有个大事要和你商量。"

"什么事？"温茨脸色变了问。

欧阳端从座位站起来点燃一根烟道："商量怎么赚钱，赚很多的钱。"

温茨的眼睛立即光亮起来，问："怎

102

么赚？"

"我们准备坐庄炒股。"

温茨虽然对坐庄炒股并不太懂得，但她知道那一定是人为操作。

"由于我们资金量大，吸筹数量多，因而当我们在低位吸筹时，往往会导致股价上涨。这样既容易暴露主力吸筹意图，又客观使股价抬高而不易在低位继续吸筹。因此为了继续在低位吸到廉价筹码，我们得采用压盘吸筹的手法，即将股价压制在一个较窄小的范围内长时间震荡。为了不使股价上涨受到市场关注，让其他人低位跟风买进低价筹码，市场主力往往将大资金拆散，分多批次、小批量买进，这样往往时间会拉得很长。为了更隐蔽，庄家甚至分多个营业部、多人账户分别实施操作。这种长时间的隐蔽吸筹也许是庄家操盘过程中最艰难、最艰苦、最需要耐心的一个环节，一般的散户很难熬过这样漫长的等待。"

欧阳端把犁浣春跟他说的话重复着给温茨说了一遍。温茨哪懂得这些，只是睁着大眼睛看着他。

"如果主力吸筹过猛的话，会引发这只股票迅速上涨，引起市场公众的追涨，这是主力底部吸筹时所忌讳的。所以，主力在底部吸筹永远是温和而隐蔽的，从一两天的 K 线和成交量等指标都是不易看出来的。公开推荐个股会影响主力低位吸筹，主力会走出相反的趋势譬如比如再探新低，让投资者丧失对荐股单位个人的信心。如电视上的荐股经常稍冲高即回落，但过一段时间又会涨上来。"

还没等欧阳端说完，温茨便有些急地问道："那要我做什么？"

"形象代言啊。"他用昨天犁浣春的话回答。

"形象代言？什么形象代言？"

欧阳端又把昨天犁浣春的话重复一遍。

温茨听完，眼睛在迷离中，大放异彩道："这个应该没问题！"

温茨的眼睛迷离起来，风姿物秀，俊爽似水。欧阳端最喜欢这一心动时刻，于是他不自主地把手搭在她肩上，温茨侧过脸看着他。然后欧阳端便顺风顺水地把她抱进怀里。温茨蜻蜓点水式地挣扎了一下，任由他的手伸进胸衣中……

正当欧阳端心猿意马，打算进一步动作时，温茨却一抬手，阻止住了欧阳端。欧阳端有些迷惑不解，一会儿好好的，一会儿怎么就……

温茨一想到自己这么年轻要跟一个没牙齿的糟老头接吻，她就觉得世界太残酷了，尽管欧阳端还不算老。于是欧阳端只能抱着她说了一会儿情意绵绵的话，好像是久别的告白。温茨一脸冷漠，因为她自己好像都不知道应该说了些什么。

见此，欧阳端拿出最后撒手锏，死不罢休道："你住在我这儿来吧，这儿一切都是你的。"

"我们没有未来的，你能给我衣食住行，但无法给我全部的幸福。"

"为什么呀？"

温茨不语。

他只好接着说："之所以没有未来，因为你没有过好现在。"

"现在我们这样不是挺好的，干吗要……"

"可我觉得我们俩在一起会有更好的未来！"欧阳端说着，便掏出一串钥匙递给她。

"不好吧，我这不成了你的……"

"难道不好吗，这儿资产过亿，将来我们还会赚很多很多的钱。"

她开始有些动摇道："可我有男朋友啊。"

"你可以跟他结婚，我不在乎的……"

温茨好像左右为难道："这样不行，怎么可能像大马哈鱼似的，逆流而行！"她嘴里虽然这样说着，表情上却又显示的是"我真的好想和你在一起"。

欧阳端见此，在心里轻蔑一笑，把钥匙塞进她的手中。温茨果真没有再拒绝。欧阳端觉得机会来了，开始修枝剪叶般脱她的衣服，温茨则像泥鳅样舞动着身体拒绝着。这时的欧阳端已经浑身躁动不已。嘴里一边说着"太喜欢你了"一边撕扯起她的衣服。

当欧阳端看到温茨的乳房像个鸽子一样飞了出来时，他浑身的血液像开了锅一样翻滚。可是这时温茨却偏偏不遂他意，开始激烈挣扎起来，她知道这一步迈出了，就再也不能回头了。于是她像电影中良家妇女遇见日本兵一样，一下跑到墙角，将自己背对着他"壁咚"到墙上。欧阳端见此，立即从后扑上了去，手忙脚乱地折腾起来。接着他身体突然一个抖擞，便像个孩子把尿撒在自己的裤裆里样，呜呜哭了出来。冰凉的液体顺着他的大腿一路向下。他感到这一辈子终于像个男人了。

哭泣，不一定代表痛苦。温茨被欧阳端的突然哭泣给搞懵了，便转身过来。

"你这是怎么了？"温茨抚摸着他的背问道。欧阳端把头埋进她的怀里，像孩子躲避恐惧一样。

温茨则轻轻擦着他额头上的汗问："你这是怎么了？"欧阳端不语，只觉得此时有种父女情深的感觉。

"你怎么了，不舒服吗？生病了吗？"

"没什么，可能是刚才太激动吧。"

他无法说出口，曾经夙兴夜寐希望的事，以猝不及防的时机到来了，太讽刺了。之所刚才那么激动，也没有脱下自己的裤子，是因为他害怕那受伤的隐痛让他原形毕露，但令他意想不到是它起死回生了。这令欧阳端激动不已，所以他激动得泪如泉涌。

拔掉毛的夜莺成为鸟，尽管温茨没有被他占有，但这样的程式一下撕开了男女间的屏障。

"以后这儿就是你的家了，你随时可来，这里的一切都是你的。"

"你就对我这么信任，不怕我把的财产给卷跑？"

"没关系，你卷好了，不过我们以后会有很多的钱。"

"为什么会有很多的钱？"温茨一下子来了兴趣。

"刚才不是跟说了的，如果成功了我们可以弄他几个亿的。"

温茨一听那双迷离的眼睛更迷离了，眼睛里好像映出美好的未来。

"咱们以后要是有钱了，就到国外去定居，吃健康食品呼清新空气了。"

"那我要到爱琴海边上去买栋别墅，天天去游泳冲浪。"温茨一脸兴奋道。

"小意思，那片珊瑚海都是你的，那时我们将是最幸福的人。"欧阳端信心满满。

原本，欧阳端这辈子是不准备结婚的，但就在刚才的那一刹那，他的心又动了，竟憧憬起婚姻生活来。

"那先说好啊，我可是要结婚的。"

"没问题！保证一定让你成为世界上最幸福最幸福的新娘。"说着他还夸张地做着手势。

"……我说的不是你。"温茨顿了下，否定道。

"说了半天你还是喜欢你那三锤子砸不出一个屁来的男友？"

"是啊，人吗要看长处的，他还是有许多优点的。"

"一个男人，一定要有一个男人的样子，利利索索、痛痛快快。他有什么优点？"

"听话，不要管我。还能赚钱就够了啊。"

欧阳端无奈地摇摇头，教训加提醒地说："人与人最短的距离叫拥抱，人与人最长的距离叫等待，人与人最看不见的距离叫包容，人与人最可怕的距离叫漠视你的存在。"

温茨表情动摇了一下，张了张嘴想说什么却没说出来。这时她手机却响了起来。温茨做了一个"嘘"的手势。

"怎么了，谁找你？"温茨急忙整理了一下衣服，说家里来了一个客人，她得赶紧回去，温茨撒谎道。

利诱就像一锅汤，放糖就甜，放盐就咸，放醋就酸。欧阳端满脸堆叠的遗憾如沟壑般蜿蜒沧桑。

温茨迈出一大步，又意犹未尽样一转身，挽着他梗长的脖子，像一只啄木鸟猛啄一下戛然而止，就如一个漫长的世纪未曾见面，然后风一样跑出门外。这令欧阳端甜蜜不已。

［二］

雪卉今天与杨晨聊天后，情绪开始起伏不定起来。回到住处后，发现未来的嫂子温茨不在，左右张望了一下，不知所好，便犹犹豫豫地走进周印的书房。

她自幼爱读书，尤其是读诗词，爱它的朗朗上口、古色古香、绕耳绵长。从书架上抽出一本精装诗词，翻阅起来。"明月别枝惊鹊，清风半夜鸣蝉。稻花香里说丰年，听取蛙声一片。"这是多么熟悉的诗行，曾经多少个秋夜，临窗而坐，月色漫窗台，才觉书中日月长。

看了好一会儿书，温茨还是没有回来，雪卉便有些担心了，一个电话打了过去。其实她并没忘记拿钥匙，不过歪打正着，让温茨借机逃了出来。

听到脚步声，雪卉急忙迎了出来。"嫂子你去哪儿去了，这么晚多危险外面。"

温茨一怔，皱起眉头道："我去哪儿不需要跟你请假吧！你不是有钥匙吗？"

"嫂子你！我这是关心你怎么……"

"我怎么感觉你是来监视我的！"

雪卉一听急了，灵机一动，将了她一军："嫂子你做什么坏事了，还要人监视啊！"

就是这么一句实实在在的话，却像一脚踢到猴子屁股上。温茨像疯了一样指责她不应该与杨晨一起戏弄她，指责她不应该跑过来打破她的平静生活……

雪卉在一波一波暴风雨中忍无可忍地摔门进入自己的房间，泪水如暴雨倾泻而下。长这么大，她还是第一次受到如此大的委曲，第一次被一个不相关的人责骂。想到这里，她开始收拾自己的东西，打算离开这里。事实上也的确如温茨所言，这里与她毫无相关，干吗跑来给别人添堵。

临走之前，她拿出手机准备给周印发一条信息。正在这时，温茨推门走了进来。

"你这是干吗，是要离开吗？"

雪卉眼观鼻，鼻观心，愣是不看她一眼，拎起行李就要走。温茨心想正好，然而就在她一个转身中，一把拉住她："刚才是我不好，我向你道歉还不行吗？"雪卉这一走，她没法向周印交代。

雪卉冷漠地看了她一眼道："你没错，全是我多管闲事。"说完又挣脱着要走。

于是温茨急道："妹妹，今天是我心情不好，言语重了，你这样走了不是陷我于不义之中吗！"说着哭了起来。

见此，雪卉又心软说道："嫂子，是我不好，不应该来打扰你们的生活，过几天等周叔出院了我就走。"

　　谁知温茨止住哭声，转而拉住雪卉的手说："我刚才说的是气话，真的不是有意的，这些天不是你照顾你周叔，我们真的不知道怎么办。"

　　雪卉被她一脸的真诚打动了，她知道人在心情差的时候，往往会用决绝的话伤害爱她关心她的人。在如此近的距离下，雪卉终于第一次看清她的样貌：深重的黑眼圈，脸上不失干净简单，还带着一股凄苦的味道。

　　"那好吧，我暂时不走了。"雪卉说完就跑进客厅给她倒了一杯水，"嫂子，我刚才真是的担心你，没有其他意思。"

　　温茨感动道："是我不好，可能最近心情老不好才……"

　　"没事啦，知道你和我大哥是做大事的人，天天那么忙，难免会有不顺心的时候。"

　　温茨听了，顿时像泄了气的皮球，说道："我觉得人生这样没多大意义，天天都忙着赚钱，一点生活质量也没有。"

　　"快别这样说啊嫂子，我特佩服特羡慕你们干大事的人，不像我，都三十多了还一事无成。"

　　温茨一听，问："对了，雪卉你也没成家吗？"

　　温茨虽然从周印那儿得知她没结婚，但并不知道她为什么不结婚。

　　"是啊，现代人不愁吃不愁穿，却愁婚姻。不像我爸妈那代人……"

　　温茨愣着看着她五秒后问道："那你说说现代人为什么愁婚姻？"

　　"我觉得因为物质上富有了，所以开始追求精神上的需要，不像我爸妈那代人，精神上非常富有。"

　　"不会吧，他们那代人精神富有什么？"

　　雪卉立即像早就思考过地说道："他们那代人因为对物质上追求得单纯，所以精神富有，不像现在一些人，住上楼房还要住别墅，开上小车还要开跑车，找到帅哥还要有钱有地位……"雪卉说着说着，发现温茨目光渐渐灰暗起来并低下了头。

荷叶生时春恨生，荷叶枯时秋恨成。

杨可穿着整齐的休闲服，胸口悬挂着刺绣LOGO格外显眼，宝蓝色的全棉裤虽看不出标识，但它无一不向人们展示——最贵在我这儿！她带着一半的稚气和一半的天真，欣喜若狂地向他挥着手并久别重逢般地疾步向前，在拥抱前突然止步。

“你怎么在这儿？”

“因为我知道到哪儿可以找到你！”

“你是在求欢吗？”

“是啊，你给我多少欢乐……”苏雅激动地哧哧一笑，便从如诗的梦中醒来。

“哎呀，我这是怎么了，怎么突然梦到这些了？”正当她随着思绪梦想拾级而上，试图竭力重新回放片断的时候，床头柜上的手机尖叫起来，那声音就像暴徒挥舞着大刀拼命叫着，回声杀气腾腾。

“谁啊！”她有气无力地问道。听到对方的声音，随即又改口道，“对不起啊子陌，这午觉睡得好沉、好梦幻、好华丽。”

“难道真的秋梦如诗如画般？”

苏雅一个机灵，便故意念起一首诗来——

游鱼从天上来，

飞鸟从海中归。

琴声汇成了沉淀的色彩，

雨水幻成了炽烈的烟火。

子陌听着听着，便立即打断她：“停、停、停，别发癫了，快点好好收拾一下参加活动！”

苏雅一愣，这时才想起今儿是“静月轩”的活动日：“要不要打扮漂亮一点？”

“呵，都说女人颜色太好是妖精，小样！”

手机被当成炸弹般重重地掷到床头柜上，苏雅一个鱼跃，起身跑进洗漱间，刷牙、洗脸、梳头，动作连贯精准到位。完毕，顺手拿起口红游刃有余地画了一个圈，立即唇红齿白，楚汉分明。

当她从衣柜中拿出通体淡黄以蓝水钻点缀的连衣裙套上后，来到镜前一看，立即发出"哇！"的尖叫，还以为自己是某位时尚模特。顿时她浑身自恋的每一个细胞都蠢蠢欲动起来。再穿上五厘米高的阿玛尼高跟鞋，退回到穿衣镜前，再一个矫揉造作地转身，心中啧啧感叹，大牌就是大牌，剪裁得像美丽的香格里拉。

她不禁做了一个鬼脸，呢喃起来："女人嘛，还是要包装的！"当她对着镜子又做了一个鬼脸后，发现这样的打扮太过于成熟了，就随手从化妆台上拿起蝴蝶结往头上一套，立即萌萌生鲜起来。

她满意地笑道："姐是王的女人！"

推开出租车的门，她发现好友子陌已经在"静月轩"门前四处张望着。

"亲爱的，人家来迟了！"

"就你这磨磨蹭蹭的毛病实在得好好改改了，有这功夫人家双胞胎都生下来了。"

苏雅立即脸一变，假装生气道："打住，咱们都是文明的人，休得胡言！"

"喏！你今天的打扮看起来还是曾经有过文明。"

"讨厌，你好坏！"苏雅知道她又在揭自己的老底了。心想："谁的人生没有污点，再说两情相悦时，那些曾经做过的事，不应该做过的事，怎么好与风尘女子相提并论。那是两情相悦不是客户间眼睛所及皆交易。"想到这儿，苏雅有些后悔那天酒后一不小心向她吐露真情，真是人生最悲催的是你把真心话告诉好友而她却当笑话揭你老底！

苏雅越来越觉得"静月轩"开办在荣巷古街是个不错的选择。古街区分上荣、中荣、下荣三个自然村落，清末到民国年间，由于荣氏家族以荣宗敬、荣德生为代表的民族工商业家群体迅速崛起，使荣巷演变为街镇，给荣巷带来前所未有的繁荣，建起了一大批具有时代烙印和乡土特色的建筑群。"走吧，小心今天我一会儿再揭你老底！"子陌做出奸笑状。

"哼！谁的爱情没有淤青？"

"哎哟，小雅今天条顺盘靓的嘛！"胖姐的语气听起来像来自明清八大胡同里，遥远不远。

"胖姐，你没听人说最美的，最易失去，最动人的，会成为最伤感的。让您见笑了。"苏雅信口掰出一句话来。不过语气上，明显改弦更张开始走正常人的路子。那种妖里妖气的话，只有跟子陌在一起时她才会说。

为了防止苏雅说错话，子陌与胖姐打了一声招呼后，拽住苏雅往"静月轩"里走去。

"哎呀，今天是要搞男模特展吗，我可受不了型男的刺激。"一走进活动室，苏雅便惊乍道。

"你仔细看看再说话会死人吗！"子陌鄙视了她一眼。

苏雅并不在意，便像检阅士兵样前去，接着又豁然开朗大笑道："我还以为是真人呢？这蜡像做得也太真实了点吧。"

子陌神秘一笑道："那你再看看他们都像谁？"

苏雅退后一步，眼神聚了聚焦，发现有的像熟悉的明星，有的像身边的欧巴，还有的像千刀万剐的前男友们。

"怎么这些人好像我认识又不认识？"

子陌因此诡异一笑，轻啐道："那说明胖姐要的效果达到了，她可真是策划高手啊！不枉她一片苦心。"

苏雅听了，闪烁着那双无辜的大眼睛看着子陌，像是在问："什么意思，你不能跟本官直接说明白，挤牙膏样的讨厌不讨厌！"

子陌心领神会，说："亲爱的，留点悬念吧。"

[三]

莫道满园花开早，凋零便是明朝，相逢还须年少。

"各位姐妹们，人们常说，经过了就是缘分，存在过就是美好。生命原本就是一个过程，有风，要过；有雨，要过；有人看到自己的美丽，要走过。有人珍爱，会绽放；没人珍爱，也要绽放。一转眼，一年一度的好时光又到了，这是我们姐妹最快乐的一天，也是最最幸福的时刻，中医说：痛则不通，通则不痛，敲开健康之门，倾诉苦难过往，会令我们更加美丽愉悦……"

苏雅皱起眉，讪讪地问："胖姐今儿该不会是让我们回忆过去，展望未来吧！"

"耐心！好好听嘛，一会儿你就明白了。"

苏雅只好瘪瘪嘴，瞪了子陌一眼，扶额，一脸认真地聆听起来。

"这不就是一场'渣男'批斗会嘛，有必要搞这么隆重？"苏雅差点笑出声来，子陌笑而不答。苏雅又泄气地自言自语："这多没意思，本来伤疤好了再重新揭开不是要再流一次血，太残忍了。"

"哎呀，你这个人就不能想开点，不能把流血当生理期，来得自然一点嘛，干吗非要那么痛苦呢。"

"问题是本官每一次生理期都生不如死！"

"啊，怎么会这样啊，按照中医说你这是气息受滞，今天你算是来对了。"

"唉！都是那个挨千刀的杨可惹的祸！"

子陌一怔，继而一喜："这话我喜欢听。"

"反正全是他的错，本官以前生理期比验钞机还准，自从跟他那次以后，验钞机失灵，总是隔三差四不按时间来，你说是不是他的原罪。"苏雅说完，还发狠地掐了一下子陌的大腿。

"是你自己的错，关我什么事！好好听那女孩讲。"子陌一脸鄙视回道，满脸糅杂着和善与刁蛮。

"你真爱过吗？那种一见钟情，除他以外，其他全是凑合？"

"当然啦！"子陌的注意力已经完全被台上所吸引。

"都说带着黑暗秘密死去的人，却往往会带着一个更加黑暗的秘密重生。我叫林蒙，目前在婚庆策划公司做司仪，今年二十五岁……"她话说得漫不经心，但话一出口，在座的人立即脸色各异。说话的女孩皮肤很白，长长的头发梳成一个马尾，眼睛圆圆的像会说话，给人的印象是那种典型"绿茶婊"式的女孩。

"就在一年前，我像往常一样走进客户的婚礼现场，一抬头，发现大屏幕上那对甜蜜的爱人，男的居然是我的男友。"林蒙说到这，现场一阵抽泣声起。林蒙突然摇摇头，眨眨眼，觉得似乎忘了什么，难为情地做了个深呼吸，用尽力气说道："是的，为了给未来的丈夫留下深刻印象，我从小励精图治，努力做个贤妻良母，可爱情就是这么现实，就在前两天的一个晚上，我俩还在微信中相互点赞，互吐心声并相约明年的秋天一起去爱琴海……"

听到这里，作为主持人的胖姐好奇地打断了她的话并用母仪天下的语气问道："难道你就没有发现他一直把你当备胎并要结婚的蛛丝马迹？"

"真的没有，这人实在太狡猾，比那电影中余则成还能潜伏，不过……不过也不能怪他，因为我们还没有见面过。"

下面的人们开始交头接耳起来。从那些人口型上看，在骂她缺心眼。

"这故事也太'逗比'了点吧，都进入网骗时代了，居然还相信网恋！"苏雅非常气馁地惊呼道，子陌立即做了一个小声音的口型。

林蒙停顿了一下，像什么也没发生一样，继续说道："是的，我们是网络相识，就饭吃的网恋。"

下面又是一阵骚动，有的摇头，有的私语。

"各位姐妹们别想多了，虽然我们相恋网上，但不是那种摇啊摇的，找一夜情的耍流氓的那种，而是在朋友圈中结交的。"

"唉，我倒，又一脑残粉。朋友圈也能信？"子陌也开始表现出恨铁不成钢的鄙视。

"是啊，万能的朋友圈现在已经由先前的玩暧昧堕落到约炮了，还能在这个上面相亲，偶也是醉了！"

看到大家明显在笑话她，林蒙表情严肃地说："各位姐妹们别笑嘛，这场恋爱还是收获不小的，我知道他身体上的印记，他知道我的人鱼线……"

"衣带宽松，落拓出轨，还裸聊，就差上床了！"苏雅做了个擦汗的动作说。

"不过，不过，到现在为止，我并不觉得他是骗子，相反，在婚礼的现场，他棱角分明的脸上洋溢着什么也没有发生的样子还是很感动人……"

"可真是个 fool！骑白马的不一定王子，也有可能是唐僧。"苏雅轻啐道。

子陌撇了撇嘴问："知道妖怪为什么喜欢吃唐僧肉吗？"

苏雅白了她一眼说："因为可以永葆青春，延年益寿。"子陌因此回了她一个噘嘴。

"当时你跟他打了招呼了吗？"胖姐忍无可忍地问道，从表情上看她是想抽她一耳光，给她清清脑中的积水。

"当然说了，他还毫不犹豫地告诉我，明年秋天离婚后我们就去看爱琴海，不过他是用眼神说的。"又一阵呜呼声再次响起。

"你怎么知道的？"胖姐几乎走到她跟前问，七窍生烟。

"因为以前我们在视频中也是这种眼神！简直一模一样，不可复制。"

子陌愤怒道："脑残粉一枚！"

"你也淡定点行不？挺娱乐的。"苏雅摇摇头说道。

"那最后他为什么没离婚跟你相约爱琴海呢？"这时胖姐几乎把头贴近她额头问，就像她妈指着她的额头说"怎么养了你这么个傻瓜"似的。

"就在昨天，不对，是前天，他还在微信上跟我说，两情若是长久时，又岂在朝朝暮暮，说以后还是有机会的。"林蒙的语惊四座，一下子让许多人得了暂时性失语症。

胖姐一脸的恨铁不成钢，那表情仿佛在说："唉妹妹，不是姐我说你哈，你赶紧自救吧，没人能帮你！"

"你们别笑啊，我又没有损失什么是吧。"

于是胖姐上去拍拍她的肩，故意试探道："那你恨他吗？"

"当然恨啦，他害得我很多晚上失眠想去爱琴海。"

"那你要不要发泄一下？"

"要！"林蒙态度坚定。

胖姐便用眼神告诉她，可以到前面找一个像那人的蜡像，刺他一剑。

受到眼神的鼓励后，林蒙满血复活，随手抽出身边准备好的龙泉宝剑，冲了上去……

一剑穿心而过！却听到蜡像以好听的男中音节奏说了话："我还是爱你的！"刹那间，林蒙如触电，呆立在那里。接着人们笑得前仰后合。

"子陌，那蜡人怎么会说话？"

"不光会说话，那剑刺的地方不一样，还会说出不一样的话来。你没看到刚才那女孩刺到人家心脏了。"

"那……那要是刺到……"

"你给我住嘴小流氓！他会说'你这是要老子断子绝孙啊'！"苏雅顿时笑得人们纷纷回头。

"各位姐妹们，我叫萱萱，今年29岁，是外企白领。我和男友的分开的原因一直令我百思不得其解，不过直到前天我才终于明白……"

说话的女孩薄施粉黛，小衣襟短打扮，头发松松的，眼睛亮亮的。乍一看，绝对属于胸大无脑那种，怀里仿佛揣了两只小白兔随时要奔跑，象形夺人，很是扎眼。

萱萱说完，胖姐带着虐心的样子，问道："你们是怎么认识的？"

"邮轮上的富豪相亲会，为了这次约会，五万多元的门票……"

伴着大家的呵呵声，子陌叹了一口气道："又一想当富太太的，结果变成穷光蛋，不信你听着。"

"那你们交往了多久了？"

萱萱犹豫了一下，数了数指头，答："如果算次数的话有一百多次，如果按天数的话一两天吧。"

胖姐忍住笑，又问："听你的话怎么觉得这么绕啊？简单点说。"

"自从那相亲会后，我们都是在视频中约见的。"萱萱说完，又怕大家不明白地补充道，"不过有两次我们是甜乎在一起的。"

"唉！"人们开始在逗乐中，窃窃私语起来。

"那他爱你吗？"

"爱！非常爱，他经常给我买巧克力、香水，对了还买了粉色的时尚手机，说这样随时保持联络方便……"

"那你什么时候发现他不爱你的？"胖姐问。

"因为一天我突然在想他时，天意地收到他一条微信后，再无音讯了，于是我一急，一个电话打过去才知道，唉！我的……天塌了。"

胖姐用绷紧的神经问道："到底发生什么事了？"

萱萱重重地叹了一口气，说道："电话那头是一个女的接的，说他们结婚一起去度蜜月时，在无锡的鹿顶山上给一个叫萱萱网友发微信时，不小心，一脚踩空摔下悬崖，结果就……"

"真是人在曹营心在汉，妹妹你这辈子太值了，坐下吧！坐下吧！"胖姐像慈母一样，爱怜地抚摸了一下她的头说道。

"我想到前面去摸摸他，那个人太像他了，我好心塞。"胖姐无奈地点点头。得到许可，萱萱急切地上前抱着其中的一个蜡像人哭得泪人一般，嘴里还说出谁也听不懂的呓语……

子陌突然惊呼："她找的那个男人像我前男友哇。"

苏雅一挥手，摇摇头道："你也没救了！需要赶紧吃药！"正在这时，苏雅的手机响起。

"丫头快回来，不然今晚你就再也见不到你妈了！"妈妈在电话中发出了呼天喊地般的求救。

"妈，妈，你慢点说，怎么了？怎么了？"

"快回来，再回来晚了就见不到你妈妈了！"

见苏雅脸色煞变，子陌一脸不无好奇地问道："怎么了小雅？出什么事了？"

"子陌，你说人为什么在特别满足和特别烦的时候总会想到死？"

"这不简单！因为都没有未来啊！"

"我得赶到乡下去。"

"这天快黑了，你去干吗？别吓唬我啊。"

苏雅不耐烦地说："你别问了，反正不是什么好事，吵吵闹闹一辈子了。"

第九章　相亲会

望着苏雅远去的背影，子陌顿时觉得被人抛弃一样，迷失在黑暗的夜色中。尽管苏雅没有说出电话内容，但她已经听出这又是一场夫妻战争。她实在不明白，夫妻间有什么好吵闹的，都说夫妻好比两条腿，要站稳，要走路，谁也离不开谁，为何一条腿对另一条腿总是抱怨不休？

想到这里，子陌觉得"妻子的贤惠是宝贵的财富"这句话完全是对女性的不尊重，都什么时代了，干吗男人就不能贤惠？

"这辈子不结婚是对的，一个人真的不错，少了另一条腿的牵绊反而更轻松自在。一些夫妻之所以会吵架，往往站在自己的立场上，以一种错误纠正另一种错误，所以永远纠缠不清。"

子陌虽然心中这么想着，但她内心还是渴望走进婚姻的殿堂。每当接到朋友送来的结婚请帖时，都有一种羡慕嫉妒恨从内心涌出。

就拿她与朱鸿儒的婚姻来说，真是"他人即地狱——伤不起"。曾经以为有了他，再深邃的隧道都有尽头，但现实却让她进入天体的黑洞，心一动，泪就一行。

在那次"好姻缘"沙龙相亲会上。随着漂亮女主持人甜美的声音落下，别具特色的化装舞会开始了，人们各自按照自己的设想寻找目标，有的选择身材单薄的，有的选择身材丰腴的，有的则等待庐山真面目的出现。

子陌选择了等待，她认为化装舞会会给自己造成先入为主的错误决断。与其急功近利，不如静待花开，缘分这东西欲速则不达。可是她依然选择了富豪相亲会，对于这一点，她觉得自己实在是矛盾的结合体，说和做经常割裂。

化装舞会结束后，主持人开始给大家介绍，并要求新会员站起来让大家认识。

"我叫徐燕华，今年 37 岁，丧偶。要求男方有住房独居，经济条件优越，让我有经济保障，能够爱惜我，带我去国外旅游……"

"好实在，好物质啊！"听了她的一番话，子陌为自己的决定不再汗颜，觉得好日子就得去争取。

第二个站起来介绍的是位离异的中年男士。他说要求女方很简单：有没有房无所谓，但必须年轻漂亮，不能拖儿带女……

"看来男女都一样，超现实，谁说只有女人才拜金，完全偏见！"子陌在大家的择偶选择中进一步认识到，当下人的婚姻已经全部走到物质铺就的金光大道上。她庆幸自己的决定，进一步丢掉了本来就不太沉重的心理负担，相反，她觉得过上好日子是人生最大的梦想。

随着相亲会人员自我介绍的"露底"，子陌也无形中受到怂恿，自然而然地跃跃欲试起来。当参加的人员差不多快介绍完时，她便找准机会站了起来，一脸实诚地说道："我叫子陌，今年 32 岁，离异。要求男方的年龄……年龄不是问题，只要他有房有车，能使我衣食无忧就行……"

她的话像盛开在荆棘里的花，在观众中散发开来。

不过她的话音一落，会场里便响起一片啧啧的赞赏声与议论声："这女子真是美到骨子里了，我要是有钱就一定找她！"

"老兄，你配得上吗？这女人啊，也就只能看看，你我都不是她的菜呀。喏，看那边——"

说话人把嘴朝窗口方向一嘟噜。发现一中年男人头梳得溜光，西装笔挺，胡子刮得煞青，撑着下巴的手上一枚钻戒熠熠生辉，仿佛表示着他与众不同的身份，那男人的一双眼睛眨巴眨巴地盯着子陌。

"嗯，他倒是像这女子要找的对象，看着挺般配的，听说还是位港商。"

"港商怎么要跑到内地来找对象？"

"内地一些漂亮的女人爱钱，好骗！"

说话人虽然声音很小，但还是句句如子弹冲进子陌耳朵，让她有些灰心起来。不过也就三秒钟，她又过雨烟云，信心十足。子陌相信她的命运不会那么差，一下子就掉进骗子的深渊。

还别说，子陌那天的确是参加富豪相亲会中最漂亮的女人。白衬衣，牛仔裤、红凉鞋，步伐轻盈；皮肤白皙，眉眼清秀，宛若春天的一朵云，可以说从她一出现就惊艳了四座。当然她也发现了那位港商的视线从来没有离开过她，这让她心里多少有些自豪。

"各位会员，以下环节开始配对。"主持人话一出口，会场所有人都哄哄笑了出来。子陌心想，这么高水准的富豪相亲会怎么会用这样的词语，水准也太差了吧，又不是公牛与母牛交配。

主持人见大家的嬉笑中有些唏嘘，好像早有准备地解释道："大家别笑，本人没有对大家不恭敬的意思，大家应该知道，在动物的世界里，能够配对的往往是最优秀的，最完美的，最有爱情的。譬如，斑鸠。斑鸠是爱和忠诚的标志，甚至激发了莎士比亚诗歌的创作，写出了有名的诗《凤凰与乌龟》。斑鸠的配对更是充满真色彩，它们比身体上花纹、比声音、比……

主持人的话吸引着人们，大家不再嘀咕，反而眼角眉梢，洋溢出寻找到幸福的喜悦光芒。那表情上，很有些朝为蜜糖，夕为砒霜的味道。

主持人见此，继续举例道："再譬如草原田鼠。虽然大多数啮齿类动物有一个乱交的骂名，但草原田鼠挽回了好名声。它们形成一夫一妻制的伴侣约定，有时甚至会持续一生。草原田鼠是动物中一夫一妻制的典范。它们彼此相拥，分担筑巢和繁衍的责任，互助互爱。希望你们从相悦开始，共筑幸福的爱巢。"没等他说完，大家已经欢乐一片。

子陌觉得主持人开始是明显用词错误，这算是机灵地来了一个纠错。不过通过主持人的解释她倒觉得人和动物真的没有什么区别。争夺、交配、背叛等等，无一不与动物相似，有时候甚至还不如动物，比动物更贪婪。

"子陌小姐在沉思什么呢？"那港商在踽踽独行中，被众人注目地走到子陌面前。

其实子陌在余光中早就发现他的到来，她是故意装着没看见的样子。面对那港商的问话，子陌浅浅一笑，很淑女地说道："没什么，觉得主持人很有才华。"港商随之双手捧上自己的名片。子陌看也没看，打量着他。

港商于是放下紧张的样子，带着港腔附和："主持人很实在啦，不错的啦。"说完又伸手做了个邀请的姿势，"请子陌小姐赏光，一起用晚餐，这地方太吵啦。"

子陌有些意外，没想到一向被称为有文化的港商如今来得这么直接，不过子陌心里却是窃喜，只是她藏着自己，并没有表现出来。子陌犹豫着，她是故意的，不能让男人一眼望穿。

"怎么，子陌小姐不给面子啦，我可是一片真心啦。"见子陌踟蹰，面前的男子发起了新一轮的攻击。

子陌低着眉慢慢绽开笑容，像是一朵睡莲躺在墨绿的荷叶丛里悄悄盛开。心想，这种富豪相亲会有什么真心可言，完全是眼睛所及皆交易嘛。

见子陌不回答并且笑得古怪，港商开始有些尴尬还有些气馁："子陌小姐，你一定相信我啦，我不是骗子，名片上有我的公司名称，你不妨可去调查……"

眼角眉梢尽是诚实。尤其他那句："偏见是强盗，足够盗走真相"的话，让子陌立即觉得他高大上起来，心里也开始温润发芽。见时机已到，她不屑地一笑，说道："骗我可以，请注意次数。不过一会儿我还有点事要处理，时间有限。"

说话间，子陌不禁被他手上那只硕大的钻戒所吸引，眼中贪婪之色一闪而过。对方显然捕捉到了她眼睛里的秘密，又不失时机地自我介绍："子陌小姐，我是香港天地贸易公司在内地的总经理，叫朱鸿儒。"

子陌这才想起自己还没来得及看他的名片。嘿！烫金名片上还印着他的相片，相貌堂堂，气宇轩昂，比真人好看。"子陌小姐，请——"

"啊，是辆 R8 车！"一见到车，她不由心花怒放，暗暗地对自己说："夏天来临之后，所有的寒风凛冽，终将消散在夏花盛放的路上，相拥的，短暂的，只用一季就够了。这正是我要找的对象！看来几万元的门票花得值啊！"

朱鸿儒带她去了一家富丽堂皇的大饭店，这是她吃过最土豪的一顿饭，燕窝鲍翅都齐活了，还有各种她叫不上名的菜。

"我知道你们美女怕遇到装有钱人的骗子，一看子陌小姐就是个文化人，相信我就是骗子也不是那么好骗你的。"

子陌没想到在沉思的吃饭间，他来这样一个先声夺人的开场白，这有点让她感到意外和措手不及。不过子陌在参加这个富豪派对前做好了各种心理建设，尤其是语言上的储备。她也知道，这婚姻是一场未知的冒险，没有人会事先知道结局，所以为了安全起见，她还是选择用脑子说话。

子陌仿佛进入一个梦境，依稀来过，又摸不着影子。在凝视了他十几秒钟后，她想：任何真话，我都能接受，怕的就是没有真话。朱鸿儒不好意思地避开了她的目光。子陌有些得意，知道效果达到了。这是培训老师教给她的绝招——在不会说或不想说或一时判断不明时就用眼睛或沉默说话。

"怎么，不会认为我也是骗子吧？"朱鸿儒一开口就注定他的失败。因此他的眼睛变得不自信起来，两只眼睛跟浸了水一样混沌起来，然后诡异地移动起来，像一架摄像机在捕捉另一个瞬间。

"我知道通往地狱的道路往往是美好愿望铺就的，但我依然还得一试。"子陌说完继续凝视着他，不给他思考的时间。子陌发现他的眼里滑过一丝难堪后，很厌恶地说道："骗子都是可恶的！"见他明显的底气不足，子陌有些失望起来。

这时，朱鸿儒开腔了："我是有钱，超级有钱怎么了，但这并不代表所有的有钱人就都是骗子！"朱鸿儒的话顿时将子陌坍塌的信心鼓起。

子陌粲然一笑，装作无所谓的样子，学着香港话道："禽兽毕竟是少数啦，再说他想骗也骗不到我的。姐可是从小都不怕事的。"

朱鸿儒一听，连忙说："是呀是呀，子陌小姐是有见识之人。"那样子已经臣服。

<h1 style="text-align:center">[二]</h1>

钱可以成就人，也可以堕落人。

这顿饭竟吃掉了 3000 块！

结账时子陌不好意思地说："让你破费了，下次我请你。"

"小意思啦。"说完又从他又皮夹中抽出几张百元大钞给服务员。

更令子陌咋舌的是，他的钱包中除了花花绿绿的银行卡外，还有几张黑卡。她知道拥有这种黑卡，才可充分显示卡主的"尊贵地位"。"子陌小姐，咱们去娱乐一下怎么样？"朱鸿儒彬彬有礼地询问。

"好啊！恭敬不如从命！"不过她说完马上觉得自己说了句蠢话，刚才说的一会儿还有事情的。于是马上补救道，"对了，我还有事要处理的。"

"哎呀，既来之则安之吧，今天再大的事，到了明天就是小事，今年再大事的，到了明年就是故事。"

朱鸿儒临危不惧的幽默让子陌有点意外，把她逗笑了。于是她顺水推舟道："嗯，好呀！"

"那咱们去酒吧怎么样？"

"好吧，不过我不胜酒力。"

"子陌小姐别谦虚啦，现在的白领小姐没有几个不会喝几杯的！再说你这么漂亮的小姐往那一坐就能醉倒一座城。"

朱鸿儒的话让子陌很是受用，在一个眨眼的罅隙间，她的心已经轻飘飘起来，舒服极了。

"夜巴黎"酒吧，华丽而张扬，简直就是一座水晶宫殿，穿着红呢制服的西洋乐手演奏着法国古典乐曲。一些情侣们还在舞曲中翩翩起舞。

她故作遗憾道："早知道这里还可以跳舞，我就带上晚礼服来。"

"没关系，这里有很多服装，只要你喜欢随便挑。"朱鸿儒说着就以试探的方式牵起她的手，子陌没有拒绝。这令朱鸿儒有些激动，眼神如曾经的自己一般，清澈无害。

他为她挑选了一套价值5万元的晚礼服。子陌确信这辈子真的遇到富翁了。

换好装出来，子陌显得更加窈窕美丽，光彩照人。朱鸿儒拍着手称赞："真是一位法国摩登女郎！不，是一位贵夫人！"说着邀她一起滑入舞池。

五颜六色的烟雾在舞池中升起，子陌弥散在浓浓的酒精里。烟雾中他们像一对情侣，在众人包围之中流光溢彩，博人眼球。那男人一身黑色，没有特意地装扮，但是料子款型又瘦又贴身，衬着子陌一身拖地的大红长裙，炫舞流光，异彩飞扬。他们的脚步是那么快意，相互的动作是那么的协调而完美，就仿佛他们不是在拥挤的舞池跳舞，人们的目光给了他们很大的自信。

从夜巴黎出来时，已是子夜时分。

朱鸿儒抱歉地说："子陌小姐，不好意思啦，让你陪我到这么晚，你家里人会不会……"

子陌马上回道："没关系，倒是让您破费了。今天能结识朱先生很高兴，玩得很开心。"

"好，好，只要子陌小姐高兴，让我做什么都行。"说完他看了一下手腕上的表，"呦！已经很晚了，就送你回家吧。"子陌如皇后般走进车里。

子陌回到家里，心情大好，特意打开音箱，那首《天堂新娘》曲子又把她带回了梦中。在闭上眼睛睡觉之前，她意识无尽地对着夜晚说："亲爱的，你在哪里？如果你处于善道，或者已转世为人，请你来我的梦里，我想和你告别。如果你已落入三恶趣，请不要来见我了。"

于是，当夜，她至爱的 Alex 来到了她的梦中。Alex 比以前瘦了，大学时期的阳光帅气，脸上浅浅的笑……Alex 告诉她：他从未离开，只是心情不好，去了一趟奈何桥，正当他准备喝孟婆汤时，突然想起她，又重新回来了。子陌听了心里充满了感激和幸福。于是她说着"我们再也不要分开了"就一个飞身坐在 Alex 乘坐的仙鹤后面，紧紧地抱着他，就像他分开前的日子，他们紧紧依偎。子陌决定从这一刻开始一定要好好珍惜，好好生活，再也不去计较身外之事，再也不去互相伤害，一定要互敬互让，两颗心互相取暖。

就在她梦幻中，幸福地踟蹰之际，手机"嘀嗒"一声召唤回她的灵魂，睁开了眼睛时，面对的却是黑色的夜，她踟蹰的灵魂顿然死去。她听老人说过，梦都是反向的。于是她开始回味刚才发生的一切……

第一个周末来临，她和朱鸿儒在渤公岛见面了。

雨后放晴的渤公岛，三面环水，碧波荡漾。岛四周的洼地里，景象苍茫迷人，芦花虽然放尽，不及芦花飞絮时的凄美，但它们深褐的穗头簇拥着、摇动着，像吟诵起天地间绵长的诗行。为了这次相见，她已经在心里描摹了多遍。

王子与公主一样牵手登上情侣游船。来到蠡湖中央，环顾四周比西子更撩人，这时子陌才体会到当年西施与范蠡的爱情远比书本上更具写意。在上初中时，她就读过范蠡与西施的浪漫故事。情窦初开的她对范蠡这样舍弃官爵厚禄毅然离开越国，带着恋人西施泛舟江湖的壮举，艳羡不已。

"子陌小姐你在想什么？"

"我在想西施与范蠡的爱情，太美好了。如果……"

"你要相信我们的爱情比他们更幸福，当年他俩泛舟这五里湖之上，就是从这一天开启幸福的生活。"

子陌一怔，好奇道："你怎么也对他们爱情故事这么详知？"

朱鸿儒嘿嘿一笑，说："我还知道他们当年就是泛舟从这里出发的！"

子陌又一惊愕，说："呵！知道的还真不少。"

"范蠡与西施的故事虽然优美动人，却并无历史依据。《史记》清楚记载，范蠡离开越国后，带领全家人来到齐地，耕于海畔，苦身勠力，父子治产，居无几何，治产数十万。在这里，根本没有西施的影子。后来，范蠡到陶经商，也没有西施。"

子陌听了，非常震惊地问："那西施去哪儿了？分了！"

朱鸿儒面带难为情一笑，答："应该是在家带孩子吧……"

没等他说完，子陌便咯咯地笑出声来，觉得这人还挺逗的。

蠡湖泛舟归来，子陌突然觉得自己有点也曾少年，也曾辜负昨天的感叹。伴着湖光山色的聊天对话，她对朱鸿儒的好感像风儿浸心，把心里弄得好舒坦。不仅觉得他大方，人也幽默，真是人如其名。为此当朱鸿儒请她消夜时，她没有一丝拒绝，不再觉得消夜是对身体的最大伤害。啤酒、烧烤……他们边吃边聊，一脸的幸福。

好时光总是易过。朱鸿儒一看表惊叫一声："啊！这么晚了！子陌小姐，对不起，让你受累了，马上送你回家吧。"

子陌犹豫了一下，没有应答，而是面露难色的样子。

"你怎么了？"见她眉头紧锁，朱鸿儒不解地问。

她顿了顿，嗫嚅地说道："上……上次回家晚了，我爸妈说我了，所以……所以今天我对他们撒了谎，说是出去旅游了。"

"咳！这还不好办，那……那今晚你干脆住喜来登，怎么样？"

子陌立即脸一沉，有些后悔自己撒谎，事实上她的父母根本就不在身边。之所以撒谎，是因为她怕他把她当成打工妹。不错，她是喜欢他，但选择在一起，她还没做好心理准备。虽说在选择与富豪征婚派对时她已经做好准备，至少知道这是一次交易活动，但没想到来得如此之快和如此之赤裸。

"你把我当什么人了，我可是好姑娘！"她有些生气道。

朱鸿儒一愣，像是明白她的话，就连忙说道："对不起，子陌小姐，我不是那个意思，我的意思是让你一个人住。"一脸认真，不像假话。

辜负了人家，子陌顿时在千辛万苦的挣扎中，在下一秒钟妥协了："不好意思，我有些失态了……"

接下来的交往中，没有像子陌想象的那样以金钱交换肉体似的交易发生，相反朱鸿儒像呵护香草一样精心照顾着她，让她感觉到从未有过的幸福。

放松了警惕，"敌人"立即趁机而入。

一个寂静的夜晚，他们在对立而站的分别中，朱鸿儒突然双手抓住子陌的双肩，她被突如其来的举动搞蒙。再清醒时想挣脱时，却未能如愿。朱鸿儒老道地吻了上去，子陌像一只束手就擒的鸽子，在双手敲击朱鸿儒的胸膛中，随着口水的漫溢，她慢慢地停止了拒绝，然后在被动中化作了主动……

跟所有恋爱中的人一样，子陌很快住进他家里。朱鸿儒家，很干净宽敞的四居室，很大的双人床，天蓝色的床罩，天蓝色的窗帘。子陌很喜欢新家的生活。

朱鸿儒也很能干，上得了厅堂，下得了厨房，他煲的汤很好喝，于是朱鸿儒变着花样煲出各种汤来。他说子陌太瘦，他要把她养胖，因为这样可以成为他爱她的见证。于是，甜蜜的子陌不再害怕长胖，心里的甜蜜和幸福在眼角眉梢涌现。

在没有认识朱鸿儒之前，她常常在街头买两个包子或点一份外卖充饥。她不想为吃什么费神，充饥而已。相反她会为一只名牌包一支乳液花很长时间去得到。她的想法是，不买买买怎么对得起来世一遭？子陌一心想找个能养他的男人。没想到，朱鸿儒就这样来到她的面前。

晚上他们相拥在一起，畅想着美好的未来。朱鸿儒常常在这样的畅想中说着说着就睡着了，这使子陌也很有成就感。朱鸿儒带给了她想要的一切，从此她则过起了阔太太的生活。美容院、高尔夫球场和大商场成为她生活的主战场。朱鸿儒承诺：年底就和她结婚。

[三]

就在事情发展顺利的时候，子陌偶然发现他的空间里有许多女孩访问，出于女人的妒忌心，她鬼使神差地加了那些女生的 QQ 想一探究竟，却让她有了惊人的发现——好多女孩认识他，有的还说在跟他恋爱。子陌一下崩溃了，意识到自己被骗了。

子陌并没有惊动他，而是从侧面去打听了解他。这一了解更是把她吓得一跳，发现香港天地贸易公司总裁根本不是朱鸿儒。随后子陌就给他打电话，朱鸿儒很少接她的电话，有时候回电话就说在外地出差，很忙。子陌感到情况不妙，觉得受骗上当了。然而，正当她诅咒他千刀万剐不得好死时，朱鸿儒又奇迹般出现在她面前并将一套高级别墅的房产证丢给她。

子陌本想开口大骂但又忍住了，问道："你名片上香港天地贸易公司总裁怎么回事？"

"那是以前的公司，我现在换了新公司了。"说完朱鸿儒又拿出一张名片。

"那你空间那么多女孩说在与你谈恋爱又是怎么一回事？"

朱鸿儒脸一沉，讪讪地答："那是以前的事了。"说完他突然又想起什么似的说，"她们很多人想跟我结婚，我不要她们所以就一直捣乱……"

子陌听了，觉得他的话也有些道理，于是便喜极而泣道："骗我可以，请你注意次数！"

朱鸿儒立即莞尔一笑道："我是真心想和你结婚的，怎么可能是骗子，你看看这房产证上都写的是你的名字。"子陌拿起房产证一看，顿时信了他的话。

子陌是个聪明人，也从报纸上看到过许多所谓富豪其实是骗子的新闻。于是按照名片上的固定电话打过去，服务小姐用纯正的香港腔告诉她，她们总裁是叫朱鸿儒。这下子陌彻底放心下来，便耐心等待别墅装修完就和他结婚，还经常开着朱鸿儒给她买的新宝马去书店买育儿书籍，为迎接未来小生命的到来做功课。

别墅装修好以后，远在千里之外的子陌父母怕别人说闲话，说她家女儿找了一个老头儿，因此婚礼选择在外地置办。朱鸿儒心知她的意思，便在南海海边租了一艘邮轮宴请八方来宾，婚礼办得低调而不简陋，相反还相当奢华。这令子陌非常感动，觉得她这辈子运气不错，乘上一座人生的豪华客船。

婚后的生活子陌全身心地投入到造人计划上。从饮食到作息时间，严格按照科学的方式进行，她要生个含着金勺子的继承人出来。幸福萦绕在每一个日日夜夜。

然而正当沉浸在幸福之中时，一天晚上，她突然接到一个陌生人的电话，说朱鸿儒在××医院抢救无效死亡了。这一消息如晴天霹雳，她不敢相信，放下电话后又急忙打了过去。接电话的人告诉她是警察，才确信无疑。

在生死离别的切换中，她终于振作起来。最后得知，丈夫朱鸿儒所开小车与一女人所驾小车在小区门口发生轻微剐蹭，结果双方发生争执中，对方电话叫来一帮社会上的混混，争执升级为打斗，朱鸿儒被人一拳打倒并撞击在地上的硬物上，经抢救，确诊为脑干损伤，经抢救无效死亡。

幸福瞬间戛然而止。伤痛伴着岁月踽踽独行，子陌觉得自己又一次坐了过山车。令子陌没想到的是，在清理朱鸿儒的财产时，发现他家产过亿，涉及房地产开发、店铺租赁、建筑施工、高速公路服务区施工。子陌这时才知道她是多么富有。

朱鸿儒离世后，流言像野火一样在小区蔓延。那些言语就是像阴暗的碎片四处翻飞，扰得子陌无处躲藏。于是她选择乘邮轮去世界各地转转、散散心，反正有花不完的钱。

远行是最好的遗忘。

旅行归来，昨天的事在今天已经不再是事，子陌忘记了丈夫突然离世的痛苦。决定好好经营丈夫留下的产业。

都说时间是最好的证明，可时间常常反悔甚至很贪婪地独自吞噬所有的过往。

突然一天，一位中年女子的造访，又让她如坐过山车一样，觉得她的人生太富有戏剧性了。

"请问你叫子陌吗？"

"是的，请问你有什么事？"子陌非常好奇道。

"我是朱鸿儒的妻子，刚从美国回到香港才得知朱鸿儒离世。"女人说完拿出他们的结婚证明。

子陌没有打开那本结婚证明，就一下子愣住了："不是……不是吧？你有没有搞错啊，我们可是结过婚的。"子陌如梦初醒般，立即跑进房间去找出自己的结婚证。

"我不管你结婚证是真是假，但我的确是他的妻子，我们通过司法途径解决这个问题吧。"中年妇女说完，转身离去。子陌随即瘫倒在沙发上。

后来经过了解，来人的确是朱鸿儒的前妻，只不过他们长期分居但并没有离婚。更令子陌难以置信的是，朱鸿儒给她的结婚证是假的。这时她才想起当时他之所以说不让她去香港领证，说他有关系搞定，完全就是一场骗局。不过朱鸿儒给她的车和房子倒是货真价实。

当她从思绪中回神过来时，发现眼前的太阳以无法计算的速度下坠，刹那间将天空染成了令人心碎的绯色，只剩下几只孤单的鸟影，拓在物是人非的傍晚时分。

人生最幸福的事，就是有人可懂，有情可依。

面对"静月轩"的姐妹们一天天增多，胖姐心里常常难以平静。岁月无声无息地覆盖过来，除了午夜梦回时能够记起的那张熟悉的脸，她再也想不起什么事情。

胖姐呆呆地望着书架上的照片，"何处合成愁，离人心上秋"的愁绪涌上心头，不由自主地将手伸过去，轻轻抚摸着照片上的人脸，唇红齿白，墨迹消褪，一旁的留言——我爱你，就在不远的将来。照片依旧保持着当年的温度，令她胸腔微微发酸。

"静月轩"姑娘们的倾诉和发泄勾起了她的悲伤。如果说她们有些人的遭遇值得同情或可恨，而她却想恨一个也找不到理由。都说婚姻是缘分，可是光有缘分有什么用，如果在一起不知道珍惜，缘分就会在不知不觉中散去。想到这儿，她开始回忆往事。

第一次遇见他像个斯斯文文的人，熟了以后像是哪个精神病院跑出来的。C大教学楼里的构建，像是人体身上的主动脉，看似错综复杂，却是有规律地向各方向延伸。下课后，大家就像担负的使命一样，蜂拥向不同的器官。她就像一朵开在花丛的无名小花，被人们遗落人群的最后，这样正好给了她机会，因为她想见一个人。待她一步一履地绕到梁溲那栋教学楼的时候，做贼似的向教室里看了看，里面居然空无一人，于是有些失望起来。正当她欲转身离开，却有人喊起她的名字。

响亮的声音仍旧是初见时的熟悉。她疑惑地抬头看着对面男孩，红色的毛衣衬得他的脸白皙可人，手里抱着一摞书。

"我不认识你。"

"可我认识你，你叫徐芊芊，我叫梁溲！"那人说完，淡淡地笑着，那笑容里带着疏离。就在这一瞬间，她想起鸳鸯火锅，一半是激情，一半是温热。

"我还是不认识你，再见！"

胖姐的真名叫徐芊芊，一个宛若风雪的名字。谁也想不到今天她实在有负这个名字，变得如此臃肿。那时的徐芊芊有干净的外形清纯的外表，喜欢在学校足球场边拿着一本书静静地观战。她是那种即便是阴雨连天，透不出一丝光线来，站在那儿也是好看的。

当时，学校里很多男孩都被她深沉唯美的样子，震撼得内心中落叶飘飞，可是她偏偏喜欢另一个叫洛克的男同学。在她看来，他是那种从来不会表达内心的人，眼里也从未闪烁过强烈的爱或恨。而这样空洞的神色，在她青春的心房中是那么唯美，一见倾心，过目难忘。

她和洛克恋爱了，不过那是她的一厢情愿。

就在两个月前，她对洛克提出要见家长，她听过来人说，婚姻如果得不到公婆的认可，不会幸福。洛克听了，只是一脸认真道："你知道吗？我妈不会喜欢你这种女孩的。"

她看得出，这是自从她主动藤缠树后，他唯一一次如此认真负责。

"你妈都没见到我，你怎么知道她不喜欢呢？"

洛克答："我妈觉得个子太矮的女生，会影响我家下一代的身高。"

徐芊芊瞥了他一眼道："可你并不高啊。"

"就是因为我不高，所以我妈说我得找个高一点老婆改良家族不良基因，懂吗？"

"呵呵，原来你们家族还需要别人来拯救，堕落至极！"

"这不叫拯救，就像日本、美利坚搅和在一起，这叫强强联合，为我所用。"

徐芊芊笑得横眉冷对："能把占别人便宜的勾当说得这么雪花飞落，振振有词，你也算是个厉害的，叫我不得不佩服。"

洛克有些脸红起来："好吧，算你说得对又怎么样？"

这时徐芊芊突然想起不知道哪位高人说过的一句话："语言真是灵魂的附属品，真是有什么样的灵魂就有什么样的魔鬼。"不过她没说出来，她不希望就此搞僵。不相爱，也不能成仇。

洛克见她沉默不语，沉思一下后，像受到他妈的灵魂附体的触动，又证据确凿说道："而且你比我大啊！"

"可我只比你大几个月呀！"

"我妈给我算过命，说必须比我小五岁的人才会旺我成就事业。"

徐芊芊又一怔，变脸斥责道："如今都什么年代了你们洛家还想着升官发财，相信巫术？"

她觉得这样的"奶瓶男"不要也罢。一切的借口都是他妈的灵魂附体，可能从吃他妈第一口奶时就已经深深扎根。

第十章　奶瓶男

男追女，隔层纱；女追男，隔层妈。

徐芊芊丢下背影走了。令她意想不到的是，过了一会儿，洛克却像丢了东西，追了上来。

"你别这样就走了啊，很多事情你没试怎么知道？"

徐芊芊一愣，挑眉，气不打一处来说："你脑子有虫，开口闭口全是你的妈，你先找你妈商量好再来跟我说吧。"

洛克一脸无辜地站在那儿，他把这个承颜厚色的角色演得很生动，像小时候走丢了一样失魂落魄楚楚可怜。

在说完话这一刻，徐芊芊才感到如此轻松，真是爱情的世界里没有什么公平可言，你越贱越没人爱。

她开始鄙视他，觉得反正他没什么好的，那么爱打游戏，经常不换衣服，经常微信回复像蜗牛，还听说他喜欢把换下来的衣服乱丢，然后过几天挑起来又穿，要是结婚了几天不洗澡还要接触她的身体，想想就如臭鱼般恶心死了，这样的男人不要也罢！

破茧成蝶，蝶不飞。

当天晚上，徐芊芊便约上好友张宁一起吃大餐，张宁听了她的一番陈述，直呼："这是'直男癌'，一天到晚把妈挂在嘴上的男人是没出息的男人。"

"屁，'奶瓶男'。与'直男癌'相比，他差得远了，'直男癌'在救妈和救媳妇的问题上从来都不选择，总是回答两个人一起救。"

"老徐，你错啦。这个问题没有标准答案，无论是老婆还是妈，能向丈夫、儿子提出这种问题，其本意必然是希望将这个男人拉到自己一方，希望他给自己的'爱'要超过给另一个。"

"是的，张宁，你说得很对。救母亲是应有之情，而救老婆则为真有之情。"

"唉，看来是分对了。"张宁立即回道，"早应该分了，浪费大好青春年华等于犯罪。"

"我们都没恋过，何谈浪费过？"

张宁用不相信加鄙视的目光看着她问："你真的甘心就这样就结束了？"

徐芊芊一听，有些意犹未尽，想说什么。就像本来不想吃东西的人，突然被逼着吃了一口后，又突然想吃了。

"是的，真的好不可思议。都说恋人分手都要拉拉扯扯、纠纠缠缠好一阵子，直到双方都精疲力竭才会真正分开的。怎么一说分手就真的分手了？"徐芊芊自己也觉得莫名其妙。

张宁嘿嘿一笑说："这你就不知道了，男人的爱情是经不起折腾的，他们怕烦，都希望打一枪换一个地方。"

徐芊芊脸一红，难为情地笑道："你的话好有哲理好有穿透力啊。"

"知道我跟你的差别吗？"

"差别在哪儿？"

"我的走心在你那儿全当是演戏的。"

徐芊芊白了她一眼，表示了抗议。

跟洛克的分手，给了梁溲乘虚而入的机会，然而徐芊芊讨厌梁溲总是咋咋呼呼的样子,讨厌他为了别人的事能够端出一锅子精力的居委会大妈式的热心。可是他又像自己追洛克一样楚楚可怜，想到这里，她的心软了下来。于是她同意了梁溲的约请，答应他之前，再三申明，仅此一次而已！

　　在去吃饭的路上，梁溲兴奋得一路有说不完的话；甜点上来后，她一张口，梁溲就不客气地舀了一勺冰淇淋塞进她嘴里。这令她非常意外，在和洛克在一起的那些日子里，总是她像孩子他妈一样给他碗里夹菜。想到这里，徐芊芊觉得爱情太没公平可言了，真是一旦爱上，你就注定失败！

　　"你有过女朋友没有？"

　　梁溲似笑非笑回答："没有过，不过暗恋算不算？"

　　徐芊芊顿生好奇："从没有表白过？"

　　"是的！"他的眼神非常肯定。

　　"就你长成这样子，真有点让人难以置信。"

　　"真的，那时我很胆小。"

　　"你今年才二十一，那时候是多大？暗恋的什么人啊？"

　　"我的小提琴老师。"

　　"你妈给你吃了什么，让你那么疯长。"

　　梁溲难为情地低下了头。

　　于是徐芊芊又问："你老师长得什么样，令你如此小小年龄就春心萌动？"

　　梁溲立即兴奋道："她喜欢穿一件藕粉色的连衣裙，头发绑起来好像现在的你，仿佛岁月在她身上没有留下任何痕迹，连眼神都是清透的，不过她身上有特别好闻的味道。"

　　"你喜欢这款啊，姐可从来没走过清纯路线，你爱上的是我的发型吧？"

　　"不、不、不，你比她纯洁比她干净……"梁溲急促辩解道。

　　"为什么要这样的说？"

　　梁溲很失望地长长叹了一气道："因为她是一个不正经的女人。"

　　徐芊芊惊讶地张开嘴用表情问道："怎么不正经了？"

　　那年梁溲高三毕业，他与同学一起到酒吧庆祝大解放，当他发现父亲时，父亲也发现了他。父亲便主动迎上来告诉他，今天是请他老师吃饭，感谢她一直以来对他学习小提琴的关心。梁溲没有多想，觉得挺巧挺好的。

"我回来了！"打开门，梁溲轻手轻脚换上拖鞋。鼻腔迅速被屋里一股熟悉的味道所侵袭，差点误以为再次回到酒吧里。定了一下思绪，发现父亲在客厅的沙发上躺着，酩酊大醉，袒胸露怀，嘴里还哼哼唧唧地说着什么。打开灯的一瞬间，他惊呆了——父亲身边躺着一名长发女子，女子身上那件熟悉的裙子那熟悉的藕粉色，夺人心魄。

女子大概发现有人回来，摇摇晃晃地从沙发上坐了起来。

"老师，怎么是你？"

老师顿时清醒了许多，随即躲闪他的眼神，低下了头。

答案已经明显，老师是父亲的情人。梁溲手足无措地看着眼前的一切，仿佛尴尬的是他。一番挣扎后，梁溲气急败坏地走出家门。

后来，父亲知道这事再也隐瞒不下去了，就告诉他，小提琴老师现在是他的女朋友，他和他妈之间离婚与她没有半点关系。父亲越解释他越觉得此地无银三百两，于是将所有的恨都记在老师的身上。父亲与老师结婚后，他从没跟他们说一句话，眼里心里全是恨。

"也许你爸和你妈离婚真的与她无关。"

对于这样的安慰梁溲并不领情："我管不了那么多！至少是因素之一。"

"你这就不讲道理了，没有你的老师，还有别的女人，这就像商场进进出出的人们。"

"那你说我就应该接受她？"

"至少没有必要恨她，实在要恨就恨你爸，他才是罪魁祸首！"徐芊芊说完，她看到梁溲眼神中的恨意渐渐像石子惊起的秋水褶皱，一点一点淡去。

自从这次与梁溲吃饭交谈以后，徐芊芊爱上了梁溲，这令她自己都觉得非常意外。

爱情总是在意想不到中发生。之后，他们一起看电影、下馆子、逛商场，梁溲总像钱包一样围着她转，这令她知道原来被人爱是那么幸福。因此每每在校园中遇到洛克，她总是小鸟依人般秀着甜蜜。

她的这一举动，令洛克很是吃醋，瞳孔中盛满了爱恨情仇。洛克越是这样，她越是在朋友圈中晒她的幸福。

于是有一天，一件令她意想不到的事情轰然发生了。

"徐芊芊，我爱你！今生今世不后悔。"洛克在情人节的那天中午，在学校足球场的上空用无人机吊起长长的横幅。

消息迅速传到正在午睡的徐芊芊耳朵。她立即从床上爬起来跑到足球场一看，球场上已经围满了学生，梁溲和洛克像两头公牛一样在足球场中央对峙着。见此情景，徐芊芊拨开人群冲了上去。

看到徐芊芊，他们俩异口同声地说："芊芊，你来得正好，今天就做个选择吧！"

她知道这是雄性决斗前奏。她却突然无主了，看看洛克，再看看梁溲，陷于手足无措之中。

而操场上同学一浪高一浪地起哄道："嫁给洛克，嫁给洛克。"眼看梁溲就要败在声援的气势中，于是她主动拉起了梁溲，顿时操场上发出了好不遗憾的呜呼叹息。

面对此情此景，洛克带领的啦啦队又一次发起了猛烈的攻击，就在她拉着梁溲转身离开无意间的一回头，她看到洛克苦涩地一笑，这是决定性的一笑，她的心被弄疼了。于是她转身走向洛克。

梁溲见此，顿时气急败坏地奔跑而去。她顿时傻眼了，可一切已经晚了。其实她那时并不是想跟洛克，只是想上去安慰他一下，做一个彻底的告别。

可是事情总是戏剧性地捉弄人，此情此景之下，她只好硬着头皮牵起了洛克的手。不过，这段峰回路转的爱情还是毁在奶嘴男的母亲手上。

时至今日，她还时常对那场不该告别的告别后悔不迭，印证了那句老话："当断不断，必有后患。"

她被自己蠢哭了。

[二]

天空渐渐阴暗下来，乡村炊烟的味道亲切而让人惆怅。

"你们不好好享受晚年生活，天天吵什么啊！"苏雅一推开虚掩的四合院大门，便生气地说道。

然而令人意外，没有人回应，里面静悄悄地毫无动静，这让她立即心头一紧，一种不祥预感弥漫心头，于是她又大声叫道："爸妈你们在吗？"还是没人回应。她快速跑进里屋顺手按下屋里开关。

只见场面突兀而奇特。父亲坐在屋的左边，妈妈坐在右边。两人就像拔河一样扭着头，朝向各自的方向，相互忽视着对方。

见此情景，苏雅拍拍胸口，长长吁了一气，好笑又生气地责怪道："好日子不过，这是要干吗？"

"你问他！"

"你问她！"

父母像约好似的齐声说道。

"到底怎么了啊，这好好的日子不过，能不能让人省心点！"

"上次你回来时说好的，让他小玩玩股票，结果今天他跟我大吵大闹，非要我把存折交出来。这日子没法过了……"母亲说完像许多夫妻吵架样，委屈地哭了起来。

跟苏雅猜想的一样，就知道他们又为炒股在吵架。于是她一边劝母亲一边思考父亲能够接受的语句："爸，这就是你的不对了，上次我们不是说好的。股票就像麻将一样，小赌怡情，大赌伤身。"她的话从脑子里一勺勺捞出的，生怕激怒了他。

谁知，越是怕什么就越来什么。苏雅话音刚落，父亲苏还坚立即像狮吼般说道："人家那隔壁老王几天工夫又赚几十万了，这么好的行情错失了不是要后悔一辈子！"

苏雅一怔，哭笑不得。她知道父亲现在像许多突然在大草原上捡到狗头金的人一样，以为荒野中还有更多的金子等着他，他现在是被股票迷了心窍了。于是略加思索，叹了一口气说道："你没听人家说现在大盘指数已经越过警戒线了，已经超过等效原则随时都有被砸盘的危险。"

"说错了吧，丫头，昨天晚上新闻中还是说了股票市场健康良好，可以冲

136

到 6000 点，老王今天都加仓了……"

父亲的话有理有据，苏雅像泰山压顶，再无力可辩了。父亲的确没有说错，这几天各个方面都在说股市健康良好，而且还推出一人可以多开几户的新政策。每天在马路上、地铁里、菜场里，随时都能听到有人谈论股票。尤其有一天她下班在路边看到一个少妇模样的女人在电话中哭泣着向公婆倾诉，大意是人家在股市都发财了，让他们劝儿子不要再把钱投入到扩大再生产之中，应该把有限的资金用来炒股。综合这一切现象不可能像大跌的兆头。

想到这里，她也怕父亲错失这样的好机会，便松了口："那好吧，我这儿还有十万块，你拿去吧。"说完她又不放心地像个内行样劝说道，"像您这样散户的钱一般是血汗钱，经不起'炒'和'玩'，只能是'投资'。"

父亲立即像拨开云雾样笑道："我这就是投资，为咱们家多赚点钱嘛。"

"散户只能用闲钱，不能用生活开支的钱，绝不能借钱，知道吗？"

"放心，丫头，你爸懂，我本来就是用的闲钱，我听老王的，他说跑我就跑，保证不会失手。"

见到父亲高兴的样子，苏雅摇了摇头，继续不放心地说道："不要触摸'ST'；衡量自己，融资杠杆绝对不能做的，切记！"

父亲又是嘿嘿一笑，说道："放心吧，丫头，你爸就赚点生活补贴。"

"爸你心脏不好、血压不正常，是经不起股市大起大落的。"

"知道，知道，我买的全是权重股，放心！"

"不轻信，不盲从，不要贪。多学习、多分析、多判断。"

"丫头你还别说，最近我天天在看股市书籍，实践再加理论进步真的不小。"苏还坚一脸自信地说。

"那也要擦亮眼睛，识别创业板的特伪股。"

"我现在是跟老王炒，他说买哪只股票我就买哪只。"

"爸你要做到跌了不怕，跌停不慌；涨了不急，涨停不乱；恐高时观望，畏惧时清仓；迷茫时关好钱仓，睡到天亮再开张。"

苏还坚的老伴见父女俩跟浇花似的，你来我往，谈笑风生。她则像听书一样一会儿看看老伴儿，一会看看女儿，然而在高兴之余，渐渐走出迷雾，突然醒悟起来。

"你们父女俩这是在否定我的权威嘛，我不让你老头子炒股，你居然拉拢我女儿成为帮凶……"

想到这儿，心里顿时不爽起来，便一个变脸责怪道："这怎么行，你是赌心越来越重了！"说完冲了过去抢走苏雅手上的银行卡。

于是，父母从语言战变成了肢体混战，夹在中间的苏雅像父母共同的敌人被推来推去。最终，母亲没有能够战胜父亲，以哭泣声伴着责怪声开始了新一场的语言战役。

母亲一边数落父亲的不是，一边把矛头对准苏雅："辛辛苦苦一辈子存了点钱，那是为了防病养老的，要是你也像你表姐杨晨那样找个有权有势的人早点把婚结了，我就随便这个老头子怎么折腾也不会管的……"

而父亲在骂了一番母亲头发长见识短后，不知不觉中也调转了枪口，看似没对准具体人，矛头却早已有所指："我这样做还不是为了多赚点钱，好为将来女儿出嫁多置办嫁妆，好有个面子，这样做也是为这个家里好……"父亲的矛头没有那么直接，意思却与母亲高度一致。

苏雅听着听着，气就不打一处来，心想，这人比人气死人，每个人的人生都不一样，怎么好比。想到这儿，她瞪了老两口一眼，便丢下他们回到自己的房间了，并在关门时故意摔得"砰"的一声巨响。

房门外瞬间安静下来，父母也不再吵吵嚷嚷。真是以暴制暴的最有效办法。她决定先睡一觉，晚上去参加温茨的 party。

走进蠡湖假日饭店包厢，果然与苏雅所猜的一样，还是上次吃饭的那群人。

欧阳端端起酒杯说道："来来来，兄弟们，庆祝温茨同学股市大展身手赚钱。"

"难不成今天你请客？"苏雅悄悄问道。

"不用她请，我来请！"欧阳端主动接过话道。

"是呀是呀，哪能让温茨这样的美女破费。"犁浣春带着讨巧的口气大声说道。

　　"这天底下怕是没有免费的午餐，要有的话一定是出鬼（轨）了。" 潘文珺一语双关道。没想到这句别有用意的话，被苏雅傻傻乎乎地接了过去。

　　"是呀，天下有这等好事真是出鬼了。"

　　大家开始嬉笑，不过很快苏雅就从人们的表情上发现自己掉进陷阱了，不禁难为情起来。

　　"欧总，来，先敬您一杯，感谢您的英明指导。"温茨举杯，一脸认真。

　　"小事，小事，谈不到指导，是你财运好。"

　　苏雅好奇地问道："你的股票赚了多少啊？不是说股票市场的定律是一赢两平七亏的。"

　　温茨用力一笑，不过忍住了。接着她的眼神像提剑而起，琅琅出鞘，顿时寒光毕现，直指欧阳端："这得感谢他啊，有高人指路，不想赚钱都不行！"

　　欧阳端信心大增，看着苏雅笑道："才刚刚开始，一起发大财啊，你要不要也玩玩？"

　　苏雅因此好奇地问："你们有内幕消息吧？"

　　欧阳端与犁浣春对视了一眼，那表情像在玩魔术，告诉对方别泄露天机。

　　苏雅一看就明白了，于是故意不屑道："无所谓啦，咱对钱不爱也不恨，你们就把秘密烂在心里吧。"

　　"也没有什么秘密啦……"

　　没等欧阳端说完，温茨插话把话转移到酒桌上来："来来来喝酒，今天不谈股票。"好像生怕别人跟着她沾了光。

［三］

　　聚会散场时，犁浣春一个眼神把欧阳端引上他的车，两人准备开个会密谋。

　　"股市坐庄有两个要点，第一，庄家要下场直接参与竞局，也就是这样才能赢；第二，庄家还得有办法控制局面的发展，让自己稳操胜券。"欧阳端稳稳地坐着。

　　对此，犁浣春站起来在屋子里踱了几步说："那我们把仓位分成两部分，一部分用于建仓，这部分资金的作用是直接参与竞局；另一部分用于控制股价。从近几年一些庄家的投资风格看，他们在行的操作手法主要是抄底、打板、短线、博重组、举牌、定增，一般持股不超过 3 个月，就能获利过亿。"

欧阳端听了，站起来摆摆手，点燃一根烟老谋深算地说道："庄家赚钱主要还是要靠建仓资金。控盘是有成本的，所以，要坐庄必须进行成本核算，看控盘所投入的成本和建仓资金的获利相比如何，如果控盘成本超出了获利，这个庄就不能再做下去了。一般来说，坐庄是必赢的，控盘成本肯定比获利少。因为坐庄控盘虽然没有超越于市场之外的手段，无成本的控制局面，但股市存在一些规律可以为庄家所利用，可以保证控盘成本比建仓获利要低。"

"上等人不动声色干成事，中等人忙忙碌碌不成事，下等人大轰大嗡干出事。欧总你太厉害了，那你说说怎么控盘。"犁浣春故意竖起大拇指以划时代的口气阎阎如也说道。

欧阳端听了很是兴奋。欧阳端其实就是那种常说的中等人。别看他其貌不扬，没读多少书，但他是那种一看就会一点就通的聪明人，是身体里除了屌丝，还有诗行的那种人。

但犁浣春是那种"上等人有本事没脾气"的人，对欧阳端的水平虽然总是嗤之以鼻，但他并不表现出来，即使表现出来的也是赞许。

欧阳端以为得到他的认可，便开始口若悬河："控盘的依据是股价的运行具有非线性，快速集中大量的买卖可以使股价迅速涨跌，而缓慢的买卖即使量已经很大，对股价的影响仍然很小。只要市场的这种性质继续存在下去，庄家就可以利用这一点来获利。股价之所以会有这种运动规律，是因为市场上存在大量对行情缺乏分析判断能力的盲目操作的股民，他们是坐庄成功的基础。

"随着股民总体素质的提高，坐庄的难度会越来越大，但坐庄仍然是必赢的，原因在于坐庄掌握着主动权，市场大众在信息上永远处于劣势，所以在对行情的分析判断上总是处于被动地位，这是导致其群体表现被动的客观原因。这个因素永远存在，所以，市场永远会有这种被动性可以被庄家利用。"

犁浣春听着觉得有些道理，便用眼神给予了充分肯定。

于是欧阳端又说道："只有学孙猴子苦练七十二变才能应对八十一难！"

"嘿嘿，看来你这几年在股市里进步不小。"

面对犁浣春的肯定，欧阳端挤了挤眼，意味深长地一笑道："大将安邦定国，草民开花结果，跟您比，我这是在班门弄斧，您别见笑。"

"离开西游团队，孙悟空就是个强悍的猴子，唐僧也只是个普通的和尚，所以团队很重要！"

欧阳端听了，不懂装懂地问道："我们是不是得再搞一搞庄股。"

"是的，察势者智，顺势者赢，驭势者独步天下。这正是我要跟你商量的事，庄家编造的故事越是娓娓动听，精彩感人，其市场诱惑力与号召力就越强，庄家成功推销庄股的概率就越大。"

欧阳端对他说的三个步骤连连点头，犁浣春估计他也是一知半解，但这并不影响他们合作的力量。于说他接着说："最后在庄家出局前夕正式发布重大题材。出局阶段到来前夕，庄股故事往往会以重磅炸弹的方式闪亮登场，随之而来的便是铺天盖地的宣传攻势。这类庄股故事即重大题材，往往对投资者会形成极为强大的视觉冲击力，并使相当多数的人足以相信其仍然存在巨大的上扬空间和成长潜力，从而终于在已经高企的市场价位上买入。但是这类题材基本上脱离黑箱特点，其正式出台时也就往往是庄家的出货信号。因此，我们进行一下分工吧。"犁浣春说完累得长长叹了一口气。

"咱们这样搞会不会……"

"放心吧，这次我们要吸取人家的教训。由于我们资金量大，吸筹数量多，因而当我们在低位吸筹时，往往会导致股价上涨。这样既容易暴露主力吸筹意图，又客观使股价抬高而不易在低位继续吸筹。因此为了继续在低位吸到廉价筹码，我们得采用压盘吸筹的手法，即将股价压制在一个较窄小的范围内长时间震荡。"

欧阳端连忙接过话题提议道："为了不使股价上涨受到市场关注，让其他人低位跟风买进低价筹码，市场主力往往将大资金拆散，分多批次、小批量买进，这样往往时间会拉得很长。"

"欧总你真的好厉害，崇拜啦。"

欧阳端又来了精神，说："你可不知道我的经历哦……"

犁浣春听了后，嘿嘿一笑问："肯定亏了吧？"

"谁说不是呢，大概在 ×× 年 4 月左右，我追高买入的一只股票却从 ×× 年 530 后一蹶不振，到了 ×× 年一路下跌。这时看着 ×× 高科狂涨，心里多少难过，凭借着'技术分析'加狗屎运，居然又找到一只牛股——×× 股份，便全仓介入，买后的第二周开始飙涨，直接涨到了 5.8 元全部清掉。如果时间停留在这一刻，我利润是丰厚的，投资收益上是成功的。"

犁浣春疑问道："这样一亏一盈扯平了吧？"

欧阳端摆摆手说："俗话说得好，老天让你灭亡，必先让你疯狂。就在这个时刻，我的一个朋友跑来和我说他买了 ×× 宁保变，结果又不看好了，就卖出了。我的内心是叛逆的，别人不要的东西我可能会要，于是，我完全不知道的情况下，全仓买入了 ×× 宁保变。买入 ×× 宁保变后，没过两周就开始下跌，最郁闷的是第一个下跌居然还是跌停，所以侥幸心开始作怪，想再坚持下吧，于是连跌 30% 多，这时感觉这支股票太危险，于是斩仓割肉了，这基本上把刚从 ×× 股份赚来的钱全亏进去了。"

犁浣春听完，眉宇间立即凝结出一丝迷惘，觉得这家伙也不容易，心想：这人啊，一辈子都在忙着，累着，奔波着，不论多苦，事，还是没做完。

不过，犁浣春坚信，上天造的每一个生命都有价值，比如这乱哄哄的地球，如果不是有几十亿人好人坏人，呆人傻人踩着，说不定大家早就飞出太阳系去了。

"欧总不易啊，我觉得有句话说得对，每个活在世界上的人其实都是一个司机开着一辆车。所有司机只能开自己的车，绝大多数司机认为，自己的车最好最美，只有少数人认为自己的车不过如此。"犁浣春那说话样子，眼睛惺忪着，就像刚刚起床，身上还带着夜里留下的荒唐味道。

"谁说不是，想投机没那么容易，这次我们一定不要失手，我们要做掌控者。"

犁浣春听了诡异一笑，说："是呀是呀，这次要发挥好你那个小朋友的作用啊。"

欧阳端知道他说的是温茨，便无力地挥了挥手，不屑地回道："她能干什么啊，纯粹陪开心的。"

犁浣春听了，眉头一皱，五官挪位中又相当认真地说道："这你不懂啦，她的作用可是巨大的啊，是我们庄股形象代言人。"

"还搞形象代言人？你不怕……"

"你想想看啊，一个不懂炒股的人居然在股市日进斗金，加之她又喜欢在朋友圈中炫耀，这不是无形的代言人吗？"

欧阳端听了，方才幡然醒悟："妙、妙、妙啊。"

"对了，你怎么会喜欢一个没有结婚的女人啊，就不怕引火烧身？"

欧阳端自信地一笑，说："犁总这方面就不如我了吧，自有玄机在其中。"

"呵呵，那自然是，你是情场高手，愿闻其详。"欧阳端说他之所以找到她，是经过多次观察、了解后做出的决定，还有就是温茨太喜欢钱了。

犁浣春一听，觉得这有什么啊，爱钱是人的本能，谁会跟钱有仇恨呢？幼稚的人为了崇高的目的而壮烈地死去，成熟的人为了崇高的目的卑贱地活着。经济基础决定上层建筑嘛！再说当经济资源配置出现凹陷时，考验道德的高地就会隆起。只要取之有道，不算不道德。

欧阳端又说，其二是经过他多次观察，发现温茨可以左右她的男朋友，这样的人不会后院起火，不会让他受到威胁。

犁浣春认为很对，现在很多人喜欢在外面鬼混，但他们往往是小心谨慎，生怕爱人知道发生后院起火，但往往都会起火。

欧阳端说完，看到犁浣春佩服的样子，成就感满满的。

犁浣春对着欧阳端挑起大拇指："不愧情场老手，也是佩服了。"

欧阳端志得意满道："世界可以大，必须咫尺精彩。"

"你就不想好好找个女人结婚？"

"我绝不把脑袋钻进圈套里，再把绳子交给别人。都这把年纪了还结什么婚啊。"

欧阳端嘴上这么说，其实心里也想结婚，尤其是那天和温茨在一起时，仿佛一下子找回人生。但又害怕自己不行，毕竟那是一次偶然的生命激活，那隐藏在他心底的痛苦无处诉说。

事情还得从7岁那年的一个午后说起，那时他们一家快乐地生活在县城的城乡接合部。那天放学回来，回家丢下书包就和平常一样，跑出去玩了。

调皮的他独自转到家背后的变压器外围墙玩耍。岂知，变压器围墙由于时间久远倒塌了一角。他便站在围墙上向变压器撒尿，看到自己的小鸡鸡射出如此之高的尿，心中窃喜并运足丹田用力一推——一声撕心裂肺的尖叫压倒那个傍晚所有的声音。

当妈妈听到他凄厉的哭喊声时，他已经倒在地上，裤子的拉链还未拉上，妈妈首先看到的是严重红肿的阴茎。连夜送至省医院，医生给出的结论是生殖器触电烧伤，只能进行抗炎等治疗，阴茎能否存活，得要看孩子的造化了。

接下来的几个月，对他来说简直是如噩梦一般的经历。当他的命根子一点一点红肿溃烂，从3厘米掉至3毫米！妈妈绝望了，他也绝望了！尽管那时候他还不知道那东西可以给他带什么。最后经过到大医院救治才算保住了命根，但从此他的尿再也射不远射不高了，每当小朋友们提议比远程时他都假称没有尿。于是长大后，他一直用不想结婚搪塞人们的关心。但现在他又开始向往婚姻了。

"对了，你说说今天的盘面吧。"犁浣春打破沉默。

"今日市场三大股指纷纷高开，不过市场量能较小，场内仍以存量资金博弈为主，大盘呈现宽幅震荡格局。所谓横久必跌，市场始终徘徊在3300—3350点区间，临近收盘时，期指开启跳水模式，沪指再度下探，截至收盘，沪指小幅下跌。从板块上看，受到国务院印发的深化农村改革方案，农业板块全面爆发。"欧阳端像汇报工作似的向犁浣春汇报完，长长吁了一口气后，看着他，等待他的决策。

那样子很有点"曾经是诗与远方，当下只有苟且"的味道。

第十一章　单身静美

[一]

"机会来了，机会来了呀。"

欧阳端疑问道："这话怎么说，老兄？"

"小胜靠力，中胜靠智，大胜靠德，全胜靠道。"

欧阳端听了，又是一脸问题地看着犁浣春等待回答。

"自从那年开始关注股市，至今已经十九年，在这十九年的股市历史中，经历了三个股市操纵阶段，也就是坐庄阶段：一是早期长期坐庄，操纵股票阶段。二是德隆式长庄和产业资本结合。这是中国股市中期坐庄手法，就是长庄，收集大量的筹码。三是第三个阶段，就是曾经某基金大盘和现在的 × 某式。某些阶层在高位，不方便炒股，于是就选择代理人炒作，让自己的亲戚亲属买入代理人操盘的基金，然后将重组等内幕消息告诉该代理人，让代理人提前埋伏，然后再指令基金、券商开始拉升，让代理人的基金坐享高收益，代理人基金在高位抛售，指令基金、券商高位接盘。这是最恶劣的手法，不但套牢了大量的散户，同时让国有基金、券商等为其接盘，损害了大量基金持有人的利益。第三阶段是中国股市二级市场腐败的登峰造极，这种手法，通过培育明星基金来以权谋私，内幕交易，操纵市场。"

犁浣春一口气说完后，欧阳端问："那你打算用哪种手法？"

"力学如力耕，会有岁稔时。常言说得好，最土的办法最管用，我们就用操纵几只股票的办法，洗盘、拉升、最后缓慢出货。"

欧阳端听了他胸有成竹的话，狭小的房间里顿时如仙谷侠道，笼罩在神秘莫测之中。

事实上，犁浣春是那种给根短杆子打枣，给根长杆子就能把天捅个窟窿的人，他的这一生总在博弈中前行。

"可我们资金不够啊？"

犁浣春又是胸有成竹说道："我认识一个证券公司的经理，这是一个多年朋友，准备拉他跟我们一起干。"

"人家愿意跟我们干吗？"

"他会愿意的，多年老交情了，再说这世界谁不差钱啊。"

"那接下来是不是应该先找他选几只股票。"

"是的，你去起草一个协议吧，按照三七分成，不！按照四六分成。"

欧阳端应了一声"好嘞"就回家准备去了。

欧阳端走后，犁浣春依然一个人坐那儿静静地抽着烟，他思绪万千，虽然已经想好了如何下手，但他意识到，股市这东西就像周星驰《大话西游》中的台词那样，"我们猜中了开头，却没有人会猜中结尾的"。于是他开始焦虑起来，打开电脑开始寻找他想炒作的股票。

回到自己的家中后，欧阳端坐在书桌前苦思冥想到半夜，就是不知道分成协议怎么写，于是他一个电话打给温茨："温总在哪儿呀，不好意思打扰了。"他也怕她男友吃醋甚至来揍他一顿。

真是越是怕什么越来什么，电话中他听到周印问这么晚了谁打电话。温茨说一个朋友。

"你说吧，有什么事。"她口气坚定果断。

"是这样的，有个重要事情要跟你商量，你看方便过来一趟吗？"

温茨立即说："好的，我就来。"

欧阳端满腹快意恩仇地笑了。

他其实完全可以等到第二天再找她商量的，但是自从那次身体抖落起来以后，一直期待着再检验一下自己，更不想温茨在周印床上多待一分钟。

欧阳端放下电话后，就开始在心里策划如何比上一次更进一步，完全把写协议的抛弃在脑后。随着心里策划的深入，他慢慢陷于深度的迷幻之中。

温茨还没有来，欧阳端一个人已经陷入巨大的快乐狂潮中了。他的灵魂似乎从遥远的天际尽头，听到了自己发出的一声悠长而有力的呻吟！

和温茨水乳交融之间，他在她耳边呢喃："谢谢你宝贝……我爱你……"她回应着，轻轻地吻他的唇……突然，她重重地咬了他一口！欧阳端"哎哟"一声，捂着吃痛的嘴唇从梦幻中醒来。

"吱呀。"随着大门打开的声响，欧阳端下意识地摸了一下下体，发现它昂头矗立，这令他欢欣无比。

面对温茨风尘仆仆的离开，周印非常恼怒。尤其在他问她去哪儿时，她虽然竭力装着光明磊落，绝对是干干净净办事的样子，但她眼睛里的躲闪还是出卖了她。周印也知道，一个女人，深更半夜地被一个电话叫走，即便没有龌龊事，也不会高尚到哪儿去。好在他现在心已经不在她身上了，因此装着生气丢下一句话："出去了就别回来。"

睡意全无，周印一会儿想到杨晨，一会儿想到雪卉，觉得这两个女人其实区别很大，雪卉是那种如绵绵细针，刺进五脏六腑的真心，适合当老婆。而杨晨智慧和狡黠的心思，则适合做红颜知己。想到这里，周印拿起手机给杨晨发了一条信息，便躺下了。令周印没想到，她立即回了一条信息。

杨晨："怎么，日有所想夜有所梦了？"

周印："是的，想跟你聊聊。"

杨晨："聊什么，你大胆说出来吧。"

周印："你觉得恋爱是不是与开车都一样？"

杨晨："差不多吧。"

周印："但你晓得谈恋爱和开车有什么区别吗？"

杨晨有点莫名其妙，于是发了一串"……"

周印："区别是不大但有个共同点。"

杨晨："不知道呀，你说！"

周印："不知道可以，但你必须懂得它们有一个共同点。"

杨晨答："什么？安全第一？"

周印发了一个哼哼的表情，心想："果然不是好东西！"

……

走出门外，温茨觉得这江南冬天的寂静月光仿佛在水面轻轻摇曳，不断扩散，又缓慢汇聚，并沿着她的思绪一直深入到蓝色森林；而那一阵阵轻拂的夜风，似乎依旧，但它却宛若伤口上的抚摸，柔软的部分开出花朵，坚硬的部分却硌出伤痛。

"这么晚找我有什么事啊？"

欧阳端笑着说："就是想你了啊！"

温茨愣了一下，立即嘴巴撮成一个 O 形，并转身就要往回走。

"你回来！找你真有事儿啊。"

"都这么晚了，有什么事你就不能等明天再说吗？"温茨责怪之后，又轻轻说了句，"真是狗肚子里装不了二两猪油，怕过夜啊。"

欧阳端见此，表现出无奈的样子说："来来来，我的……小……"本来他想说"小宝贝"的，到嘴边却转了一下，变成了"小祖宗"。真是由爱幼到尊老，瞬间转换到为老不尊。

"到底什么事，快说。他都生气了，成心是吧？"

欧阳端一脸鬼笑道："他不是从来不管你的，怎么会突然生气了？"

"你不想想，这么晚了，谁能让自己的老婆往外跑。"

这时只见欧阳端脸一沉，生气道："你打住，你现在还不是他老婆，就你们这些人败坏了社会风气，不结婚就住一起，天天老婆老公叫个不停，要是我女儿这样我一巴掌不拍死她。"

温茨如五雷轰顶般，震惊地看着他。

欧阳端继续生气地说："怎么，难道我说错了吗？"

"那你干吗还要我做你的情人，你这不是为老不尊嘛！"

欧阳端身体摇晃了一下，接着像狮子咆哮道："我从没说要你真当我的情人，我是以结婚为目的的！"声音如洪钟回响在四合院蔓延。

温茨迟疑了一下，说："我们从年龄到辈分上你也是……"

欧阳端沉默了一分多钟，脸色难看地挽回自己的面子道："一对体貌反差很大的夫妻之所以能够白头偕老，一对学识上天差地远的夫妻之所以能够相伴终生，一对年轻时打打闹闹的夫妻进入老年后却突然相敬如宾，在很大程度上，并非是他们之间的'爱情'有了多大发展，而是因为他们在长期相濡以沫的日常生活中，储存下了多少'恩情'。"

"就我们这个年龄加上彼此的代沟，等你用恩情填满时……"

他知道温茨想说他早死了，欧阳端本想发怒的，嘴动了一下又无所谓地说道："这种感情，是任何物质利益和名利引诱都不能替代的。世间恩爱夫妻之所以把恩放在前面，把爱放在后面，就是因为他们之间的恩情，早已远远超过了爱情的分量。"

对此温茨一下找不到词了，于是只好回道："你不会半夜三更叫我来跟你谈恩爱的吧？那好，我不懂，回家了！"

"你站住！"欧阳端生气道。

温茨像急速的轿车，在一打方向时熄了火，涨红着脸问道："你到底要干吗？"

"坐吧，我来跟你说正事。"欧阳端说着随手从冰箱里拿出一罐进口饮料递给她，是温茨最喜欢的牌子。

"今天晚上我和欧总研究了一下下一步的行动计划，需要你好好配合。"

温茨立即像一名战士渴求执行任务样着急道："需要我干什么？"

欧阳端于是把他与犁浣春的话重复了一遍。

谁知，温茨一听便泄气道："这有多大个事啊，值得你这么急。再说这种事情是不能黑纸白字写出来的，否则人家不会同意的。"

欧阳端一愣问："为什么不能写出来？"

"你以为人家傻啊，白纸黑字会被抓住把柄，一旦出了事就分分钟完蛋。"

欧阳端觉得她的话很有道理，现在送礼到家里都不说话，放下东西就走，为的就是防止录音留下证据。

"那你说怎么办？"

"还能怎么办？口头承诺，分期付款，或者在银行开一个户头，把每一批分成存入，让他从银行卡信息反馈上得到消息。"

"乖乖，怎么觉着你像行贿的老手呢？"

温茨得意道："那是，要不要听听我的得意之作？"

"愿洗耳恭听。"欧阳端哄着她说。

[二]

"那时，我还在一家企业当业务员。在聊天时，一客户经理向我诉苦说他的工资是如何如何低，家里生活条件是如何如何差。回到公司后我把这件事告诉了我的老板。第二天，我便来到他的办公室，把装着钱的信封直接放到他抽屉里，然后笑了笑离开。从此就顺风顺水了。"

"就这么简单？"欧阳端对此不屑道。

"还要多复杂？上等人付出行动，中等人用脑子算计。"

"这个连小孩也会，我还以为是什么高难度动作。"

"能从话音中听出话题就很不错啊，况且那时我还年轻不懂事。"

这时欧阳端觉得她这一招也够狠的，简单直接，消融彼此固化坚冰的最有效办法。不像有的人送礼时说一大堆废话，生怕对方不知道收礼要办事似的。而她这样做的妙处就在于，就是你不办事我也给你，让人觉得你大方，干脆利落，讲义气。

"那我回去了？"

欧阳端顺手拉着她道："今晚就在我这儿住吧，都这么晚了我不放心你一个人走。"

温茨立即哭笑不得道："你这也太不把他当男人了吧，说不定他跟我后面呢。"

欧阳端立即环顾了一下四周，接着厚颜无耻地央求道："骗谁呢，反正你都出来了，再说那只……那只要一会儿工夫。"

温茨生气道："今天不行。"

欧阳端惊讶反问："为什么不行？"

"天总有下雨的时候。"

可欧阳端仍像孩子没吃到糖似的，死不罢休地开始在她身体上摸索起来。温茨反而是僵持杵在那儿，她知道欧阳端今天不达到目的是不罢休的。

随着她表情的一点点妥协，欧阳端突然给了她一个猝不及防的吻，如此用力，仿佛想证明他是多么年轻有力。温茨没有反抗，她的衣服被一件件剥落下来。

温茨做了一个深深的呼吸，等待着一场腥风血雨到来。他用一只胳膊钩住她的脖子，柔软的嘴唇在她脸上来回蠕动，就像一只盲目乱爬的蜗牛，找不到歇脚的地方。她却从他口腔里尝到了假牙和硼酸水的气味，一阵反胃的感觉从内心升腾起来，行动上却在配合……

正当周印与杨晨越聊越起劲的时候，温茨如从天而降般回到卧室。

"这深更半夜你鬼混什么去了？"周印手哆嗦了一下放下手机。

"你怎么不说话啊！"见温茨不说话，周印强词夺理地挣扎着。

"你不好好睡觉玩什么手机。"温茨说着抢过周印的手机，看到上面对话，"好啊，你个周印，居然勾搭起女人了！"

本来温茨想了一路，正不知道回来怎么打发他呢，居然一下子找到了找碴儿的机会。

"这有什么，不就是网上聊聊天，总比你半夜三更会男人好吧。"

温茨立即反驳："谁会男人了，谁会男人了！你说清楚。"典型天蝎座，无理也力争，有仇无仇也要报。

"我听到电话中男人的声音了。"周印证据确凿地说道。

"听到就是事实还是看到了是事实？"

"你大声嚷嚷什么啊，不就是聊聊天。"

"我告诉你周印，以我掌握的案例，这男人吧大部分出轨是先精神出轨，然后发展成为肉体出轨。"那声音一拳接一拳撞击他的耳朵，打得他直犯晕乎。

"这不还是没出轨嘛，你嚷嚷什么啊。你敢说你没有精神上出轨过？"

温茨顿时哑然。她知道，在一定程度上，单纯的肉体出轨对婚姻的损伤度远远低于精神出轨。女性在其中又扮演一个很重要的角色，她们是出轨当中更加偏爱精神出轨的一方，男性的肉欲可以爽快地跟精神分开，可女性就不同了。想到这里，她流下了泪水。周印捂起被子睡觉。

面对周印信息的戛然而止，杨晨鼻子一酸，心想这男人都是靠不住的，说丢下就丢下。男人在变心这件事上，真是太专一了。

"姐妹们，人们常说，不努力一把，永远不知道自己到底有多优秀。今天我们在静美的岁月中，成就了轰轰烈烈的事业，这是上帝给我们最好的伴侣……"

"没想到'静月轩'里的姐妹们人品爆棚，居然能做出这么大的成就。"苏雅看着子陌兴奋地感叹道。

子陌嘿嘿一笑，一脸严肃说道："每个人都应该也可以成为一个更好的人，甘心平凡，拒绝平庸，这就是努力的全部意义。"

"是呀，人不甘于平凡，最普遍的冲动就是渴望名声。那票房14亿元以上的喜剧电影《夏洛特烦恼》，主人公夏洛之所以特烦恼，说到底无非是人到中年一事无成。"

子陌连忙接话道："奇妙的是，在一场全靠作弊出人头地的梦中，当他自己把生活挥霍到反面之后，居然就领悟了平平淡淡才是人生真谛，既刻意又违和。这部电影大受欢迎，或许也因为碰巧和现实中类似的社会心理机制产生了共鸣。"

"你说得很对，成功的道路不是普惠的，能从分母上升为分子的总是少数。我们的世界，从来就是由平凡的大多数构成的。倘若陷入某种文化惯性和思维误区，在强调努力的同时把平凡人生当成包袱，甚至简单地以个人成就来判定人生价值，就是天大的误会。"

"女人真不能在生活面前做个要死不活的怨妇，奴颜媚骨地去求助朋友圈中那些女人应该如何在婚姻不幸中活下去的心灵鸡汤，我们要做的是，只是哼一句'随便吧，随便吧'，然后好好睡一觉第二天重新开始。"

苏雅感叹道："咱们团队好励志，又是模特公司、又是美容公司、又是……"

子陌于是不屑地说道："你刚才进来没有看到走廊的标牌上，还有好几个公司营利上千万元呢。"

"不会吧，那么牛啊。"

"什么不会啊，你没看到服装设计公司的慕思雪高兴得花儿样绽放着。"

"哪个是慕思雪？"

子陌对着左侧前不远的方向努了努嘴。

苏雅定神一看，她一身水绿色的迷你裙坐在那里，映着后面白瓷花瓶里插着几枝月季花，果真像人们说的水灵灵的，春叶一样透亮。于是她很文艺地感叹："她的眼睛那么亮，相信人品应该不俗。"

"你终于猜对了，她可是江南大学服装系的高才生，还为三军仪仗队设计过礼服的。"

苏雅立即惊叹："哇，真不错。"

"想不想跟她干？"

"什么意思？"

"这是规矩啊，'静月轩'俱乐部每个成员都要加入相应的产业之中发挥人尽其才的作用，从而让想干事的人干成事。"子陌借用报纸上领导的口气说道。

"你不会先斩后奏已经把我算计好了才告诉我的吧。"

子陌扑哧笑了出来，没有回答。

"大家静一静，下面我有一个重要人事变动要宣布……"

苏雅掐了一下子陌，立即疼得她一个激灵说道："之所以对各分公司成员进行重新组合，是为了更好地实施优势互补，强强联系，以老带新，为了'静月轩'的明天，实现伟大梦想而做出的战略决策……"

"子陌，我们这也搞中国梦啊，是不是太那……什么了。"

"太什么了，太高大上了？"子陌眨眨眼，瞬间慷慨激昂："你真是个蠢货，咱们努力赚钱，就是为了让自己的爱情可以受到别人金钱的考验。"

"是的，我要实现自己的梦，接受金钱的考验。"

"没有大江哪有小河？同理，没有大梦哪有小梦。"

"对的，没有春梦哪有秋梦，哎呀……"苏雅被子陌用力一掐，停止了贫嘴。

"刚才听到没有，你已经加入了慕思雪的团队。将来一定大有作为了！"

"有什么作为？那你呢？"

"你可以将你动漫服装做好大做强，推向世界啊！至于我嘛，我还是打造我的梦幻模特队。"

苏雅立即惊呼道："啊，这点隐私你都敢出卖，什么人品啊。"

子陌翻了一个白眼，说："你早就应该行动起来了，再说在'静月轩'里，任何人没有隐私，这里姐妹必须情同手足，真诚无私，否则那么多分公司，每年赚那么多钱，不是像××人一样，中饱私囊，腐败丛生。"

"你们俩聊什么呢，从一进'静月轩'，你们就聊个不停，子陌，你是'静月轩'的老人了，要当好榜样啊。"慕思雪走过来，脸上呈现出半和谐半严肃的表情说道。

子陌与苏雅连忙站了起来。

子陌随机应变："我在给苏雅介绍'静月轩'的发展情况。"

"哦，苏雅？听说过的，看来胖姐没有看错你。"

"是呀，经理，子陌刚才给我介绍，你是江南大学的高才生，让我以后好好努力，力争超过……"在"你"差点吐出时她急刹车道，"力争超常发挥，建功立业。"

慕思雪脸一沉，然后花开一样，笑说道："子陌你还是失职了，你没告诉她这儿没有经理领导什么的，只有姐或妹或直接称呼名字，咱们姐妹连。"

子陌立即像梦中醒来道："我该死，没有好好把这里的情况给苏雅妹妹说，失责失责。"

"好了，慢慢来，以后时间长了她就知道了，新人礼多不怪，新人礼少也不责嘛。待会儿你代表我们服装公司上台表演个节目吧。"

"我？"子陌一愣，指着自己问道。

"是呀，你的歌不是一直唱得不错吗，就再上去给大家助助兴吧。"

"可我没有准备啊！"

慕思雪淡淡说："今天大家都没准备，本来今天公司的活动呢，胖姐只是想宣布一下公司收入情况和整合公司情况的，结果一高兴，变成了即兴庆祝活动。这样也好，说不定在今年最后一个月再创佳绩呢。"

"子陌你就唱吧，我给你伴舞。"苏雅兴奋地怂恿道。

"对呀，我怎么没想到啊，小雅的独舞跳得真心不错。"

"好啦，我一会儿跟主持人说，歌和舞你们自己选啊。"

胖姐的规划蓝图讲完，俱乐间里便响起轻柔曼妙的音乐。这时一位头发像一朵盛开的巨大的黑色花朵，花瓣和花萼散在肚皮上，晶晶亮、冰冰凉的花仙子翩然登台。在渗入的灯光下，每一根头发都是晶亮的，仿佛饱蘸了生命的水，慢慢盛开来。

"那不是萱萱吗？"

"好像是的，对！就是她。今天有点凤凰涅槃的样子了。"

[三]

秦时明月，汉时风。

台上，萱萱向大家鞠了一个躬说道："各位姐妹，我是萱萱，曾经为了追求物质的婚姻，我花了几万元参加富豪相亲会，现在想来，实在有些'逗比'。记得曾做过一道题：一只蚂蚁在一个边长为 A 的立方体上爬，从一个顶点爬到对面顶点，路程有多长。这道题目我永远没做对过。于是问男友，他说蚂蚁爬出一个平面后就会掉下去，不会继续垂直爬。"

"她这番话是什么意思？"

苏雅不假思索地回答："很简单啊，有路的世界不平坦，无路的世界很平坦啊！"

"你不会也变成逗比女了吧，这么无厘头的回答。"

苏雅又习惯性地上下翻了翻白眼道："萱萱意思很明了，就像空中航道，明明看到是宽广无比，其实不是绕飞就是航道挤占甚至充满未知的险恶。而我的话意与她的话意是一脉相承，殊途同行的。"

子陌瞪了她一眼轻声道："别卖弄了，我还是喜欢和坏女人在一起，毕竟能学到不少勾引男人的技巧。"说完假装起身要走的样子。

苏雅不服气地拽了一下她，说道："你看啊，有路的世界是不是一天也不平坦，走着走着不是崴了脚就崴了情感，相反没有路的世界很平坦，许多成功人士无路开山，把生命燃烧得白日烈焰。"

"轮到咱俩上台了，你准备好了吗？"子陌听着萱萱的介绍问道。

"不用准备，就唱我给初恋男友写的一首歌。好好伴舞啊，要配合我的歌意和表情来个生死离别的契合。"

"去死吧你，我办不到！"

绰绰约约的音乐，像是一朵妩媚的小花，在大家的配合下它像黑夜里的烛光，像朗空中的明月；像清晨的露珠，像黄昏的余晖；像亲切的问候，像甜蜜的微笑；像春天里的微风，像冬日里的火炉；像初恋者的心扉，绵绵回望响起……

> 悲酥的春风里，
> 我的青春长了翅膀，
> 飞到心里。
> 满脸春光的人，
> 怎知春色如许？
> ……

清颜白衫，青丝墨染，彩扇飘逸，若仙若灵，水的精灵仿佛从梦境中走来。天上一轮春月开宫镜，月下的女子时而抬腕低眉，时而轻舒云手，手中扇子合拢握起，似笔走游龙绘丹青，玉袖生风，典雅矫健。乐声清泠于耳畔，手中折扇如妙笔如丝弦，转、甩、开、合、拧、圆、曲，流水行云若龙飞若凤舞。

人们看到苏雅忽而双眉颦蹙，表现出无限哀愁，忽而笑颊粲然，表现出无边喜乐；忽而侧身垂睫，表现出低回婉转的娇羞；忽而张目瞋视，表现出叱咤风云的盛怒；忽而轻柔地点额抚臂，画眼描眉，表演着细腻妥帖的梳妆；忽而挺身屹立，按箭引弓，使人几乎看得见铮铮的弦响。

　　绕过了弯，跨过了坎，激荡的心也意兴阑珊。

　　"万万没想到啊，闭着眼买了一只股票，连续五个板涨停啊……"苏还坚眉开眼笑对隔壁的老王说道。

　　"我最近不行啊，老是踏空，这周才赚十多万元。唉！"在下午收盘之后，以老王为首的这几个股民总要在一起吹嘘自己的战果。而随着股市天天暴涨，村头房尾的邻居们也纷纷加入股市的大军，发财成为所有人的梦想和行动。

　　正当大家聊得尽兴的时候，村里萧疯子嘴里念念有词地走了过来。

　　"沪市！沪市，我是深市！我方伤亡惨重！几乎全军覆没！你方损失如何？"

　　"深市！深市！我是沪市，我军全已全部阵亡。"

　　"呼叫创业板，呼叫创业板，创业板还在吗？"

　　"疯子你神叨叨地跟哪儿学的？"老王转身不高兴说道。

　　"你们才是疯子，这世界唯我独醒。"萧疯子说着，随手从桌上拿起一根烟点燃，"中华的味道就是好，嗯，不错。"

　　其实萧疯子并不是疯子，名叫萧新夫，只是他个性有些偏激，时常说一些文绉绉的不合时宜的话，被人们送了这么绰号。

　　萧疯子有一个辉煌的过去——B大的高才生。正如他自己说的那样："你们才是疯子，这世界唯我独醒。"

　　萧疯子是那种可以把粗话说得非常有哲理的人："这世界上有些事情，一开始小得就跟个屁差不多，但到最后你恨不得在它折磨下痛哭流涕重新思考人生。"

　　智力超群，情商低下，他就属于这类人。曾经因为性格问题一直找不到工作，所以才从北京回到萧湾村干起卖肉的买卖。为此很多人取笑："四年的学费，换回了一张长得像文凭一样的发票，并试图拿着这张发票到社会上去报销，但是社会不认这张发票。"

　　"疯子，你的猪大腿卖完没有，拿一条来，今晚我请大家吃炖肉。"苏还坚看着他一脸高兴道。

"当然有啊，专门做你们的生意，能不给你留吗？"

"那好，你去拿过来，去我家炖着，晚上一起喝酒。"

"干吗要让我一个人干啊。"

"我们要讨论明天的行情，你又不懂，闲这干儿吗？"

"谁说我不懂得啊，恋爱叫选股，订婚叫建仓；结婚叫成交，生娃叫配股，超生叫增发，离婚叫解套，吵架叫震荡，分手叫割肉……"

"去去去，别在这儿捣乱，我们要研究行情。"从来不说话的张三婶不高兴地催促道。因为她在昨天进入股市了，没想到一下手，就旗开得胜，一万块赚到手。

"告诉你啊，张三婶，你会哭着吃不到我的猪肉的！"

"乌鸦嘴，赶紧走吧。"

"我告诉你啊，你这种急着发财的心情我理解，但股市不是这样玩的。"

"人家都这么玩，怎么我就不能这样玩？"张三婶生气道。

"在牛市中，股市的上涨，往往会让我们过高估计自己的能力。之后，大家就知道了。直至有一天，我们才发现，其实我们真的就是个普通人，在牛市会轻松赚钱，在熊市会轻松亏钱。你们没有想象的那么牛！"萧疯子说完快快地走了。

老王笑道："还别说啊，这萧疯子真的不疯。"

"他这都是从报纸上看的，谁不知道。"苏还坚愤愤道。

"不过老苏啊，咱们近期是得小心了，都涨了这么多了，我已经感觉不妙，最近我一出就涨；一涨就追，一追就套；一套就急，一急就割。"

苏还坚胸有成竹道："那是因为你没选好票，你要追牛股，你得跟着敢死队才行，我这最近不是做得很好的？"

"经济上行时股市惨跌，经济下行时股市却暴涨，不太正常。"辞职回家炒股的小六子程晓峨突然插话道。

老王立即辩驳道："中央推出一系列改革举措、产业转型升级有实质性推进、股市7年多绵延下跌累积了强大的上行动能等，这些都在支持中国股市'走牛'。"

小六惊讶着看老王几秒后，没话找话说："我其实也是这意思啊，这就像两头牛在一起吃草，青牛问黑牛：'喂！你的草是什么味道？'黑牛道：'草莓味！'青牛靠过来吃了一口，愤怒地喊道：'你个骗子！'黑牛轻蔑地看他一眼，回道：'我、说、草、没、味。'沟通不到位，一切都白费！"

老王听了，底气似乎更足了："最近一段时间，中国股市呈现快速走'牛'的态势，引起社会广泛关注。清醒地认识当下股市，既关乎千万家庭的资产增值，也关乎对国家宏观经济政策的理解把握。"

众人一听，全都疑惑地看着老王。老王又有理有据地说："首先，中央推出一系列改革举措……"

"老王，别扯那么远，咱们应该研究一下明天买哪几只股票。"苏还坚拿出他随手带的小本本说道。话毕，立即就把大家的目光吸引了过去。

"你这是什么？"老王好奇地问。

"这是每天我买的几只股票的走势情况啊。"苏还坚得意说道。

"真有你的老苏！"

苏还坚于是在桌上摊开一张纸，上面写了几只股票的代码和为什么要买的理由："一是要谨防'一带一路'概念被过分炒作。这个不行了，'一带一路'建设对于消化产能过剩、降低中国宏观经济风险具有重要意义，但对于多数基建类公司而言，其提供的是'软着陆'的路径，而不是'二次腾飞'的跑道，在产能利用方面不会为我国所独占，展开过程也不会像国内建设那样顺利，对装备工业等行业发展的影响也将是一个长期的过程。"

"你的意思现在不能跟了？"

"嗯，这只股票好像不错。"

"我也觉得不错，这只股票在全面深化改革可为股市长期向好提供基础，改革也不会一蹴而就，转型过程将是长期的。应该是成长股。"

"这个肯定不错，我已经买了。"小六子沉陷在脸上肥肉中小眼睛眯起，自豪地道。说完小六子又指着另一只股票说，"这只股票有成长故事，是创业板的，值得再追一追。"

"小六子啊，你这就判断错了，创业板虽然在这一阶段表现不错，但要关注创业板泡沫化的风险。平均近 100 倍的市盈率几乎是世界股市发展史上的最高估值，这一估值水平可能过分渲染了'成长故事'，忽视了真正的创新需要时间落实和检验的一面。"

"开饭喽，吃肉喽，你们讨论半天不如我这锅肉实在，不仅能闻到香还能饱肚子。"萧疯子把一盆肉往桌上一放说道。

小六子装腔作势道："说什么呢疯子，是不是看到别人赚钱了心里开始不平衡啊！"

"钱啊钱，害死人啊，多少人为钱……"

"你给我住嘴吧！来，大家喝酒别管那疯子。"苏还坚提议道。

于是胜利者的狂欢在碰杯声中开始了。

第十二章　围城之外

人生的无常在于那些不能被遇见的相遇和离别。

"子陌你唱那首歌怎么像事先给你谱好的曲子似的？"走出"静月轩"苏雅好奇道。

"那你怎能随着音乐翩翩起舞还跟真的样演绎生死离别？"

"这是一名合格舞者的基本功啊！"

"我告诉你吧，那弹钢琴的荆珊珊可是专业人士，你没看到随着她的手势，小提琴手、电子琴手都随着旋律在后面和弦？"

"原来如此，全是道上高人啊。"

子陌白了她一眼，接着说："告诉你吧，苏雅，'静月轩'的美女个个两腿细细，身怀绝技。以后你慢慢就知道

161

这个群体的厉害了。"

"那现在我们去哪儿？"

"你说呢，要不要把慕思雪叫上，咱们去喝一杯吧。"

"刚才不是喝过了，还喝什么？"

"我这可是为你好，咱们以后要在她的带领下干出一番成就来。"

一个转身，却见慕思雪追了上来。

"怎么，成双成对也不带上我？"慕思雪快言快语道。

"必须啊，这不正准备喊你一起喝酒嘛。"子陌顺势说道。

慕思雪顿了顿，犹豫了一下说道："那种灯红酒绿的地方，不适合我们这些良家妇女，还是到我家吧。"

子陌立即一脸坏笑道："那地方虽然没有真情，但你可以有爱啊。"

"此话怎么讲？"

"比如你看到哪个帅哥喝醉了，可以像捡一条流浪狗一样捡回家呀。"

"算了吧，汤姆·里德尔在没有变成伏地魔的时候也是挺帅的。养一条流浪狗还不如把精力和金钱送到山区扶贫上呢！"

"你还别说，我捡的那只金毛真的不错耶，每天回家它都像迎接总统一样，摇头摆尾地迎接我，好开心啊。"

"男不养猫女不养狗，你小心它身上的螨虫、弓形虫让你得妇科病！"

"哇，不会吧，没听说这事吧？"子陌一脸"我要吓哭了"的表情。

"子陌你可要小心了！"苏雅笑得前俯后仰。

子陌也不生气，看着慕思雪说："我家狗狗很卫生的，而且我不会让它上床，所以应该没问题的。"

"问题是现在很多养宠物的人把宠物当儿子养，一口一个儿子，乖乖的，除了不给它喂奶什么都喂。"

"慕思雪，你好下流。"子陌难为情道。

为此苏雅也插话道："唉，有的人老的不养，却把养宠物当成敬老爱幼，毫无节操。"

"是的，我邻居养了条狗花销很大，每天买狗粮买酸奶，经常带狗去洗澡，一年要花上万，他爹在他家住了半个月他就把他爹给送走了。而且过年过节给他爹只是买便宜的特价奶，我估计狗的开销比他爹的大，狗的待遇比他爹好。"子陌一脸鄙视地道。

苏雅接话道："如果能把养宠物的精细用到善待父母上，不知能少多少空巢老人的哀愁了！宠物是能给人带来快乐，但是父母是给我们生命的人啊！"

说话间，三人来到慕思雪楼下。

"今天你们谁陪我睡？"慕思雪故意一副求之若渴的样子说道。

"我，我。"子陌和苏雅异口同声。

"不愧为好姐妹，你们先上楼去吧，二单元六〇九室。"慕思雪说着，把开门的钥匙给了子陌。

"你干吗去？"

"我总得给你们买点生活用品吧。"

来到慕思雪家，苏雅立即嚷嚷着出了一身臭汗要洗澡，话没说完就钻进了洗漱间。子陌则一屁股坐在沙发上。

苏雅在浴室叫她："子陌快来帮我搓背。"

子陌应声而入，她也累了想早点睡觉，便钻进去一起洗澡。

"哎呀，真的好舒服！"

"叫屁！有那么舒服吧？"子陌一边搓一边说道。

"不发出声音你哪有动力啊！"

"有病啊！我又不是你的男友。"说完在她敏感部掐了一下。

苏雅立即装着云雨旖旎的样子说道："你弄痛我了！"

这声音立即传入刚进门的慕思雪耳朵。慕思雪好奇怪地跑进洗漱间，一看惊讶道："你们这是搞百合还是……"

苏雅条件反射地"啊"了一声，如临大敌般手足无措地往子陌身后躲闪着。

"有这么夸张吗！你有的我都有。"慕思雪白了她一眼，满脸鄙视地说，然后趣味十足地探进头来打量一番："哎哟喂，就你那二两肉，在我面前和刚打过雌激素的人妖没差别。"

子陌眼睛一转看着苏雅取笑道："她就是传说中的小馒头。"

"瞅瞅,你这是不等天黑找死。"苏雅拿水喷头就往慕思雪身上喷,子陌立即后退并双手护胸:"怎么着,你这是要杀人灭口吗?"苏雅的水喷头对准了她,于是洗漱间乱作一团。

"对了,明天就是平安夜了,你们有约了吗?"苏雅恢复平静地问道。

子陌立即回答:"你不会是想啪啪了吧?"

"去你的!我不想堕落到动物的地步。"

"据说平安夜好多人被骗去吃苹果,结果吃的是香蕉。苹果英文怎么说来着? Apple!蠢货!"

"你们俩闹够没有,别没事自己配药自己吃。"于是苏雅与子陌在床上打闹起来。

房外,一声闷雷滚过万里无云的苍穹,雨却细密,如牛毛般纤细柔长。

"好了你们别闹了,把我的房间全搞乱了。"慕思雪嗔喷道。

三个女人的战争戛然而止。

不一会工夫,子陌就梳妆打扮完毕。只见她长发长裙,静静地坐着,头发分在左右两边,中间一帘刘海低低地垂着。

苏雅看得痴了,上前嘿嘿一笑道:"美人,是为卿打扮吗?这么晚了还准备颠鸾倒凤?"

"去你的小妖精,朕才不醉卧红颜呢!"接着卧室里抱枕与靠垫齐飞。

"干吗呢你俩,还真把这儿当自个儿家了啊!"慕思雪从洗漱间出来嗔喷道。

"我得回家啦。"子陌很配合地停下了手里的动作。

"回家?回家干吗!"苏雅惊讶道。

"爸妈来了,看得紧啊,不让在外面过夜。"子陌敷衍道,不过她是一脸认真。其实她真正想回家的原因,是最近爱上模特教练林淫了,所以不敢说出来。

自从胖姐让她担任梦幻模特队的队长后,她便一门心思扑在上面,跑歌舞团、到大学请教,没想到,功夫不负有心人,倒真让她挖到了人才。

第一次见面,林淫正在参加选秀,子陌一看完他的走秀,就觉得这是她要找的人。这林淫长得温润如玉,虽然带些女人腔的样子,奶声奶气的,却也是叫人过目不忘。他那暖橙色的短发散发着柠檬水的清香，浅蓝色的眼眸宛若繁华薄澈的午夜星空优雅温顺，让你不得不深深迷恋。

选秀过后，子陌便发出了邀请，林湮接到她的邀请后，在连连说几个"不敢当"之后欣然应许，子陌觉得她可能找到了事业上最好的搭档。

令她意想不到的是，在训练中，林湮一点点一天天走进了她的爱情里。这让子陌感叹，幸福的婚姻不是找不到人，而是没有发现他。林湮对于子陌来说，就如抓不住叶落的飘零的禅意，还好能看清秋色绚烂至美。可谓林湮无言，子陌心有戚戚。她又拿出爱迪生发明灯泡的精神开始对待爱情了。

"不是说好一起研究一下苏雅的动漫服饰的吗？"慕思雪好奇道。

子陌看了一眼苏雅，斜觑了慕思雪一眼，脸竟然微微红了。

"坏了，大事不好，她恋爱了。"慕思雪像是看到一只精美蛋糕掉在地上一般，惊叫道。

苏雅一听，蹦起来看着子陌问道："不会吧，子陌，说好的咱这辈子单身静美的，再说你这违反了'静月轩'的规矩吧。"

子陌继续沉默。

"难道真的让我们猜对了？"慕思雪不相信地问着。

子陌欲言又止地说道："是的，我是秉持着来就来了的心态，恋爱了。但你们只猜出了开头，不知道结尾的。"

［二］

光芒之下，心海蒸腾。

苏雅立即用指头戳着她的头，说："老实交代，什么意思啊你，你脑子没进水吧？这违反了'静月轩'的规矩啊，是吧，慕姐？"

慕思雪点点头，随即又否认道："'静月轩'没有说不让人结婚，前提条件是必须是单身女性才能加入。"

"真的，那我也谈恋爱去，最近看到小龙女与韩国欧巴恋爱了，我也动心了，哼哼。"

"'静月轩'肯定没有鼓励大家不结婚，只是必须是单身，方可加入，至于你后来结婚不结婚没有规定。"说完慕思雪又补充道，"'静月轩'要求单身必须静美，不能惹祸别人家庭，这才是最根本的一条。"

子陌听了，突然露出笑脸，嘿嘿一笑，露出好看的牙齿。慕思雪的答难释疑，让她彻底打消了顾虑。

"那你们说说是先有性还是先有爱。"

苏雅一摆头回答："这问题好白痴，到现在为止，我们已经脱离了那种为了繁衍后代而为性而性的时代，虽然在当今社会上还是有些见不得光的事情，但是，在主流社会，还是因爱而自然发展到性。马克思他老人家说：没有爱情的婚姻是不道德的。更何况是性爱。很难想象一对没有感情的人能有多么美好的时光。如果说有的人为寻求刺激而寻找婚外情是其中的原因之一的话，那么，在刺激过后，他很可能陷入另一个空虚之中。人因有感情和善于表达感情而崇高，没有情感，跟动物何异？"

慕思雪听了，一脸的不认同，辩道："这问题其实不白痴，一般而言，当然先有爱后有性。先因身体需要，后久而久之便相爱，也不能说没有，但只是极个别。若爱是心与心的共通、互相的融入，更注重精神；性则更强调肉体。在爱保持不变的情形下，协调、完美的性爱能推进爱的进一步发展。而真正完美的性爱，自然是性和爱的结合，心灵与肉体的高度融合，走向性和爱的顶点。"

"他给你提出性要求了？"苏雅惊愕地问道。

"这还用说，否则她能问这个问题，是你白痴了吧。"慕思雪充分肯定地说。

子陌很失望地说道："你们俩的回答都没有令我满意，也很失偏颇。依我看来，真正的爱情大多是性和爱融为一体的，并没有什么先后之分。他说要先性后爱，仅仅是他某种企图的借口而已。"

"幼稚！虽然得到女人的身体一般被男人视为占有女人的开始甚至是结束。但是，真爱的男人一般会急于结婚，以求得爱情的合法化。这样男人不仅是在对女人负责，更是对自己在负责，敢于承诺并践行承诺。"

慕思雪说完，子陌无助地看着她俩，然后说道："我怎么那么倒霉呀，遇见喜欢的人总是不是有这样毛病就是有那样的毛病，真的怕以后，给我带来心里阴影了。"

"这样的男人还是算了吧，难不成，男人真的是先性后爱么？那他要发生多少次性关系才能爱上一个女人啊？"慕思雪若有所思地说。

　　苏雅接着道："所以人家说了，每一个女人身后都有一个××想吐的男人。"

　　慕思雪立即愠怒道："流氓，能不能文明一点！"

　　"我说的没错，就我那前……第二个男友，一场狂欢后就把我带回家，不是我爸电话打得及时……"

　　"不会吧！是你自投罗网吧？"子陌和慕思雪一齐转头看着苏雅惊讶道。直中她的要害。

　　苏雅于是难为情说："有什么好惊讶的，不过我也认同现在一些人的婚姻，有些人结婚也是有目的的，可能是为了让自己有个地方停留，也可能是为了以后的事业有所帮助，也有可能是自己能从对方身上得到什么。问一下那些甜蜜中的新婚，就会知道有时候爱情与婚姻都不是可以共同拥有的，所谓的婚姻是爱情的坟墓就是这个理。"

　　"苏雅你说的不对，爱情跟婚姻本来是两码事，男人娶的女人是能一起过日子的，并不一定就是自己真正深爱的；女人嫁的男人是能给自己提供一个温暖且安逸的家，但并不定就是自己真正所爱的，所以就无所谓先有爱还是性了，只有追求爱情的人，才要求先有爱才有性是吧？"

　　慕思雪说完叹了一口气问道："他是第几次见面提出要求的？"

　　"我们经常见面，我也记不清楚了。"

　　"这人是做什么的？"慕思雪又问。

　　"你们都认识的呀。"

　　苏雅惊讶地问道："模特教练林淫？"说完又接着补道，"我说你们怎么在台上眉来眼去的，原来……"

　　慕思雪用力掐了子陌一下说："这人还不错，看起来比较靠谱。"

　　子陌立即惊呼："还靠谱，这么快就提那要求，还可靠！"

　　对此，慕思雪像是提醒地说道："现在有的男人真不像话，没见两次面就去开房去了。"

"那是个别现象不要一概而论。"

苏雅听了，立即柳眉倒竖地责怪道："我看这种现象大有人在。"

"被金钱迷惘的人生啊。"子陌补充道，好像她的过去一直很纯洁。

"是的，男人就认为他有钱，所以花钱买春，觉得是公平交易。"

子陌看到她们你来我往的，知道这样讨论下去没有结局，于是挥手说道："我们是真心相爱的，两头猪！"

说完她又接着把林洤的经历告诉她们。林洤来自贵州农村，父亲为了供他上大学，在工地干活中，不幸被空中掉下建材砸中，导致瘫痪。为了分担母亲的负担，他一下子兼了五份职，为的是给父母治病……

听了子陌的叙述，苏雅和慕思雪连忙惊呼道："就这么重的家庭负担他还资助贫困儿童？"

"是呀，我看到他收到好多来自贫困山区孩子给他的信。"

"真了不起，应该是好人。"

"不，好男人！"苏雅说完，慕思雪补充道。

见她们俩高度赞扬，子陌又自豪道："他非常有理想，知道自己是什么样的，要成为什么样的人！"

"不对，他应该是这样说的：不管你从哪里来，要去到哪里，人生不过就是这样，追求成为一个更好的、更具有精神和灵气的自己。"

慕思雪说完，子陌连忙惊呼："他就是这么说的！"

"一个人经济贫穷不可怕，就怕精神上石漠化的荒漠。好了，不讨论这问题了，还是讨论一下咱们的动漫服饰吧。"苏雅自言自语道。

慕思雪长长松了一口气道："非常正确，咱们女孩就要有着明确的梦想，然后再为了这个梦想去奋斗着。同时当你确定了一个梦想后千万不要改变，就好像当你发现一个可以帮你实现梦想的男人，千万要想办法让他成为你的老公一样。"

子陌打断她的话，看着苏雅说："你先说吧。"

苏雅思索了一下，说道："动漫服饰的定义及发展背景，我就不说了啊，下面我就说说动漫服饰行业的市场参与主体……"

子陌听了她一长串的理论，便好奇地问："动漫服饰用于什么场合？"

苏雅白了她一眼道："动漫服饰主要适用于三类场合：一是西方传统节日，如万圣节、狂欢节、圣诞节等，这些节日在国内也日渐盛行；二是各大企业、商家、各类庆典为宣传自身形象，从而达到拓展市场的各类表演和展示；三是各种聚会派对和表演。"

"既然应用这么广，那我们正好抓住机遇，做大做强啊。"子陌兴奋道。

慕思雪接过话："是的，胖姐听说苏雅设计动漫服饰这件事后，非常重视，觉得是一个非常好的产业，所以让我们仨牵头来抓，前些日子我也了解了一下市场上动漫服饰的发展，觉得与日本等相比差距较大，主要表现在形象设计上单一。"

苏雅立即从包里拿出一份计划书样的东西说道："慕思雪，这个问题我早已经考虑到了。结合国内外动漫服饰产品特点，按照动漫创意的来源可分为经典形象、影视形象、传统文化以及游戏形象等；按照应用节日划分可以分为万圣节服饰、圣诞服饰、复活节服饰、派对服饰等；按照应用群体类别可分为动漫男装、动漫女装、动漫童装等。"

"你好像是有准备而来啊？"慕思雪惊讶道。

"不是，在你们考虑做这件事之前，我已经有考虑了……"苏雅卖萌道。

慕思雪连声说："不错，不错，你把计划书再完善一下吧，过几天向胖姐汇报。"

这时她们才发现已经深夜，于是三人像冲锋样抢占床上的最佳位置。

……

[三]

所有美好的恋情都源自简单的开始，复杂的结束。

以前的人什么坏了都想修，现在的人什么没坏都想换。发现周印与女网友聊天后，温茨一向笑盈盈高举的精神几乎顿时崩溃，因此一夜无眠。然而，当她到快要绝望的时候，突然想起那句小时候妈妈常讲的话："是呀，干吗只许州官放火，不让百姓点灯呢。"

这不是以一种错误纠正另一种错误吗？想到这，她心里坦然了许多。都说婚姻如鞋子，本来就是凑成双的，那就凑合着过日子吧！再说她还有欧阳端排着队等呢。

　　"你起来啦，快吃早餐吧。"

　　周印起床后，发现温茨已经把早餐做好了，这让他很有些意外。

　　"难道不吵不成爱？"他们俩在一起三四年来，温茨下厨房的次数屈指可数，更别说一大早起床给他做饭了，很多时候他以自己动手丰衣足食来安慰自己。

　　"来，快尝一下我的煎蛋，还有你喜欢的小葱拌豆腐。"

　　周印有些受宠若惊，满脸堆笑："谢谢。"这样的温茨，真的有些不习惯了。周印挟起煎蛋，随即听他"啊呀"一声，就往卫生间跑去。

　　"怎么了？怎么了？"温茨奇怪地问。

　　"你自己尝尝，是不是家里盐不要钱啊！"

　　"不咸啊，你来尝尝我这一份。"温茨尝了一口自己碟里的煎蛋，莫名其妙地问。

　　"算了不吃了，今天我爸出院，去办手续了。"

　　"这么早人家医院查房还没结束，去了也是在那儿干等。"

　　周印杵在客厅不知道如何是好。

　　温茨一反常态，温柔地说道："那我再去给你做一份。"说着就往厨房走去。

　　"不用了，你看谁家的煎蛋放盐，没吃过猪肉总看到过猪跑吧。"

　　温茨将筷子一丢，愤怒道："周印你别给你个台阶下，你就当垫脚石踩啊！"

　　随着温茨的愤怒，周印又表现出他常用的方式——沉默不语。

　　见到周印沉默不语，拒绝凝固在嘴边的状态。温茨更加愤怒，她讨厌这种冷暴力。这时候她才觉得欧阳端说的对，他们不是一路人。

　　"这人吧，有时候把心里的话，说出来可能是诗，可能是史，也可能是誓，但若留在肚子里肯定会变成屎！"

　　周印被挤对依然沉默不语，甚至做出要离开的样子。

　　温茨见他还是不说话，变本加厉起来，把他昨晚与网友聊天的事，数落了

170

一遍还不解恨，接着又把雪卉带进去。

周印立即像点燃的火焰，直冲天际道："你这女人无可救药了，想想自己都干了什么事吧！"说完摔门而去。

温茨怅然若失地看着他的背影，泪流如泉涌，凄然得仿佛被世界抛弃了。

一路心潮起伏地来到医院。周印做了几个深呼吸平复心情，但他的脸色还是出卖了他。

"你们又吵架了？"父亲周皓轩一见到他就问。

"没有，昨天晚上没有睡好。"

"多好一个姑娘啊，又懂事又会赚钱，天底哪儿找得到。"

周印看了一眼雪卉，难为情说道："是，你老人家说得对，我是前世修来的福！"

这时雪卉插话道："周叔，我大哥也非常优秀啊，开公司，住那么大的房子，人又老实本分。"

"你别帮腔，他是什么样的人我最清楚。"

周印好奇道："爸，那您说我是什么样的人？"

周皓轩斜觑了一眼雪卉，欲言又止了。

"爸你就说吧，反正雪卉又不是外人。"

"是呀是呀，周叔您就说呗。"雪卉在旁边帮腔道。

"你吧，待人有礼貌，为人也谦和，处事还比较周到，对待父母也有孝心，可是你脸上挂着的笑容总是不晴朗，就像这南方的梅雨季，总让人感到浑身上下不舒服。这样不行啊！"

"爸，我在你心中就这形象啊！雪卉你说说我是这样人吗？"

雪卉于是翻着白眼，六神无主起来。

周皓轩欠了欠身，看着雪卉说："雪卉你就直说，实事求是。"

周印带着求助苦笑道："对，雪卉你说，一定实事求是，这是我们党的一贯传统哟。"

雪卉连忙说："我可说不好，反正我大哥是好人。"

周皓轩摇摇头，然后用绝对忤逆的眼睛撩了撩周印，真是有出息的孩子往往尽不到孝心，可这隐藏在明朗生活后面的问题，又无法回避。

周印知道自己在雪卉心中的位置，让一个女人评价自己爱着的人，是没有立场的。再说周印心中的自己，大部分会被新的光芒覆盖住，没有人比他更优秀。

"爸，咱们今天到饭店去庆贺一下吧。"周印在回家的路上说道。他知道温茨不会做饭，也不会给他好脸色看。

"生病了还值得庆贺？"周皓轩疑惑地反问。

"庆贺你康复出院啊。"

雪卉不明就里帮腔道："是呀，庆贺康复出院。"

"饭店太吵，还是回家随便吃点吧。"周印说完，周印与雪卉对视一眼不再说话。周印开始在心里盘算回家遇到温茨怎么面对，他希望她最好不在家，这样他就可以随心所欲，不用伪装。

然而，车到小区门口一停下，温茨像是踩好时间点样迎了上来说："爸，刚才有点事耽误了，没去医院接您，实在对不起。"

周印在心中暗暗吃惊，偷偷斜觑了温茨一眼，发现她居然平静如水，于是他心里轻轻地松了一口气。

周皓轩则高兴得连忙说："你们是做大事的，我这老头倒是给你们添麻烦了。有事就去忙吧。"

"今天中午我给爸接风，饭店我都订好了，放下东西咱们就去吧。"

"周叔说不去饭店的。"雪卉插话道，那口气好像她说了算。

温茨没有接雪卉的话头，转身对周印淡淡一笑，说道："咱们不是说好去饭店给爸庆贺一下吗？"那笑容，温暖得让人晕眩。

周印心领神会道："爸说不去饭店了，就在家里吃。"

"爸，饭店我已经订好了，就去饭店庆贺一下吧。"

周皓轩犹豫了一下，挑起一边眉毛说道："好吧，既然你们这么有孝心，就去吧。正好尝一下大饭店的味道，我也想换一下口味了。"

雪卉一听，则像在风起灰尘的刹那间，失望地闭上眼睛。她没想到周印与温茨异口同声，更没想到周皓轩这老头儿也变得如此之快。

"来，爸，这是清蒸鳕鱼，这是莼菜豆花鲈鱼羹。"温茨一边往周皓轩夹菜，一边非常老到地介绍着。

"莼菜是什么菜？"周皓轩好奇道。

周印立即答："就是我们老家湖边上长持马蹄菜呀。"

于是温茨介绍道："莼菜被视为宴席上的珍贵食品。有降胆固醇、增加血管柔韧度和改善皮肤弹性的作用。莼菜中的维生素 E 也高于常见的富含维生素 E 的坚果，是清除血液中代谢自由基、延缓衰老、增加血管功能非常好的营养素。"

周皓轩心想，这是什么好东西，在老家这东西都是用来喂猪的。因此他用小勺蜻蜓点水似的尝了一口，觉得味道还不错，便咕噜咕噜喝了起来。温茨满意地笑了。雪卉则一会儿看下温茨，一会儿看一眼周印，心中妒意丛生。

"味道不错吧，爸！"周印看到父亲吃得很香就故意试探问道。

周皓轩用手擦了一下嘴，在满意中又立即用满意之后的不满意表情撇了撇嘴说："还好，就是没盐味。"

"爸你这就不懂得了，现在流行清淡，这叫养生。"

周皓轩听了，觉得儿子有嫌弃乡下人之嫌，便不高兴道："你以为只有城里人会生活啊，这老话说了，不吃盐哪来力气干活。"

雪卉立即偏向周皓轩一方，说道："是呀，是呀，我爸也说过，不吃盐哪来力气。你看城里人搬点东西都气喘呢。"

温茨轻蔑地一笑，像是自言自语道："盐吃多了可不是什么好事。"温茨那笑深深刺痛了雪卉，于是两个女人的较量在不知不觉中开始了。

雪卉："这盐有时候就像一个人，他不喜欢，你人再好，那个人不一定会喜欢你。

温茨："当然有人羡慕你，也有人讨厌你，还有人嫉妒你。"

雪卉："为了讨好别人而丢失自己的本性，没意思。"

温茨："生活就是这样，你所做的一切不能让每个人都满意，因为每个人都有自己的私利。"

雪卉："别人嘴里的你，一定是真实的你。"

温茨："呵呵，一样的眼睛，不一样的看法。一样的嘴巴，不一样的说法。"

雪卉："是呀，一样的人们，不一样的活法！活路决定了出路。出路决定了死路。死路决定了人生这条路。"

周印见气氛不对，插嘴道："你们这是在比才学？"

温茨鄙视了周印一眼，接着愤怒地瞪了雪卉一眼道："小草，没人心疼，也在成长。深山的野花，没人欣赏，也在芬芳。做事不需人人都理解，只需尽心尽力。"

雪卉："哼！注定孤独彷徨，质疑嘲笑。也都无妨。"

温茨："就算遍体鳞伤，也要撑起坚强。"

周皓轩听着听着，觉得有些不对劲了，便意味深长地呵呵一笑道："这人啊，有时候不争也有世界。"

于是饭桌立即像一声闷雷，安静了下来。周皓轩觉得她们俩要是中和一下就好了，温茨吧，她少了雪卉的一些灵秀，多了一份僵硬；而雪卉吧，又少了温茨的刚强和担当。两个人的性格要是能打碎了重新组合一下，那就完美了。

第十三章　机会来了

[一]

灯越拨越亮。

仔细回味一下两个女人的对话，周印觉得她们其实都挺傻的。周印实在搞不明白，女人的战争为什么这么容易打响？

正当周印思绪纷飞之时，温茨的电话响了起来。她一看是欧阳端打来的，连忙起身向门外跑去。

周印最不喜欢她这种见不得人似的接电话方式。即使他平时再不方便接的电话也不会背着温茨跑到一边去接，有什么秘密非要躲着人呢？

正当他越想越生气时，周皓轩用意味深长的口气说道："温茨真是挺忙的，你要好好……"

没等父亲说完，周印就截断他的话说道："走吧，咱们回家吧。"

周皓轩有些愤怒于儿子打断他的话，觉得这是在挑战他的权威，却碍于在公共场所不好发作，只好跟在儿子后面出了包厢。

"到你家吗？"

"是的，你快点吧！"欧阳端催促道。

温茨心里很忐忑，这边还没了断，那边却又抽出线头，真是河流总是在最需要灌溉的季节干涸。

"爸，公司还有点事，我就不送您回家了。"温茨回到饭店包厢门口一脸无奈地看着周皓轩说道。

周皓轩从她眼睛盈出的泪花中看到了辛苦，就连忙说道："去吧，去吧，有他们呢，别累坏了。"如果他要是知道温茨的泪水是随着剧情需要可以潸然而下的，估计会立即崩溃，这个秘密也只有周印知道……

"犁总这样干行吗？"

"怎么不行？散户就像没有权利、没有地位、没有安全的独狼。独狼要生存，要活命，就得捕食猎物或者抢食。为了等待猎物，要忍饥挨饿，要寻找机会和悄然靠近，要奋力追击和拼力搏杀。如果遇到猎人和熊的话，搞不好连小命都没有了，全靠机智脱身。为了抢食，有时被其他狼群攻击，遍体鳞伤。"

欧阳端还是很担心地说道："生存第一，盈利第二，时刻铭记，大势在，我在，大势不在，我不在。做到亏要亏得有理，赚要赚得有数。"

"我怎么没数，独狼有了实力，有了资本，有了领地，就会自封为狼王，就会有自己的狼后，有自己的狼族，虽然领地不大，但也是一只有眼光的狼，能活着就是幸运，就是成功。狼王不再是昔日的一个个体，领导的不仅是它自己，不能再单打独斗，而是要有勇善谋，要有周密的捕猎计划和详细的围捕实施步骤。为了追逐更多的猎物，有时不惜跟随猎物迁徙千里奔袭和追击。当然，也会有失手的时候。"

"你们在讨论什么呢，一副剑拔弩张的样子。"温茨走进门便质问道。

"难道你没听说过这样一句话，股市就是没有硝烟的战场。"

"是呀，既然股市如战场，我们在股市的投资过程，就像一场大战，要料敌于先，知己知彼方能立于不败之地。如果闭着眼睛瞎冲，有时候是英雄，但大部分时间都是炮灰的。因为现在已经不是原始部落之间那种靠勇气和力气的时候了。我们既然把股市和战争结合，就要对战争有一定的了解，借助于战争理解股市，也可以借助股市理解战争。"

犁浣春听她那种超现实的未来的勇气论，哈哈一笑道："哎哟，长见势了啦？哪学来的？"

"当然是跟两位老总学的。"

犁浣春道："股市中的多空，也是敌我之间的战争。所以在股市中的多空对决过程，也存在三个必然的步骤。我们以这次股灾作为一个研究对比，就会一目了然。去年底至今年，市场一直处于多方主导的运行轨迹，而空方一直无法找到突破的口子。但空方的各种力量在不断地积累，只要出现一个爆发的点，空方就会疯狂地打击多方。"

"根据战争的规律，我们也可以从这规律之中给自己识别危险的境地在哪里和什么时候出现。也就是预判大概的市场危险区域，对于股市来说，就是市场的顶部和底部。战争中，我们肯定知道，当大部队开拔上前线的时候，马上就会炮火纷飞了，因为就要开始交战了。那么伤残和死亡也就即将出现了。股市中，大量的散户爆发式地往前冲的时候，市场顶部也就出现了，伤残和死亡也出现了。当然股市的伤残和死亡，就是亏损和亏完，人还是能活着的，只是有时候可能会生不如死而已。所以巴菲特说别人恐慌的时候我贪婪，别人贪婪的时候我恐慌就是基于这个道理。"

欧阳端说完，温茨立即阻止道："你们俩这是在比才识还是在说天书。叫我来不是听你们俩斗嘴吧，我可受不了了。"

欧阳端嘿嘿一笑道："老犁，把刚才我们讨论的结果告诉她吧，我去筹集资金了。"

温茨皱起眉头问："需要我干吗？"

犁浣春凑近她耳朵说了起来，温茨连连点头。

"这样行吗？"

"保证可行，现在都喜欢听内幕消息，妥妥的管用。"

"那要是朋友的钱打水漂了找我算账怎么办！"温茨带着惊吓道。

"所以啊，你在传递内幕信息时要把握分寸，让他们观察几天再决定，这样你就能全身而退了。"

"那要是人家不买账呢？"

"这个你放心，人这动物就像鱼儿一样，看到饵的时候开始也会紧张，怕上当，一旦它发现饵一直在，并没有什么威胁的时候就会去吃。"

"这样做是不是太没人性了。"

"这话怎么讲，人家都是这么做的，又不止是我们。"

温茨摇摇头，表示不敢苟同。但她还是把他们策划好的几只股票，有图有真相地发了出去，底下很快有人点赞并询问情况。

"都疯了疯了，这么多人问。"温茨没想到反响会这么大。

正在这时，苏雅电话打来了，说下午有几个朋友想到她的茶吧喝茶。温茨立即说："好的，我一会儿回去。"

当温茨来到菲克芭斯茶吧时，苏雅已经带着单位的一帮男男女女在里面打牌喝茶中。

"你这美女老板天天忙什么来着，放着好好的茶吧不经营，天天到处拈花惹草的。"

"什么话啊小雅，靠这茶吧我只能喝西北风去了。"

"不会吧，这环境这么好，怕是数钱数到手软吧。"

"得了吧，现在人哪还有人喝茶了。"

苏雅对此不可置信道："人家不是说这茶吧是情侣最廉价的洞房，又有吃又有喝还又可……"

温茨听了，那张秀丽的脸，立刻变得苍白起来。

苏雅一看气氛不对，立刻转了话锋："不说这个，你最近在忙什么啊？"

"做金融投资啊！"

"那是炒股还是炒期货？"

温茨停顿了一下，用平淡口气说道："就炒炒股呗，比较轻松。"

"那你赚多少钱了？"

"一天几万块。比开这'菲克芭斯'来得快多了。"

"不会吧，这么赚钱，肯定有内幕消息。" 苏雅故意拖长语气说道。

温茨以嘴动了一下表示回答。

"那有什么好股票推荐给我父亲吧。"

温茨一听她要推荐她父亲，有些良心发现，不忍起来。

"算了吧，我也是道听途说，不可全信的，万一亏损了我可不敢当！"

苏雅马上帮她解围道："没事，我父亲的判断力还不错，再说你买什么我就让他买什么。"

温茨于是在手机上截图发给了她……

因为害怕温茨再检查他的手机，周印好几天没敢打开微信。

这天回到家中，把父亲安顿好以后，就躺到沙发上，打开微信。一看，居然收到十多条杨晨的信息。有责怪，有关心，还有说不清的东拉西扯……

"不好意思，这几天忙，没上微信。"

很快，杨晨微信回答道："算了吧，我还是高抬贵手，缓期执行吧。是被你那准媳妇看死了吧，别嘴硬！"

"呵呵，你也太小瞧咱周印了吧。"

"听说你父亲从医院回来了，我一会过去看看吧。"

"不用了吧，他在休息。"

"那我就晚点来。"

……

[二]

"苏雅，我最近特别烦，我们去外面走走吧。"温茨发完截图后说道。

"怎么了？又在错误的时间遇到对的人了？"

"才不是，你说这男人怎么那么不称心？"

"说你们家周印呢吧？"

"我真想和他结束算了，真不是什么好男人。"

苏雅淡淡一笑，答："也是，对的人，不会让你觉得累。这种不累，是身体和精神的双重轻松。他如果不舍得让你操心，大到挣钱养家的大事，小到下楼取快递的日常，一切男人该做的，他能安排妥帖，那么他就值得嫁。"

温茨好奇地问："你平时不都标榜着女孩子要独立自强，自己的事情自己做吗？"

"我说的是他不舍得让你操心，和你独立自强并不矛盾。我有一个好朋友，叫她静静吧，大学就和男友在一起，到今年五月，一共六年时间。男孩很优秀也很聪明，条件不错，不管是在朋友眼里还是长辈眼里，都是'良人'。只是，他从来就不喜欢操心日常琐事。比如，周末出去玩，他从来不会提前做任何准备。计划路线、买车票、零食饮料……全都交给静静来做。"

苏雅说完，温茨觉得她回答的文不对题，但她并没有立即纠正，而是说："可能是静静爱他比较多吧，才会甘心如此。"

苏雅答："还真不是。他就是一个'甩手掌柜'，并非不爱，也并不是不知道心疼人，而是认为'一切都交给她'是很自然的事情。这种'自然'，并不是静静培养的，而是他从小就是衣来伸手饭来张口。他是一个'巨婴'。这场关系里，静静始终处在很疲惫的状态。五年多过去了，他虽然改了很多，但骨子里依然是被照顾的心态，静静终于熬不住，提了分手。"

温茨有些明白了："我想，如果我一辈子都是这种状态，我会很累。"

"很多男人都曾经是'巨婴'，但有的长成了大人，有的人一辈子都习惯被照顾，关键是你如何去改变这种习惯。"

"长久如此，再强大的女人也会有崩溃的时候。"

"20多岁的姑娘，总会在恋爱和婚姻上面临着同样的困惑：这个男人，到底对不对？于是，大家摆出了很多条件：学历是否相当，性格是否合适，工作有没有前景，家世是不是很好……"

"一个对的人不会让你觉得累，不仅是生活上的互相帮助和匹配，还是精神上的不累，我现在就是感觉累！"

"一个家最好的状态，是男人做男人的事，女人做女人的事，而不是活生生把女人逼成女强人，也不是让男人承担一切。当你在思量他对不对的同时，也要想一想你是不是他找到的对的人。"

听到这，温茨一脸惊愕地问道："你意思他也是找错了人了？"

"是的，你们根本就不在一个频道，哪来有合拍的声音？两个人在一起过一辈子，不管如何鸡飞狗跳，一想到对方，就会觉得放心，能长舒一口气，能睡一个好觉。这就是对的人了，男女都一样。"

温茨于是叹了一口气道："算了，不谈他了，过一天算一天了，等我有钱……"

"你也会换人，所以我说男人女人都一样的生物。"

"唉，小雅你不懂我。"温茨泄气道。

"我当然不懂你，但我知道你是既要港湾，还要大海，世上没有这等好事呀。"

"我……"

"说到你心坎上了吧，其实据我这几年观察，你是一个不适合婚姻的人。"

"啊，你怎么这么认为？"

"因为你的行为告诉了我。"

"好了，咱们去喝茶，过一天算一天了。"

苏雅皱起眉头，觉得有点对牛弹琴了。

"叔叔还记得我吗，我是那天到医院看您的……"一进门，杨晨就自我介绍道。

面对父亲的迟疑，周印连忙提醒道："她是杨晨，我们家的邻居。"

周皓轩紧锁的眉头才慢慢舒展开来："你还这么客气，一次次来看我，还带这么多礼品，和周印关系一定处得不错吧？"

杨晨听出这老头儿话中有话，故意装傻地说道："是呀，他可照顾我了，以前跟我们家郁寒山是好朋友。"

周皓轩听了，这才完全放松警惕地说："这老话说得好，远亲不如近邻，挺好。"

话音刚落，雪卉从厨房走了出来，说道："杨晨姐真是有心啊。"眼神中满是怀疑和警惕。

杨晨知道她又吃醋了，笑道："是呀，谁叫你大哥人好，对我那么关心呢。"

雪卉眼睛忽闪了一下，连忙打断道："饭菜好了，我们开饭吧。"语气中巧妙地扮演着一个世俗妻子的热忱。

"这么巧啊，一回家就有饭吃。"温茨突然推门进来，看起来很高兴。不过，随即发现了杨晨，一瞬间脸色阴沉下来，故意好奇地问，"这位是……"

"我们是邻居，我叫杨晨。"杨晨说完，很有礼貌地伸出手，温茨"哦"了声就往自己的卧室走去。

杨晨知道她是故意装作不认识，也知道她不待见自己，上次她们在车上的斗争已经结下仇恨，因此杨晨脸上找不到一丝尴尬。周印则一副无地自容的模样，他没想到早出晚归的温茨开始变得着家了。

这时周印想到一条经典制度：某女想改老公晚回家的习惯，跟老公订制度，晚上11点不回家就锁门！第一周很奏效，第二周老公毛病又犯了，女人果断执行制度，把门锁了，结果老公干脆不回家了。女人很郁闷，难道制度订错了吗？后来经过高人指点，她修改制度，晚11点不回家，就开着家门睡觉！谁想来就来。男人大惊，从此11点之前准时回家。这条经典制度启示：制度遵守不在于强制，而在于核心利益！

温茨怕雪卉抢走了他，想到这儿周印得意地笑了。

"叔叔再见啊。"杨晨知道三个女人一台戏准没有好结果，不打算让老人家不高兴。

谁知周皓轩连忙给周印使眼色，意思让她留下吃饭，周印却装作没看见，因此他一急说道："这吃饭的点儿往哪儿去啊，一起吃饭吧，还让你这么费心来看我这老头子。"

面对老人的一脸认真，杨晨犹豫了一下，说了声："那谢谢周叔了，我就不客气了。"

饭桌上的气氛随着五个人的聚拢开始升温。

温茨主动坐到周皓轩的右边。于是周皓轩在儿子和准媳妇的包围中，享受着此起彼伏的关怀。对此，周皓轩有些难为情，觉得他们冷落了杨晨，因此每当温茨把菜夹到他碗里时，他便击鼓传花把菜夹到杨晨碗里。

一场没有硝烟的战争又无声地打响了。

"爸，你多吃点，我们年轻人自己会吃。"温茨关怀中不经意地带着责怪。

"哎，不对啊，在我们老家要先招待好客人的。我还能动，我自己来吧。"

温茨一听，便有些急了，说道："客人也要尊敬老人啊，是吧。"说完还狠狠瞪了杨晨一眼。

杨晨于是故意渲染道："周叔叔真会关心人，感觉到像家父般的温暖。"

听到杨晨这么一说，周皓轩嘿嘿一笑道："你们尊老，我爱幼，都没做错。"

这时雪卉端上最后一道菜，问道："周叔，我做的菜好吃吗？"

周皓轩连忙称赞道："比饭店好吃！"一连重复两遍。

雪卉骄傲地看着温茨道："还是周叔有鉴赏力。"

温茨生气道："人家饭店是大厨做的，难道没有你……"

还没等她"你"出来，周皓轩感觉不妙了，马上说道："饭店的菜有饭店的味，家里菜有家里菜的香，各有千秋嘛。"

语气中掩饰不住左右为难的畏葸。就这样，饭店的战争继续在家里的饭桌上上演着。

周印一言不发，却在心里偷偷乐着。心想，你们就好好斗吧，我就看戏了。

雾起群山隐，持竿水边钓，不为鱼上钩，只盼心如镜。

"犁总，你这庙宇的架子还挺大的嘛，想见你还需要申请报备，不会是跟衙门学的吧？"潘文珺说完，犁浣春继续听着他的锡剧名曲《珍珠塔》，嘴里还哼哼唧唧，配合着摇头晃脑。

这见多了大小领导和大小老板的潘文珺见犁浣春如此不待见自己的样子，便厉声叫道："犁浣春——"声音响亮而清脆，如同两只相碰的水晶杯划过农庄的上空，惊吓到屋顶上的鸟儿。

"有理的声音不在响，无理声音传四方。欢迎潘大美女驾到，哦！不对，还是叫潘大记者吧。"

见犁浣春嬉皮笑脸样子，潘文珺吼道："你给我滚吧，糟老头子！"那声嘶力竭的表情，像一头公牛。她本想说"你给我去死吧"。

"这是我的地盘，你让我滚哪去。要不，你先示范一下？"

"你这人是不是过河就拆桥！"

犁浣春嬉皮笑脸，扑闪着一双无辜的眼睛道："这叫遵时养晦。"说完又补充道，"你这话有点不明不白不清不楚的，是不是文化人都这样？"

潘文珺见他一副无赖样子，立即做出等价交换，银货两讫的样子，把手一伸。

犁浣春又立即哈哈大笑道："俗了吧，俗了吧，你可是大文化人。"说完，他从形影不离的腰包中不慌不忙地拿出一张支票递给了她。

潘文珺接过支票一看，50万元，脸上好看的酒窝立刻圆得特别妥帖。

"满意了吧？"

"嗯，糟老头子，这才够哥们！"潘文珺说完，伸手摸了一下犁浣春那春风秋雨造就沧桑的脸。

犁浣春顺手抓住她的手，揉搓起来……

［三］

犁浣春与潘文珺的交接，是从温茨过假生日那次开始的。当犁浣春得知潘文珺是《X经济信息报》记者后，大为惊喜，不显山不露地留下了她的电话。用他自己的话来说，这叫先种树后乘凉。于是他没事就请潘文珺吃饭、购物，这令潘文珺一步步成为他想要的人。

一番缠绵之后，犁浣春有些余怒未了地调侃道："在我的心目中，记者都是高尚的人，纯粹的人，你看人家那写《西行漫记》的斯诺，没拿中国人半点好处还把共产党写得那么好，好好学学！"

潘文珺立即推了他一把道："成心挤对我是吧！发现你现在越来越不像话。"说完又接着说道，"你知道人家那斯诺与毛泽东是什么关系？人家那是革命友谊，是兄弟般的情谊……"

犁浣春发现她说着说着脸涨得通红，像是真生气了，于是又拿出嬉皮笑脸的老办法问："我怎么不像话了？"那双深邃的眼宛如时空隧道，通向另一个熟悉又陌生的世界。

潘文珺手一挥，指着他的脑门说道："当初我怎么不知道你会说一口土得掉渣的农民话？"

"嘿嘿，我本来就是农民，你看我这不是天天跟农民在一起，跟鸡鸭……"

"行了行了，别扯了，跟我汇报一下你最近赚了多少钱吧。"潘文珺打断他道。

"这个是商业秘密，再说你又不是我家老板娘，怎么好如实交账？"说完他又意欲未尽说，"就是我家老板娘也不可能知道我的家底。"

"这个自然，没有几个老板娘知道老板在外干了什么，说了什么，留下什么。"

"哎哟，真不愧是明察秋毫，见微知著的大记者。"

"告诉你，你们这些所谓的老板在我面前没有秘密。"

"如此说来，你要是专门写一本老板秘密的书，把老板们的私密捅出去，估计很多老板娘会把以前所有的幸福全吐出来。"

"说吧，最近坑了小散户多少钱。"

"难听，这怎么叫坑，用现在流行语说，这叫'众筹'，知道吗？"

潘文珺立即发出妖怪般的笑声，直笑得犁浣春汗毛根根竖起，然后用一张绷紧神经的脸看着她："难道我说错了吗？"

"告诉你犁浣春，如果有一天你死了，估计中国的股民们会把你挫骨扬灰！"

"什么，什么？他们就这么仇恨我？我就这么罪孽深重？"

"你说呢，现在很多股民都是借钱甚至贷款在炒股，还有的老人把一辈子省吃俭用的钱放到股市。"

"这不能怪我，再说很多庄家就是这么干的，又不是我一个。"

"难道别人犯罪你就要去犯罪？狗咬人了，难不成你也去咬！"

犁浣春迟疑了一下，皱起眉头道："马克思说过，当利润达到10%的时候，他们将蠢蠢欲动；当利润达到50%的时候，他们将铤而走险；当利润达到100%的时候，他们敢于践踏人间的一切法律；当利润达到300%的时候，他们敢于冒绞刑的危险。"

"所以你就冒着绞刑的危险去投机。不对，去坑人！"

犁浣春马上接话道："难听，真难听，这叫'众筹'，我再纠正你最后一次啊。"

潘文珺摇摇头，带着忏悔样说道："我现在才发现，我居然跟你成为同伙了。"

"可不是，你那篇文章写得非常好，上次在街头还有人拿着你那篇文章当依据说：'这《X 经济信息报》上都说了，中国股市健康良好，符合经济发展趋势'。"

潘文珺眉头一紧，问："真这么说的？"

"嘿嘿，别多情，是人家那位经济专家的文章，你还没有那么大的影响力。"

"说真的，这股市会一直这么火热下去吗？发现最近走哪儿都是听到谈论股市的，连菜场的大妈们都在说今天赚了多少钱。"潘文珺不无担忧道。

"如果股民不贪婪还是收益不错的。从目前股市和债市上看，都在 50 万亿左右的数量级，目前债券的利率仍在 4%—5% 左右，股市中以上证 50 为代表的蓝筹股息率在 3% 左右，均超过房地产和存款的 2% 不到的回报率，所以在国内整体而言，金融资产优于房地产和银行存款。"

潘文珺听了，松了一口气，还是不放心地问："那就是说股市是健康的？"

"是的啊，目前，我国以年度 63.6 万亿元人民币的国民生产总值规模居全球第二，是全球最大货物贸易国、最大外汇储备国，吸引外资和对外投资跃居世界前列。我国沪深股市市值保持在 60 万亿元以上，为仅次于美国的全球第二大股市。所有这些都是中国作为全球最有潜力经济体的有利条件，但中国真正成为最富有吸引力的经济体，还有大量工作要做。金融是现代市场经济的重要支撑和核心部分，我国要向'世界经济大国'迈进，就必须建立和完善金融市场体系，增强参与国际金融体系竞争合作的自有优势。但相对来说，包括股市在内的中国金融体系仍处于弱势。这一情况必须改变，并且迫在眉睫。"

"哎哟，真不愧是社会大学毕业的。"潘文珺半真半假戏弄道。

"对了，不是说好的，我们不要来这里见面。"

"干吗不能来这里见面，我是记者，无冕之王，哪儿都可以去。"

"你可不识好人心啊，我这是对你保护，你说万一……万一把你扯进去了不是太……"

"我不就是写了几篇文章吗？那么多专家们都在鼓噪，难道因为这样就要把我抓起来？"

潘文珺没有理解欧阳端的意思，他是想说，你文章可以随便写，只要不拿机构的钱，不受人指使，你什么事也没有，毕竟这是一个民主开放的时代，也是一个惩处莫伸手，伸手必捉的时代。

两张普通的脸，一张惨淡的写实画。试图装扮出别样的人格。犁浣春对潘文珺的喜欢，在一天天升温。

你是一枝带了刺的玫瑰，
是该爱你，还是该恨你？

爱你是因为，
我想收获一缕春风，
你却给了我整个春天，

恨你是因为，
我还未来得及享受春意，
你却给了我漫长的严冬。

爱恨交错，
经历同样是一种收获，
这样才有资格和你站在一起。

即使这里的风景，
只要明天还在，
我就不会悲哀。

纵使黑夜吞噬了一切，
太阳还可以重新回来。

第十四章　疯　子

[一]

"疯子，你又发什么疯啊！"看到萧疯子嘴里念念有词地走了过来，苏还坚呵斥道。

萧疯子嘿嘿一笑，问道："你们这全村人像开大会一样，是不是又要吃猪大腿了？"

"今天不吃了，你回家吧，我们正在商讨明天的买卖。"

"就不许我听听，也顺手赚一票？"

大家一听，开始起哄道："你还是好好卖肉吧，这种高大上的大买卖不适合你。"萧疯子态度变得如此之快，出乎大家的意料之外。

没想到大家这么一说，疯子不干了，说什么都是乡里乡亲的，连村里半身不遂的刘老歪都参与进来了，干吗多

他一个。

看着疯子一脸真诚，苏还坚叹了一口气，拿出长者风范，说道："那……那你赶紧去城里开个户，明天跟我们一起买。"

萧疯子连声"嗯嗯"就往回跑。

前景喜人，不舍乡情。苏还坚与老王头儿开始讨论苏雅推荐的几只股票。

当萧新夫乘坐的三轮电驴子来到××证券公司时，大厅里乌泱乌泱的人还是把他吓了一大跳。于是心中窃喜，幸好自己来得及时，不然自己真的不知道要损失多大。

"乖乖，怎么这么多人啊？"萧新夫问一名大学生模样的排队者。

"你不知道啊，从×月×日起，A股市场全面放开'一人一户'限制，同一投资者最多可在20家证券公司申请开户呢。"说完那年轻人又补充道，"最近政府反腐工作取得重大成效，给民众增加了投资信心，这也是原因之一。股市火爆，对于普通股民来说，这或是短期增加经济收入的一种方式，对于国家经济而言，或也是助力！"

萧新夫如梦初醒，叹了一口气说道："怪不得我说我妈怎么也加入了炒股大军呢。"

"你看前面那人，坐着轮椅都来了，还能说什么。"

"兄弟你懂股票吗？真能赚钱吧？"

年轻人拍拍胸说："我妈说了，买的股票品种不要太多，不然分散注意力。要一直都只关注一两只股票。在长期了解下，这几只股票的相关行业、政策等整体情况都掌握了。涨到哪是这只股票高点，该售出股票，跌到哪是这只股票低点，可以买进，做到心中有数。"说完，又意欲未尽地补充道，"股市投资，还有非常重要的一点，不可贪，不可一味地紧握手里的股票，想着它再涨价再出售。心中还是得有个度。"

理论总是英雄于书生意气。

萧新夫连声表示赞同，尽管他也似懂非懂。

"怎么前面乱哄哄的？"年轻人自言自语道。

萧新夫连忙说："那你帮我排着队，我去前面看看。"萧新夫之所以自告奋勇，是怕今天排队到人家下班了还排不上自己。

萧新夫来到柜台前一看，发现是年龄八十开外的老人正与工作员纠缠不清。因为工作人员需要他在开户协议上签字，他因为看不清协议上的内容非要工作人员念，于是就起了口角。

为此萧新夫自告奋勇抓起协议道："我来帮他念吧。"工作人员勉强点头认可。可谁知，那老人使出全力从萧新夫手中夺去开户协议，非要工作人员念，并说政府都支持鼓励民众多开户了，你干吗这样对待你的上帝，再说我这是为养老多赚点钱，是为政府排忧解难。

老人口齿不清的一席话，令工作人员又好气又好笑，只好拿起开户协议念了起来。开户协议念完了，可是在签字画押上又出了问题。老人手抖得厉害，笔都拿不稳。见此情景，排队的人们开始发起牢骚，有的还试图挤走老人。老人发现情况不对，干脆往地上一躺，耍起威风来。最后，民警到来才算完事。

当轮到萧新夫即将办手续时，工作人员说时间到了，要下班了。这下把萧新夫逼急了，后面排队的人也急了，强烈要求工作人员加班。证券公司的领导一看这情形弄不好会出大事，临时通知全体人员加班。这样萧新夫才办完手续。

当萧新夫办完开户手续回到萧家村后，立即来到苏还坚家，让他教他如何操作。这苏还坚还别说，一副热心肠，加上一听让他当老师，就来了精气神儿。于是从电脑上线到下载证券公司交易平台，再到如何买股票，毫无保留地倾囊传授。对此萧新夫非常感动地说："老苏，明天给你送条猪腿来。"

苏还坚摆摆手，笑道："一条猪腿算什么，明天说不一定一群猪的钱都被你赚了。"

那一夜，萧新夫像烙饼一样没有睡着，他一想到从此不用再卖猪肉了，心里那个喜的。睡不着，萧新夫干脆起床到市场上批发猪肉去了。谁知来到市场一看表，自己来得太早，还没有货源。于是他便蜷缩在三轮上睡觉，这一睡不要紧，很快进入梦乡。

睡梦中，他突然看到股票大面积跌停，当他心急火燎地再打开行情软件，找到自己的股票一看，终于松了一口气，原来，跌停的大多是创业板的股票，他的股票涨停。但他还是从梦中惊醒过来。

萧新夫回到家中，放下东西后，就来到苏还坚家中告诉他自己做的梦。

"我刚开始研究股票的时候也经常做这样的梦，就像白天打麻将晚上睡觉后梦见自己和了一样一样，而且你是想通过做股票改变自己的生活，所以当买入一个相当看好的股票的时候，有时就会做这样的梦，梦所呈现的就是自己的潜意识。"

萧新夫长长地出了一口气。

"看样子你今天不卖肉了？"苏还坚突然想起问道。

"时机不等人啊，等买完股票再卖，这才是大买卖。"萧新夫脱口而出。

"你这就不对了，你不能忽略股市的存在，但也不能把它当作主业。"

"那你们不是天天沉醉在股票中？"

"你这个疯子，我们这些老头老太本来就没有工作啊，你怎么能跟我们比呢？"

"你不是说，时机不等人吗？只有与时间牵手的人，才有可能走得更远，欣赏到最美的风景。"

"我当然着急啊，是我让你去开户的，万一你亏损了，你那老婆不要找我算账！"

"对了老苏，昨晚听收音机说有一种股票软件包赚不亏，你说要不要买。"

"就你聪明啊，不要以为买个收费炒股软件就能天下无敌了，如果炒股那么简单，谁不会买个软件呢？稳赚不赔！这世界有这么好这么容易的事吗？做梦吧！"

"那怎么办？"萧新夫傻傻地道，眉宇间凝结着一丝迷惘。

"要学会止损！我这有网上高手们的经验谈，拿回家背会。"

于是萧新夫如获至宝，拿止损之"十二要"念了起来。

——当数量指标发出明确的卖出信号时，要用止损策略。如：当股价跌破某条重要均线时要止损；当随机指标的 J 值向下穿破 100 时止损；当成交量放出天量时止损；MACD 形成死叉时要止损等等。

——当技术形态出现破位走势时，要用止损策略。如：股价跌破重要支撑区时、向下跌穿底部形态的颈线位时，收敛或扩散三角形选择下跌走势时，头肩顶、圆弧顶、多重顶等顶部形态即将构筑完成时，都需要应用止损策略。

——对于投机性买入操作要用止损策略。投机性买入是指不考虑上市公司的基本面情况，仅从投机价值角度出发的选股，投资者一旦发现原有的买入理由不存在时要立即止损……

"疯子，别听他忽悠了，这老苏给你的东西没有用，全是纸上谈兵。"老王头走进苏还坚家说道。

"那应该怎么操作？"

老王好为人师道："做到三点：一是被动解套：买入后被套，你就一直拿着，不获利不卖出，用时间换空间。二是主动解套：没有只涨不跌的股票，利用盘中的波动，高抛低吸，几个进出就可解套。三逢低补仓摊低持股成本，实现解套。"

"疯子，别听老王的，他那也是纸上谈兵，没用！"苏还坚还击道。

"那到底应该怎么操作？"萧新夫糊涂了。

"股市无定法，跟着老苏保证有钱赚，豆腐，在关键阶段还需要点化。"说完，大家嬉笑起来。

"老王这人真不错，我赚啦，赚啦！"萧新夫把电脑网线拉进了肉摊铺子，一见到来买肉的人他便高兴地叫道。

"新夫，你这肉卖得好好的，干吗也炒起股来了，就不怕亏得把肉案摊搭进去？"前来买肉的小六子程晓峨一脸调侃道。

"不会吧，我可是跟着苏还坚老头打酱油的，不会的。"

"还是好好干好你的老本行吧，你这一家老小可就指望你养了。"

还没等程晓峨说完，萧新夫便指着电脑高兴道："你看，我买的两只股票全涨上来了。"那手舞足蹈的高兴模样，像是看到了美如画卷的好风光。

程晓峨好奇地探过头一看，居然涨了6个点了："你这票是老苏推荐的？"

萧新夫自豪地答："可不是嘛，听说他有内幕消息的。"

"苏老爷子，你也太偏心了吧，居然把好股票推荐给萧疯子也不给我啊，不够意思啊。"程晓峨兴冲冲地来到苏还坚的家中，见到他就说他偏心，不够意思……

苏还坚一听程晓峨责怪他，便话里有话地一笑道："人家是新手当然要帮帮啊，像你这样又当过领导，又有文化，又在城市闯荡过的人，什么没见过，还用我这老头子啊！"口气中明显带着许多不满。

当然这不满是有原因的。他刚搬来萧村时，程晓峨仗着自己是村委会副主任，在办户口时，没少刁难他。给他送烟送酒不行，还非要五千块的红包，结果不久，在落实中央"八项"规定时，被查出他有许多地方违纪，于是被撤销了村委副主任。因此他便外出打工，听说股市红火后，又回到家乡专门炒股。

"你别把大家带沟里去了啊！"程晓峨回敬道。

这苏还坚一听，气不打一处来："我这是提供大家交流的地方，没有叫谁买哪只股票。再说，谁家媒人给你介绍了媳妇还包你生儿子啊！"

苏还坚说完，大家纷纷附和道："是呀，是呀，咱们农民啥没经历过，不就是跌停嘛，有啥接受不了的。就像卖这水蜜桃，这桃子想卖得好，老天爷得赏脸，市场也得争气，不是我们农民能说了算的。我们觉得，炒股和卖桃子一样，命运不在自己手上，出现什么情况，都要学习适应……"

[二]

四面楚歌，程晓峨蔫蔫地走了。

不过，程晓峨的话倒是提醒了苏还坚，以后推荐股票这事要尽量少做，不然亏损了，人家找他算账就得不偿失了。于是他提高嗓门说道："各位乡邻，从今天开始老苏我不再荐股了，你们自己做主，不然亏本了你们找我老苏也剐不出二两油来。"

"嘿！别这样说，这股市就如做买卖，今年卖不好，明年或许就能卖好，跟牛市熊市一样，要相信市场，急不得。"

好客的苏还坚家中已经成为股民的交谈大厅，还专门配了一台投影仪，十几位村民在这里就如城里的证券市场一样，看着大屏幕眉飞色舞。

"老王，你看我那只股票还能不能涨？"村民倪召灿问道。

老王看了看，胸有成竹说道："从K线走势上来看，到了死亡交叉地方了，要再观察一下。"倪召灿有些失望了。

"老王，帮我看看这票是不是开始减弱了，要出货了吧。"

老王挠了一下头，很有把握说道："这股不行了，开始下行了，要马上出货！"口气如命令，杨艳立即在手机上开始操作起来。

"成功了，成功了，赚了800块。"杨艳那兴奋的样子，让很多人羡慕不已。于是她开始高兴地与其他股民聊起天来。聊着聊着，她把视线转移到墙上的大屏上时，脸色立即阴沉了下来。

"杨艳快看，你那只股票涨停了。"倪召灿指着大屏叫道。

杨艳失望地说道："都怪老王，不然要多赚好几百块。"说着说着眼泪都快出来了。

正在这时不知谁又添了一把火道："涨停封板了，明天搞不好继续涨停。"

杨艳随口道："都怪老王，气死我了！"

也许杨艳的声音过高，老王一听立即很不高兴地说道："怎么怨上我了，我又不是神，再说是你问我的。"

这时程晓峨不知道什么时候又冒出来的，说道："淹死的，都是会游泳的；踏空的，都是看K线的；站岗的，都是玩波段的；抄底的，都是最有钱的；割肉的，都是借贷款的；唱空的，都是受过骗的；赔钱的，都是勤算账的；盈利的，都是非常懒的……"

程晓峨的调侃像油锅里浇了一瓢水，嬉笑声、调侃声此起彼伏。

眼看局面就要失控，苏还坚冲上前就揪住程晓峨的胳膊往外推。这程晓峨之前受到了大家的奚落，忍不住地开始撒起气来，你一句我一句的，最后居然与苏还坚推搡起来。大家见苏还坚不敌程晓峨，五六个人立即上前围攻。

正在气头上的程晓峨一看大家都帮着苏还坚，便借着年轻力壮的优势，顺手就从地上捡起一只鞋子，横扫人群，一瞬间尘土飞扬。

见此情景，老王一个转身跳到苏还坚家的桌上，厉声叫道："都给我住手！"飞扬的拳脚顿时停了下来。

这时不知道谁说道："赶紧打110报警。"

一听要报警，程晓峨立即像发疯一样叫道："打吧，我还想打12308呢，你们这么多人欺负我一个，像乡里乡亲的人吗？"

"小六子，你还不嫌丢人，还要打外交部全球领事保护与服务应急呼叫中心的电话啊！"客厅里顿时哄哄大笑起来。

这时杨艳主动站了出来说道："都是我不好，你们给我个面子吧，不要把事情闹大。"于是大家开始附和起来。说都是乡里乡亲的人，打破脑袋还低头不见抬头见的……

这是萧村第一次因炒股引发的冲突。冲突的结果，苏还坚打掉了两颗牙，程晓峨鼻青脸肿。

苏还坚的老伴儿见此情景，立即拨通了苏雅的电话。

"怎么了，妈，你别急慢慢说。"苏雅正在与子陌、慕思雪一起商量动漫服饰的事情。

"你快回来吧，这次回来晚了就见不到你爸了。"

"怎么了，苏雅？"

"我也不知道，天塌下来似的。这样我们一起去吧，车上边走边说。"

子陌连声说："好，边走边说吧。"

一花一世界，每个人都是孤独的个体。

走进家门，苏雅立即被家中的景象给镇住了。盆、罐碎了一地，那些白色的碎片或呈三角形或呈棱形，再一看母亲正流着眼泪泣不成声。

"他们为炒股打架了？"

母亲"嗯"了一声，又纠正道："都是他多管闲事惹的祸。"说完母亲哭出声来。

苏雅立即冲进卧室，发现父亲躺在躺椅上，下巴上淌着血，于是她急忙喊子陌和慕思雪进去。

子陌和慕思雪跑上前一看，立即惊呼："啊呀，这是怎么了？"

"爸，你这是怎么了？"苏还坚一声不吭，头一摆转到侧面。

"妈，爸这是怎么了，怎么不叫 120？"

苏还坚有气无力地说道："大呼小叫什么啊，死不了！"

"子陌你快帮我打 120 吧，不对，打 110。"

还没等苏雅说完，苏还坚像惊弓之鸟一样，从躺椅上跳起来大声阻止道："我的事不用你们管。"那眼神，那样子，吓得三个女孩直往后退。

这时苏雅的母亲冲了进来，理直气壮地大叫道："你们打 110 吧。"

苏还坚立即吼道："你个死老太婆还来劲了！"说着就要动手。

"你干吗？爸！"苏雅大声呵斥道。

本来还弥漫在空中的硝烟，被苏雅的声音击破了。

苏还坚愣了一下，坐了下来。还别说，苏还坚一辈子在家里是说一不二的，可在女儿苏雅面前不顶事，只有苏雅可以管住他。

苏雅说完从包中拿出手机，准备打 120。

谁知苏还坚又跳起来道："你干吗！"

苏雅气急败坏道："你这还流着血呢，不去医院怎么行，万一出了什么事我和妈怎么办？"

苏还坚看到女儿的眼泪夺眶而出，心里一热说道："没事，就掉了两颗牙，不碍事的。"

苏雅听了又惊呼道："还把牙齿弄掉了，怎么回事。"

"还能怎么回事，被人家打的。"母亲插话道。

"是谁干的！"苏雅一副拼命的样子。

"小六子！"

"就那个程晓峨，以前为难我们的那个？不行，得打 110。" 苏雅说着又拿起手机。

谁知苏还坚立即冲到苏雅面前阻止道："算了丫头，都是乡里乡亲的，你这一打 110 就成打架斗殴，就得进派出所，咱丢不起这个人。"

苏雅只好作罢，她知道父亲一辈子好面子，在他的观念里，进派出所等于犯罪分子，他丢不起那个人，绝对不会同意，也会跟她急的。于是突然有了主意。

"可以不报警，但你必须听我的，否则今天女儿就是拼命也要报警。"

苏还坚看到女儿态度坚定，只好极不情愿地妥协道："你说。"说完他倚着一根门柱喘息着，疲惫而又孤独，就像个逃荒的难民。

"第一，马上送你去医院处理一下伤口，否则感染可了不得。"苏还坚没有犹豫说："好。"

"这第二，从今天开始不再炒股，你可以养花种草，好好安度晚年……"

还没等苏雅说完，苏还坚就吼道："那可不行，我才赚百把万，太少了，这么好的发财机会你叫你爸错过啊。"

见父亲执迷不悟的样子，苏雅于是故伎重演，装着生气的样子开始拨打电话。

苏还坚冲到她面前，一把夺下手机，颓败地说："那……好吧，我听你的。"

苏雅非常意外地愣了一下，看着父亲，然后喜极而泣地扑进父亲怀里，说："好老头，你真听进我的话了？"

"真的，丫头，我这次听你的，一会儿回来你就帮我销户去。"

亲情往往能化腐朽为神奇。消融理智固化的坚冰的，不是知识更新、道德赓续、立德树人，而是亲情。

[三]

处理好这些事情后，苏雅心情大好。父亲炒股的事其实她一直不支持，不是因为股票多么难做，而是觉得父亲辛苦一辈子，到了晚年再去想办法挣钱，她于心不忍，加之父亲又有三高，身体承受不起 K 线的大起大落。电视上、媒体上她看到太多老年人经受不起而发生意外的情景。

于是她主动看着子陌和慕思雪问道："咱们接着谈正事吧，不好意思耽误你们的时间了。"

"我觉得我们应该先建立一个网络或微信公众号，这样我们就可以在通过网络营销起来。"慕思雪提议道。

苏雅点点头，认可道："这个交给子陌吧，你人脉广，在网络方面有特长，就负责微信公众号吧，等产品定型后，我们再上网络营销。"

"对了苏雅，上次你搞的那个创意方案我回家看了一下，我觉得我们的设计要围绕民族的东西去延伸，你看人家日本国的《魔卡少女樱》《圣斗士星矢》《美少女战士》……《妖精的尾巴》多漂亮啊。"

听了慕思雪的提议，子陌马上附和道："是的，尤其是《魔卡少女樱》，可漂亮了。"

"对了苏雅，咱们也要多听听局外人的意见，譬如听听中学生或喜欢动漫人的意见。"慕思雪又建议道。

"对的，对的，多听听小孩子的意思。"

苏雅自信地回答："这好办，去我朋友那。"

"哪个朋友啊？"

"去了你们就知道，她还是一个小老板呢。"

"老板也懂得动漫？"子陌一脸狐疑道。

"你可别小看她啊，人家从十几岁出来打工，到现在成为一家公司的老板，据她自己说，今天之所以能成功全是因看了很多中外励志动漫，而且她对动漫服饰还是很有见解的。"苏雅神秘地说道。

慕思雪惊讶道："不会吧，十几岁连高中都没毕业，别说辨识度就是认知度也不够吧。"

"小瞧人了吧，人家这叫在社会大学学习，你看很多老板甚至是政府机关的领导并没读过几天书，不是照样当上老板，当领导的。"

子陌马上附和道："是呀，这个世界上，赚钱的事情，从来都不是辛苦的事情。你们比辛苦，比得过那些富士康的工人么，比得过农民伯伯么？但是他们比你更赚钱么？所以世界上，如果一个行业要靠文凭来赚钱的时候，你会发现好像能赚的只有辛苦钱了。"

"我自己一直在反思这些年里的很多事情，突然发现所有的成功失败，很大程度上都不是个人能力决定的，而是很大程度上被趋势给决定了。这是我从政府机关出来的原因。"

"什么趋势？"子陌嗤笑道。

"这个嘛你懂的，实在不懂就撞墙。"苏雅目光热切而明亮。

三个人相视而笑了。

"到了，就是这儿。"苏雅把车停到"菲克芭斯"茶吧门口说道。

"温总在不在呀？"

"什么风把你吹来了？"温茨今天穿了一件红色连衣裙，笑得不食人间烟火地袅娜而出。

"这都什么天了还穿这么少，也太敬业了吧。"苏雅调侃道。

"这么好景色，我得配合画风啊。"

"这两位是我的好朋友，也是我的合伙人。"苏雅见温茨看着子陌和慕思雪，连忙介绍道。

温茨一听合伙人，便惊讶道："哎哟，不会你也当起老板了吧？"

"不是，哪能跟你这种成功人士站在一起，我们是娱乐，纯属娱乐。"说完她又接着问道，"你在忙什么呢？"

"我啊，在看 K 线。"温茨对着电脑努嘴说道。

苏雅嘿嘿一笑，打趣道："真是女强人，能跨行业赚钱。"

"对了，我上次告诉你的几只股票赚大钱了吧？"

"我啊，我不炒股，不过告诉我爸了。"

"那他没有告诉你是不是赚大钱了？"

"这个还真不知道。"苏雅说完，看出温茨有几分失望，于是连忙解释道，"我爸小小来的，打发一下时间，谢谢你啊。"

"没事，正准备告诉你让他今天出货的，不然……"

"不然怎么了？"

"哦，没事没事。"

"你难道就让我们在这说话呀，快上好的阳羡红茶伺候。"苏雅说完像主人样往包厢中走去。

"今天我们几个姐妹来是来向你取经的？"

"跟我？"温茨指着自己，惊得嘴里能塞下一只鸡蛋了。

于是苏雅把她们搞动漫服饰创意设计的事说了一遍。温茨一听，宁静喜悦道："这个不错，这个不错，我一直想搞这方面设计，可惜我从小没有画画的天赋，上了大学吧又学的营销，所以……"

"所以，你一不小心当上了老板。"子陌诡异一笑，插话道。

子陌心想，你也太会装了吧，明明苏雅说你没读几天书的，怎么又上大学了呢，见鬼去吧！子陌边想边用她诡异的笑脸盯着温茨，温茨没有让她发现任何端倪，而是用表情回击："你这样看着我干吗。"温茨对自己包装的事早忘得一干二净了，包括她的名字，已经印在名片上了，仿佛从来就没更改过。

苏雅听出端倪，于是转移话题道："这茶真心不错。"

慕思雪把话题引回到动漫服饰上说道："帮我们参谋参谋动漫服饰创意设计吧。"

温茨有些受宠若惊道："我电脑里有好多图片，全是我收集的。"说着就打开电脑相册。

大家围上去一看，不约而同发出"哇，好漂亮"的尖叫。

"你在哪儿弄的，这么多啊。"子陌十分好奇道。

"有的在电视上，有的在画书上，还有的是从日本带回来的。"

"那你帮我说说时下动漫服饰的流行趋势吧。"慕思雪一脸认真说道。

"告诉你们啊，继上一季 Givenchy 发布了黑色童话系列，小鹿班比领衔的卡通风就开始从 T 台到街头蔓延，Kenzo 也紧随虎头的成功后推出了大眼睛，一时间时尚达人们都童心大起，秋冬季卡通风盛行：经典米老鼠、文艺绘本风、Moschino 烙印红心全部出街。"

在温茨说话的明媚的细缝里，苏雅好像遇到欣喜的季节。

对此，苏雅有些佩服地点点头说道："这个我知道，有的人只爱大牌的，也不管会不会撞衫，是否接地气，就认最高端的时尚领袖设计，优势是识别率够高，劣势是要在搭配上多费心思才能展示自己的时尚指数。想当达人可不是光靠品牌就搞定的，比如穿小鹿衫，配牛仔平庸，配 Leggings 幼稚，但配条超长纱裙就马上个性起来，底下的铆钉高跟鞋又钉死朋克风，礼敬设计师真谛。再比如选择红色大眼睛卫衣的姐姐，运动风配优雅 A 字裙，偏偏配饰却选了野性十足的动物纹样，混搭起来充满层次性和趣味感。"

"那你说我们怎么搞才能结合实际生活来创意设计？"慕思雪不接苏雅的话，反而看着温茨问道。

"走文艺路线的绘本风。比如这件丹鹤小大衣，一张完整的手绘画面呈现其上，马上气氛为之一变，又或是儿童画风格的连衣裙，有点儿抽象，有点儿幼稚，配上白色蕾丝翻领，瞬间年轻 10 岁。"温茨指着电脑上说。

子陌听着也插话道："我觉得应该走卡通片双人档，现在好多小情侣爱秀恩爱，比如将 Moschino 进行到底的红心情侣，皮衣风衣层叠搭配，红色蓝色交相辉映，满满都是爱；还有经典米老鼠姐妹，混合着皮革与怀旧两种元素，红黑对比的视觉效果，想不引人瞩目都难。"

"这个你也懂？"苏雅用鄙视的意味打趣道。

"必须呀，还可以打造卡通字母款，这也是一景，你想 26 个字母的各种变幻组合在这里传递的不是明确的信息，而是兴奋的情绪……"

温茨听了，赞许道："这位美女说得挺好的。还可以设计那种独树一帜的，这件公鸡剪影大衣很特别很个性吧？"

子陌连忙接话道："独树一帜还得靠搭配功力，你看这两个人，一个走青春明媚路线，简单白衬衫配短裙，另一个则是典型优雅巴黎女人，细腰带+Cos 黑白丁字鞋，主要以细节配饰取胜。但对普通人来说实用性很差……"

"午盘两市股指呈震荡上扬走势，沪深股指均大幅上扬，题材个股表现较为强势，创业板指涨近 30% 领涨市场。涨幅居前的是医疗器械、仪器仪表、采掘服务、半导体及元件。"

欧阳端汇报完，犁浣春又问："跌幅居前有哪几只？"

"主要是证券、酒店及餐饮、银行、农业服务……"

犁浣春听了，站起来拿了一支烟，突然狰狞一笑说道："好啊，就这样趋势下去最好，这样利于我们洗筹码。"

"什么叫洗筹码？"温茨问道。

欧阳端道："洗筹是所有主力资金的必修课。不洗筹主力资金将无法运作，因为主力资金不能也不可能将股票价格拉成一条直线。那样主力将可能飞起来落不下——出不了货。"温茨还是云里雾里不知所云。

犁浣春补充道：就是先拉涨停，再连续打压洗筹。这种洗筹方式较为常见。主力资金在拉出涨停后，接着就连续打压，让均线上连连出现阴线，使最低阴线的收盘价跌破涨停时的开盘价。形成向上突破是假突破的表象，以便逼出涨停时追入的投资者，甚至涨停前抢入的投资者。使他们斩仓或平仓，甚至割肉出局。"

欧阳端接着说道："老兄，你只说对一半吧，也可以边拉涨停边洗筹。这实际上是一种洗筹和拉升相结合的运作方式。有的主力资金为梯次分布筹码，麻痹投资者的风险意识，根据投资者的思维惯性，采取一边拉涨停一边洗筹的方法，重复进行操作，一方面分批赶走了意志薄弱的投资者，另一方面也为下一步分批减仓奠定了基础。"

"那难道就不会被人发现吗？"温茨不无担心地问道。

"还可以在涨停板上变化成交量进行洗筹。这是在新形势下新的一种洗筹拉升方式。这种洗筹拉升的方式如果不细致地进行观察和分析是很难发现的。准确地讲这是边拉涨停边洗筹这种方式的极度发挥。他极为深刻反映出主力资金的谋划和谙熟的操盘技巧。"

温茨非常佩服地松了一口气。

第十五章　骥走崖边

"骥走崖边须勒缰。听说现在证监会在查，有没有更保密的方式？"欧阳端提醒道。

"是的，我们可以采取连续拉涨停再反手连续跌停洗筹。这种方式的洗筹算得上一种大手笔，尽管股价放荡难以驾驭。但如果把握得当，会有十分可观的收益。如×能源在××年11月30日拉出涨停板，在接下来的一段交易日中，主力资金就是使用这种方式反复洗筹的。"

"这种方式好，这种方式好。"温茨高兴道。

"难道你们没看出来，我现在就是采取这种方式啊，不然你看我们的几支股票连续涨停。"

欧阳端假装佩服地说道："老兄，

你才是际会风云的人啊，还是你厉害，我说这几天赚钱跟捡金砣子似的。"

犁浣春笑了一下，用手磨蹭了一下下颚，道："我们这是刀尖上跳舞啊，一不小心就会送命的。"

欧阳端最忌讳送命，于是狠狠地愣了一下又问："那接下来怎么办？"

"老办法啊，温茨加大个股宣传，继续拉高拉涨。然后准备出货了。这一票下来，差不多5000万吧。"

"那么多啊！"温茨惊愕道。

犁浣春胸有成竹看着她说道："这才多少啊，我的目标是两个亿，这才是第一场战役，打到第三场时我们就撤退，然后到天堂去享福去。"

有勇有谋，"钱"景喜人，欧阳端觉得，这人啊，真是谎言可以重复，无耻更无限无度！他对他的策略表示了认可。按照分工，温茨负责宣传，要她通过发送股票信息的方式，向朋友圈、QQ群传送。欧阳端则负责洗筹码。

走出犁浣春的别墅时，温茨发现已经是晚上九点了，于是她加快步伐向自己的车走去。谁知刚坐上车，就收到犁浣春的信息，让她到惠景别墅门口等他。

温茨看到信息，犹豫起来。惠景别墅是犁浣春的家。同时她从这几次犁浣春看她的眼神中已经感觉到他对她有那种意思了。在犹豫了一番后，她并没有回信息，而硬着头皮把车往前开着，不知道如何决定。

日久生情，温茨对于犁浣春来说，是一种说不出的感觉。有时候他觉得她很俗很无知，有时候又觉得她傻得可爱。尤其在她与潘文珺相比中，发现与温茨在一起不累。而潘文珺犀利有见识，常常要绷紧神经来面对，所以搞得他很多时候在疲惫应付。因此他今天想试试温茨对他什么态度。

结果温茨没有回他的信息，这让他有些失望。于是他点燃一支烟。烟雾仿佛像一只翻飞的蝶，青色的蝶翼却闪着幽蓝色的光，好似一滴硕大的眼泪幻化而成，他便漫无边际地开着车游荡起来。

温茨在犹豫踟蹰的斗争中，来到惠景别墅门口，窗外星光无限好。可是那一刻，宇宙无垠，一个小小的窗口就聚集了亿万星光，那么璀璨地注视着她。

静静地坐在车里，思想却停不下来，她开始开动脑子设想犁浣春会提什么样的要求，她又如何来应对。毕竟她和欧阳端有说不清道不明的关系，如果再扯上犁浣春，一旦欧阳端知道了，以后见面会是那种千山鸟飞绝的尴尬。

她知道男人们都喜欢争风吃醋。其实在温茨的心中，她更喜欢欧阳端一些，相比犁浣春的足智多谋或说是诡计多端，欧阳端就简单实在多了。温茨害怕与犁浣春这样的人打交道，尤其在犁浣春讨论如何炒股时，他那种深不可测的眼神，令她胆寒而害怕——有勇有谋的男人她驾驭不了。

"这老头怎么还没回来？"撼动窗棂的夜风令她感到无助和忧伤，等了好半天不见犁浣春的出现，温茨有些焦急起来。而在温茨停车的不远处，有一双眼睛正紧紧地盯着她的一举一动。这人就是欧阳端。

近些天来，欧阳端从犁浣春的眼神中也看出了端倪，因此在讨论完他们的计谋后，原本想再和温茨温存一下，可突然间他改变了主意。于是等他们离开后，他便尾随在温茨的车后。

令他意想不到的是，温茨居然在回家的路口一个转弯来到了犁浣春的别墅门前。这令他非常生气，愤怒汹涌而来，差点控制不住自己的情绪。心想，自己也许诺了，也和她有过那种关系了，也算是夫妻一场。"这女人太水性杨花了，这女人太水性杨花了。"他的心里炸开了锅。

有几次他想冲下车去问她干什么，可想了想又停滞住了——他要看看到底是谁勾引谁。欧阳端焦急地想看到结果，可温茨在车里干什么他一概不知。

"难道他们在车上？不会呀，犁浣春是开车离开的。"百思不得其解，越想越解不开谜题，坐在车里急出了一身汗。他突然有了主意，便一个电话打给了犁浣春。

"犁总休息没有？"

"没呢，正和朋友一起喝茶聊天呢，有事吗？"他敷衍道。

欧阳端只好撒谎说刚才看财经节目，×专家说可能近期间股市指数会调整，有可能要跌。

犁浣春在电话中理直气壮道："不怕，我们是个股。"

放下电话后，欧阳端就更来气了。心想，"是温茨这女人勾引人家，否则人家怎么去喝茶了。"想到温茨的背叛，欧阳端心中火苗直蹿，整个人都要被点着了。

就在欧阳端与犁浣春通电话时，温茨发了一条信息给犁浣春，说她等了半天不见他，她要回家了。犁浣春一看信息，连忙发信息叫她等他。

欧阳端思来想去，还是推开了车门。

"你想干什么！"当欧阳端拉开温茨的车门时温茨尖叫道。

"怎么是你？"

"怎么就不是我，这么晚在等谁？"欧阳端口气冷漠说道。

夜晚迷蒙，看不清脸色，但温茨知道他一定非常愤怒。于是她灵机一动，说出门时男朋友在电话和她吵架了，不想回家就在外面待一会儿。

欧阳端知道她在说假话，他也不好挑明这是犁浣春住的地方，于是他装作相信地说道："这么晚了当心夜路上有坏人，那早点回家吧。"

话意深长，温茨能听懂。这时温茨突然想起，他怎么会在这儿。便问道："你怎么会在这儿？"

欧阳端愣了五秒钟说道："我也外出有点事，刚看到你车号所以就下来看看。"

温茨从他表情上看到他在说假话，便"哦"了一声准备发动车，谁知这时她的手机响了。

"接啊，怎么不接啊，说不定家里在着急的。"欧阳端斜觑了一眼，看到是犁浣春的来电。

"算了，是男朋友的，不接了，我要回去了。"说完丢下欧阳端走了。

从这天开始，欧阳端对温茨失去了信心，觉得这人靠不住。那一切沉淀在情绪的深处的哀怨，只剩下简单的心平气和和骂人了。

［二］

最近周家的饭桌总是不太平。

在儿子的提醒下，周皓轩开始观察温茨，发现她的确天天不着家，这令他有些不解。晚饭时，周皓轩便试着问儿子道："温茨怎么天天不着家的，在忙什么呢？"

周印淡淡一笑道："她在忙她的'菲克芭斯'茶吧，晚上的生意比较红火。"

周印知道父亲的意思，就说了句假实话。

"这样不行啊，这哪像个家啊。"

"这样不是挺好的。"周印故作一脸轻松。

这时雪卉插话道："女人啊，还是以顾家为主，现在外面多乱啊。"

周印知道她是故意说的，于是鄙视了她一眼道："不会吧，记得你刚来时不是对她称赞得很，说什么长得又漂亮又当老板的，今儿个怎么就变了呢？"

雪卉脸一红，争辩道："我那是恭维她的，不一定是当真的。"

"那你说的哪句话是真的？"

雪卉愣了一下，情急之下指着桌上的饭菜说道："这上面的全是真的。"

周皓轩笑了："雪卉说得不错，言语不代表行动，有人是态度诚恳，行动懒散。"

周印苦笑了一下问："爸，你是喜欢态度还是行动？"

"当然是言行一致啊。"

雪卉难为情地低下了头。

饭桌由此陷于沉默之中。

收拾好碗碟后，雪卉兴高采烈地提议道："大哥，晚上我们和周叔一起去散步吧。"

周皓轩一听，连声说："好，不错，我也正想出去走走，天天在家闷死我了。"

周印斜觑了一眼雪卉，又斜觑了一眼父亲，说道："你身体能行吗，才恢复的。"

谁知父亲很是不屑，说："就你们城里人娇气，像我这样的人在农村还天天下地呢。"

看到父亲态度坚定，周印只好简单收拾下，随着老爷子出门了。

在过去三十多年的成长岁月里，周印对父亲的感觉只有一个字——恨！

七岁时，母亲去世，周印和父亲、姐姐相依为伴。父亲除了学习上的事管管他外，生活琐事一概由自己负责。每当看到和他一样大的孩子，都是由父母照顾周全时，他的心里就很不是滋味。

他每天要自己去学校的大厨房提水洗澡，洗完澡后把换下的衣服拿到洗衣台上面涮洗。他年纪小，个子低，每次洗完，他的衣袖和胸襟就打湿了一大片，而父亲似乎视而不见，有时还责怪他太粗心。

七十年代末，山里孩子的铅笔都是用家里的菜刀和碎碗磁片削好后带到学校使用的。班上有个男同学的父亲是军人，从外地带回一个卷筒削笔刀，其外形是一只橘红色的基围虾，刀片置于嘴部，身子弯成一个漂亮的弧度，惹得全班同学都对它充满了向往和爱慕。但男同学从不轻易借与他人使用，只有与他关系极好和与他同样有父母在外工作有着较好家境的同学才允许使用。为此他羡慕不已，又默默地失落。

不料有一天，上完体育课回到教室，男同学惊慌失措地嚷着削铅笔刀丢了，急得呜呜大哭。老师知道了这件事，便发动全班同学找。老师之所以这样兴师动众，他觉得完全与这位同学的父亲是军官有关，因为方圆几十里谁都知道他有个当军官的父亲。

最后削笔刀竟然奇怪地在周印的课桌里找到。立了头功的同学兴兴冲冲地把它交到老师手里，老师举着削笔刀要他解释是怎么回事。怎么解释呢？他确实不知道怎么会在他的课桌里，摇着头说不出所以然。

别说他没有贼心，纵然是有贼心，那也是绝对没有贼胆的。以父亲的严厉，丁点儿贼心都是不敢有的。老师把削笔刀递到他手里，要他还给那位同学，周印不知所措地乖乖地把它送还了。但周印不知道这件事的严重性。

放学时，老师把周印单独叫到一边，然后送他回家。周印不知道老师是怎么跟父亲说的，反正父亲没有听她把话说完就气急败坏地冲过来，一把拎起趴在椅子上写作业的周印，迎面就是一耳光，然后抄起塑料直尺狠狠抽打他的手掌，一边打一边要他说清楚为什么要拿别人的东西。

这时周印才意识到必须为自己辩解："我没有拿真的没有拿！"

"没有拿为什么偏偏在你的课桌里而不在别人那里呢？"

"是啊为什么呢？"以周印当时的年龄实在无法解释清楚，这更激起了父亲的怒气。而一旁的老师还火上浇油，说什么"只要承认了改正了就仍然是好孩子"之类的话。

这是一起千古沉冤，在浩瀚的时光长河里，或许是不值一提的小事，但对周印的伤害却是难以言述。身心俱焚，最终远走他乡。周印不知道，那支转笔刀其实是雪卉悄悄拿给他的。她看到周印很羡慕那位同学，就悄悄地拿给了他，结果帮了倒忙。这事她一直埋藏在心里，不敢告诉他。

深秋的风，晕散抹不去的愁，令周印愁绪满怀，但旁边的周皓轩不知儿子此刻的心境，只一味沉浸在夜的美景之中。

周皓轩站在运河堤岸之巅，心潮起伏。远望之下，京杭大运河在两岸灯光的照射下，如飘飘荡荡的碧玉带，机动船牵引着成串的木船在破浪航行。再北望，大运河从天边白云生处排空而来；又南望，大运河滚滚滔滔向无边的绿色田野奔腾而去。

"好漂亮啊，你们这些生活在城市的人真幸福。"周皓轩不由得感叹道。

雪卉听了感叹，却有些失望道："大运河太温柔了，没有我们黄河的波涛汹涌。"

"但它是过去黄金水道，皇帝下江南必经之地。"

正在这时，雪卉看到不远处的影城叫道："那有电影院，我们去看电影吧？"

周皓轩连声说："好，好！"之后补充道，"那是你们年轻人的天地，去吧，我站一会儿就回家。"

然而周印却急了说道："电影有什么好看的，还是回家吧。"他不想单独与雪卉在一起，没有那种无知的不知愁滋味的心情。

然而周皓轩却立即阻止道："去吧，你们去吧，雪卉天天在家也不容易。"

雪卉因此宠溺一笑道："还是周叔好，不像大哥，对什么事也提不起精神，走吧。"

父命难违，周印只好摇摇头，又点点头，眼里却满是无奈。

身边的雪卉却满心欢喜。周印的陪伴对于雪卉来说，就像是阳光，太阳炽烈的燃烧，极目的璀璨，却暖到心坎里，给四肢百骸都灌溉进温度。她感觉，每次和他走在一起，看行人投来敏感或羡慕的目光，多少人羡慕成熟的欧巴，竟然陪在自己身边。

周皓轩对雪卉的好感在一天天增加。从他住院以来，每天都是雪卉形影不离，与之相伴，这让他意识到其实人生最幸福的不是赚了多少钱，而是有多少陪伴你的温暖。钱这东西虽然最忠诚，但也最容易背叛。特别是这些天看到温茨每天早出晚归，甚至连一顿饭也不做，老人的心里渐渐有些失落起来。想到这里，他倒突然觉得雪卉做儿媳妇更适合，于是他开始有意无意地给两个人制造机会，比如现在。

电影院里，雪卉从开始的端坐，然后一点点依偎到周印肩膀上。周印没有推开她的意思，反而有些心猿意马起来。两个人不约而同地转头，凝视着对方的眼睛，能听到彼此的心跳，感知着彼此的存在。

从雪卉颈项中散发出的体香令周印回味无穷，遐想万千，这香味似檀香又不全是，似乳香又要淡淡一些，总之那味道沁人心脾，越闻越想。

"怎么会有这么好闻的体香？以前怎么没发现？"问号一长串。周印曾经听人说过，能够散发出好闻体香的女孩只有十万分之一，香女的体香来源于她们体内蕴藏和释放出的"性香"。这种"性香"是女性体内雌二醇等与某些饮食中化学成分作用的结果，通常随着年龄增长而发生变化，到了青春发育阶段则更为浓郁诱人，异性感受最为明显。

其实周印看到的说法是错误的，这体香其实与饮食习惯有关。历代皇妃贵妇视幽幽的体香为贵体，杨贵妃不仅常沐香汤浴，不定期吃香榧子和荔枝；武则天爱饮用狄仁杰进献的"龙香汤"，她的女儿太平公主每日用桃花香露调乌鸡血煎饮，"令面脱白如雪、身光洁蕴香"；慈禧太后喜饮"驻香露"，"面肤去黑素，媚好溢香气"。

对此有人说，如果一个男人娶到这样一位女孩，那他这辈子将是大福大贵。想到这里，周印诡异地笑了，不过是在心里。闻着雪卉身上好闻的味道，周印开始幻想着她身体起伏的部位。像一对小白兔？一对鸽子？都不是，应该像……他实在想不出来。不过他的下体开始燥热，生殖器像沉睡的冰山开始苏醒。他的手像溪流，怯怯地覆在雪卉的大腿上……

[三]

动作诡异，一张脸却美得发光。

210

本以为雪卉会看他一眼的，可是她居然装作什么也没发生一样，把头往他胸前位移了一下。这时周印闻到她散发出来的体香明显带着一股热情，他的生殖器更加挺拔坚忍起来。于是周印的手鬼鬼祟祟向雪卉腿根部运动下去，然而就只停滞了一秒，他倏地收回手压到自己的耸起的生殖器上，顿时像灵魂与鬼魂相遇，一股暖流在全身贯通。刹那间，他经历沧桑，又浴火重生。

　　强烈的异性的荷尔蒙熏得她脑子发昏，腿也变得软绵绵的。她几乎跌倒在他的怀里，她必须承认，近距离看他脸部轮廓实在帅得要命，但这不是浪漫，和浪漫八竿子也打不着。

　　雪卉陶醉地感知着发生的一切，抬了一下眼睛看向周印，发现在灵魂深处，没有相互支撑，走向未来，而是分道扬镳，她有些失望起来。见到她失落的样子，周印在心里的云雨旖旎间，一股又一股暖流在全身流淌，这时他觉得自己的世界又回来了，生动妩媚。正当他在心里喃喃地说出"我爱你"这句古老的誓言的时候，魔鬼出没——手机响起。周印不禁有些气恼。

　　周皓轩踽踽独行，满腹心事，走到家门口时，听到温茨"亲爱的，你在哪？怎么这个时候想我了？"的声音时，吓得连连退后两步。

　　"她这是和谁这么亲热着？难道她外面有人了？"周皓轩心里嘀咕着，一连串的问题不得其解。于是他把耳朵贴在门前偷听起来，结果全是他听不懂的话语。电话是苏雅打的，她为朋友问一下股票信息。

　　再也听不下去了，周皓轩故意咳嗽一声，打开了家门。

　　"爸，你们到哪去了？他们呢？"

　　周皓轩愣了一下，回答道："雪卉这丫头想拉我去看电影，我这老头子不喜欢看，又怕她走丢了，所以叫周印去陪了。"

　　周皓轩的解释并没有打消温茨的疑虑，相反她有些生气："他怎么从来也没陪我看场电影！"

　　周皓轩知道她话中有话，便也话里有话地回道："你那么忙，哪有时间看。"

　　说完走进自己的房间，留下温茨一个人在客厅凌乱。

一通电话吹散了周印的云雨旖旎，更何况打电话的人是温茨。

"你跟我马上回来！"电话接通过后温茨像下命令样。

谁知周印一听，马上回击道："你说回来我就回来啊，怎么你半夜三更我就叫不回来呢。"说完气愤地挂断电话。

温茨又气急败坏地打了过去。周印把手机调为静音，心里也气得不行，因为这电话让他生动妩媚的世界一下子成为彷徨失措的画面。

温茨在房间打着转，气急败坏地流泪，仿佛被丈夫背叛的无助妻子，仿佛她从来都没有背叛过一般。

这时犁浣春的电话打了进来。

"我没空，你别打我电话！"

犁浣春非常震惊地一哆嗦，这是他从来没想到的："别生气嘛，我发了信息你不回我才去喝茶的。"犁浣春放低身段说道。

"对不起，我刚才又冲动了。"温茨双眉微微皱起道歉道。

"谁惹你生气了？"

"没事了，都是我自找的。"

"那你现在过来吧，我在家。"

温茨没好气却只能耐下性子道："这么晚了……改天吧。"她真想骂他混蛋，那种无名的刺痛寒意由体内涌出，蔓延至她的四肢百骸……

回到家中，周印看到温茨倚着窗棂，背影安静，甚至有点哀伤的气息，没有他一路上想象的暴风骤雨，心里一软，有些不忍。他想说点什么，却什么也说不出，于是脱下衣服准备洗澡。

"你给我站着！"

果然宁静是暴风雨的前奏。周印一边在心里默默念叨，一边思考着对策，挤出一脸无辜和恨铁不成钢道："怎么有事吗？"

温茨默默走到他身边，沉默了一下，又突然抬起头，河东狮吼道："干吗不接我电话，你们有什么见不得人的勾当！我可以装傻，但别以为我真傻！"

狮吼在夜空里格外响亮，周印被她这一举动吓得连连后退。周皓轩和雪卉全听在耳中。

"害怕了是吧，我受够了！"温茨的声音再次响彻四方。

"你小点声不行？"

"我不是没脾气，只是不轻易发脾气！"

"这是怎么了？"周皓轩嘀咕着披衣下床，一打开门，发现雪卉也站在客厅，这让周皓轩面子有些挂不住了，毕竟她是外人。因此表情严肃地说道："你不睡觉在这干吗？"

雪卉嘴嚅动了一下，想说什么又咽了回去，走回自己的房间，客厅的战争却仍在继续。

"受够了还在一起干吗，分开啊。"周印平静说道。

那表情让温茨感到气愤却不忍惊扰，不由得愣了一下，口气明显缓和道："别把别人对你的好当假药。我不是因为找不到更好的人，而是觉得在一起这么多年不容易，所以才舍不得你。"温茨说着，眼睛里涌出泪花。为此，周印的心里又像指甲刀剪到肉样痛了一下，不过他的表情风平浪静。

温茨对于他来说就像当前的股市，感觉那只票挺好，买了才发现是只券商股，总是大起大落让他跟不上节奏。当他想抛的时候它开始涨一点，当他想留着时，一开盘就走低。然后套着他动弹不得，割肉，毕竟那投进去的百万元要打水漂，因此他常常为此苦恼无比。

看到周印不发声，温茨上前拉着他的手说道："两个人，在一起生活却不一定过得幸福。原因很简单，婚姻的内容不单单有爱情组成，还有更多的是柴米油盐、锅碗瓢盆和鸡毛蒜皮……"

周印也不知道她从哪儿搬来的这些东西，听起来倒是觉得有几分理，但是他还是面沉似水："问题是我们现在根本就不像一对情侣了，你看你整天不着家。结婚前这样，结婚后更难以想像了。"

听了周印的话，温茨带着哭腔说道："我这么忙是为什么，还不是为了以后我们能过上好日子……"

周皓轩听了温茨的话，心潮起伏不知道怎么办好，于是他在客厅踱起步来。刚才进门时的电话他听得清清楚楚，觉得这媳妇不能要了，但是哭成泪人的温茨又让他于心不忍，事情越来越乱了，比他的思绪疙瘩还多，理不清，看不明。

哭泣中的温茨一脸委屈，周印的心一点点被浸湿。于是他在犹豫中鬼使神差地伸出了手。温茨就顺势扑进他的怀里，像孩子找到妈妈样将所有的委屈发泄出来。那哭声浅浅深深，云飞雪落，居然觉得很是好听。周印的手习惯地从温茨上衣的两扣之间钻了进去，同时低头吻上温茨柔软的唇，他要做一名卓越的向导，带着她走出荒漠……

听到客厅的后续发展，周皓轩如坐针毡，无奈地摇摇头，泄气般地回到自己的房间。他觉得这老话说的夫妻床头打架床尾和实在太讽刺了。

雪卉回到自己的房间后，并没有去睡觉，而是把耳朵贴到墙角感知周印房间的动静。结果令她很失望，她像朵久旱的花枯萎了，默默蹲到一边。这时她想起刚才在影剧院时周印变幻莫测的举动。

"难道我阻止他了？没有啊，我是装作没在意啊。"想到这里，她突然醒悟到什么："肯定是我没有遂他心意。不然他怎么会突然收手？"想到这儿，雪卉有些后悔不迭，像一个重新翻开故事书的人，努力地想改写所有不如意的事情，可是已经晚了。

悔恨如绵绵细针，刺进五脏六腑。雪卉觉得这样的幡然醒悟太迟了，于是她终于哭得不能自已。心好痛，像一颗子弹打穿了她的胸膛，她仿佛看见自己的鲜血从伤口处喷薄而出，在空中开出蟹爪菊。她的肉身还好好地站立着，而灵魂已经轰然倒下，她努力用力想站起来，终于在挣扎中站不起来了。

在绝望中，她挣扎着打开了窗户，不过是透透气。随着窗户打开，一股冷风迎面吹来的同时，一声声邪恶的叫声钻进她的耳朵。"啊，啊——"寻着传来的声音，她发现是从隔壁卧室传来的——两个房间的窗户就只有一墙之隔。

尽管雪卉还没有经历男女之事，但她知道这意味着什么。于是她立即把头探到窗外，然后听到周印与温茨在床上的厮杀声。

"真不要脸，好不要脸！"她一边在心里说着，一边又迫切地将身体向窗外伸去。她觉得光听不过瘾，最好能看到。因此她紧紧地把住窗沿，想探身过去，谁知，一个身体失衡，险些重重栽下窗台，顿时惊出一身冷汗来。

一个人不孤单，想一个人才孤单；一个人不痛苦，妒忌一个人很痛苦。她气馁地坐在窗台下，红了眼眶一言不发，只坐在那掉泪。这时，温茨在周印冲锋时，大叫一声："老公我爱你！"本应该是异常温暖的五个字，此刻对于雪卉来说，听起来却像来自地狱的召唤。

"这个混蛋，这个混蛋，真是个混蛋。"雪卉在房间气得直跺脚，心里全是凛然寒意，像要把每一寸地板当成隔壁的一对男女来践踏。

"你不是不爱她吗？怎么又会与她干那媾和之事？"

雪卉伤心地掉下了眼泪，一个报复的念头油然在心里产生。

第十六章　满地绚烂

[一]

一墙之隔，风景迷乱。

"老公我真的好爱你，我可以容忍你的一些不好，但你别超过我的底线好吗？"温茨在生死重逢中，亲了周印一下说道。目光里满满都是温柔，他就是不明白，所谓的爱，怎么变成了最后的千疮百孔。

周印在疲惫中，闭着眼，没有正面回答，而是说道："据说这人吧，还没有进入婚姻的围墙前，有三段爱情。我爱别人，别人不爱我；别人爱我，我不爱那人；我们互相爱恋，却最终不能在一起。"

"那结婚在一起时呢？"温茨不气不恼地问道。

周印还是闭着眼睛道："到了结婚的生活，遇到的都是我们都互不相爱的人，只不过相互需要而已。"

"那你说我们相互需要不需要？"温茨在他怀里故意发嗲道。但她意识到这不是梦，而是一个必须正视的现实。

"我需要的是一个会做羹汤的女人，回家有热乎乎的饭菜，一起看看电视，陪陪孩子，不会三更半夜出去约会，生日的时候只会跟我庆祝，开心了与我分享，伤心了由我安慰，在她心里唯一的依靠是我，不是其他男人，也不是钱，她不会为了礼物开心，不会因为没有礼物发脾气。你能做到吗？"

温茨一听，起身坐起，骂道："周印，你这个混蛋，我算是知道了，你这是看上雪卉了吧！"

刚刚消散的硝烟眼看又要燃起了。

折腾了半天，周印身心俱疲，因此长长叹了一口气道："你看，你又发作了吧。睡觉吧，不讨论这个了，今天的事明天都不是事。"

温茨一个抱枕砸到周印头上，然后向洗漱间走去。

周印没有真的睡着，而是在假寐，这时他脑海里出现了雪卉的身影。"如果刚才是雪卉，会不会有不一样的感觉？"想到这儿他觉得好邪恶。

雪卉听到温茨走向洗漱间的脚步后，也跟着来到洗漱间门口。好机会，来到洗漱间门口，她发现洗漱间没有关严，透过门缝，发现温茨整个身材完全呈现在她眼前：脖子修长，白白的，腰细细的，特别是那一对胸，大而高挺。雪卉在心里默默赞叹她好身材的同时，感觉身上每一根血管要炸裂了，心里妒忌得直跳墙，又看看她的脸，发现温茨的脸红晕得像桃花。

雪卉被她的外在战败了，像冰软化在水流间，夜陪衬在群星间，稀释成风花。

周印迷迷糊糊之间梦到了雪卉，却慌里慌张地突然醒来，很遗憾地竭力回味刚才的梦，然而那梦却像空气一样，感觉得到，却抓不住。

然而记忆的河顿时洒满遗憾的光点，梦中的滋味真是回味无穷，他觉得很不可思议。

"怎么会做这样的梦？我是爱上了雪卉？还是只想讨个这样的老婆？"

于是他迷迷糊糊间又渐入佳境，如黑白电影放映却画质高清，原来已经遗忘的一段记忆，此刻却甜蜜整个梦境。一些记忆中的画面零乱地闪过眼前，牛郎织女星闪亮，微风静谧而过，雪卉的气息是那么真实，他摸索到她的唇，吻了她，她回应着他……

　　雪卉看到温茨将要从洗漱间走出时，她故意退后两步，然后迎上前去。

　　"啊呀！"一声尖叫，拉开门的温茨与雪卉撞了个满怀。温茨下意识地一抬手，身上的浴巾掉了下来，吓得一声惊呼。

　　雪卉故意装作不小心，抿嘴一笑道："叫什么叫，谁不知道你会叫，影响别人休息。"

　　"你，你，你怎么偷看别人洗澡？"

　　"切，又不比谁多二两肉，值得我看吗？"说完就挤进了洗漱间。

　　温茨迟疑了一下，想到周印在床上对"需要的女人"的一番说法，刚刚平息的怒气又蹿上来，捡起浴巾，在雪卉面前悠悠然的披上："是啊，我就这没二两肉的身子，有人可是爱死了！"

　　雪卉满脸通红，啐了一句："呵，不要脸！"

　　"也不知道是谁不要脸，赖在人家家里，还勾引人家的老公……"

　　雪卉眉头一个紧锁，接着挑眉说道："笑话，首先你搞清楚这个家现在还不是你的，这房子是我大哥的；其二这个家既是你的也是……也是我的！"

　　温茨一听，像捅了马蜂窝，暴跳地尖叫道："房子的东西都是我买的！"

　　"我哥娶你了吗？这房子有你名吗？你买多少你都是贴的！婚姻法都说了，没你的份！"

　　温茨一听更加气急败坏道："好，没我的份儿，难道有你什么份儿！就你这土样儿，是男人都会选我！"

　　"就……你这个骚货！"

　　"这深更半夜你们不睡吵什么！"周印真的很生气道，他已经在门外听了好半天了。从对话中，周印觉得雪卉有些过分，太不把自己当外人了。

　　"周印你来得正好，我们俩你选谁吧？"温茨看着周印江海寄余生的样子问道。

"什么选谁，又不是商品去做买卖。这么晚你们不怕吵着爸呀，他从医院回来也不能好好静养！"

温茨沉默了一下，不依不饶道："周印，这个女人欺人太甚，说要和我竞争，你说你到底是要我还是要她！"

周印只好故意装着哭笑不得自嘲道："哎呀，我还真成了香饽饽了。"

雪卉嘴一噘，看了一眼温茨，说道："当然，大哥在我心中是高大上的男人。"

"再好的男人也是我的，你这辈子没戏。"温茨靠上周印的肩膀说。

"心虚了吧？大哥现在说选你了吗！"

这话把温茨逼急了："周印你说，是选择我还是她，今天就做个了断。"

"好了，别闹了，回去睡觉。"周印说着就把温茨往外拉。

温茨挣脱他的手，转身独自回了卧室，周印紧随其后，留下雪卉一个人默默地看着两人的背影，已经没有伤感的味道了，只是突然间空空的，就连那关门声的回响也变得悠远空寂。

回到卧室后，温茨一个转身对周印颐指气使道："明天把她赶走，这女人气死我了，过分！"

周印愣了一下，脸一沉道："你跟她闹什么啊，睡觉！"

"她居然偷看我洗漱。"

"看就看了呗，她又不是男人。"

温茨一急，跺脚道："好你个周印，我知道你心变了，你娶个小保姆吧。"说完倒向床嘤嘤哭了起来。

周印无奈地摇摇头躺到床上。那一夜，他无眠。这时他突然明白，有些人不必等，是你的走不了，不是你的等不来……

春夏秋冬，终有夏天，四季更迭，如此壮烈。

犁浣春躺在躺椅上，端着茶杯，望着天。随着频道的转换，等待消息的来临。

"本台消息，昨日，沪指开盘即大涨 9.06%，深成指开盘涨 8.35%。开盘后两市一度小幅回调，但在金融股全部涨停的推动下，沪指继续走高，10 时

30 分之后成交量开始萎缩，之后市场交易急剧减少，显示基于对后市的乐观判断，投资者出现浓重的惜售心态。午后 A 股市场个股已全线涨停，指数牢牢封死涨停……"

犁浣春听完新闻，眉宇间露出千秋大业一壶茶般的诡异一笑，那笑像轻风滑过，令人没有一丝察觉。

欧阳端端着茶杯，在农庄转了一圈后，走到犁浣春面前，问道："犁总，以你的判断，这种行情会持续多久？"

"十天半月吧，也没几个交易日了。"

见犁浣春胸有成竹，他又问："为什么啊，近来各种利好频现啊，国家又是一带一路，又是海上丝绸之路……"

"基辛格说：历史知识极其重要，但只能拿来做启发新知识的作用。不能套用其中的因果关系。社会生活中，所有的信息都经过情境化，未经情境解码的信息都有误导性。"

欧阳端并没有听懂这句话的意思，又问："那我们下一步怎么办？"

犁浣春一笑，站了起来看着在一边玩手机的温茨说道："热炒加凉拌！"

"犁总，你这就叫热炒吧？"

"你说的也不全是，还有跟大庄家炒题材、炒概念等等推波助澜。"

"犁总，你这叫不动声色干成事。"

犁浣春听了，又得意扬扬看着温茨说道："这叫小胜靠力，中胜靠智，大胜靠赌！"

对此，温茨有些不以为然地说道："长跑比赛往往开始领跑者当不了冠军；错误往往是在紧急中产生的。"

欧阳端一听，连忙责怪道："怎么扫兴起来了呢。"

[二]

温茨之所以要这样说，因为她还在为那天的事生气。犁浣春知道她的意思，便带着讨好的语气说道："温美女说得不错，能干事不是本事，不出事才是本事。"

欧阳端看到犁浣春没有生气，觉得马屁拍到马蹄上，就有些难过起来。心想，你那点事，谁不知道啊。共同的利益重要。有钱了，要什么没有。于是脸色由阴转晴恭维道："犁总，你这是纵横捭阖啊。"话意深长，说完带着鄙视看了温茨一眼。

欧阳端的变化和行为犁浣春看在眼中却不动声色道："通过白菜生意我们分析商人（股市庄家）的行为，可挖掘出四条规律……"

面对犁浣春的卖弄，温茨有些不高兴道："你们俩今天把我叫来不会就是叫我听你们谈股论经吧，快拣重要的说三遍，我茶吧还有一大堆子事的。"

犁浣春立即哑巴了一下嘴，来了个急刹车。

欧阳端见状，看了一眼犁浣春，讨好地说道："你那点买卖才赚几个钱，上一周我们就几百万到账了。"

于是温茨脸一沉说不出话来。

犁浣春与欧阳端面面相觑，相互等待对方说话。

结果温茨倒先反应过来了，道："我那叫赚一分是一分，不用……"她差点说出来不用搞阴谋诡计。再说你们赚了上千万了也没分我一分。

犁浣春笑道："是呀，还是我们温茨说得对啊。好了，不说这个了，老欧你今天守在电脑前随时准备吧，温茨你回去吧。"温茨便有些失望地离开欧阳端家中的密谋室。

其实她不想走，而是想看一下他们俩到底赚了多少钱。无奈他们不让她操盘，更不让她接触核心秘密。所以她就像局外人一样，既不知道资金运转情况，也不知道赚了多少钱。好在她自己偷偷买了些股票，否则跟着他们混下去不一定有收获，尽管他们曾经说过有她的份儿。

欧阳端立即打开三台电脑，首先他先进入一台电脑的自选股页面，然后打开另外两台电脑的美股盘面，然后是港股盘面。

"势头不错啊，红彤彤的大盘。"欧阳端大悦。

犁浣春有些不放心，走到电脑前看了一下恒生指数，然后又看了一下日经指数，接着眉头一皱看了一下纳斯达克。"不妙啊朋友，外围全在跌，我们在涨，这怕是最后的疯狂啊。"

欧阳端心头一惊问道："那要不要出货？"

"骥走崖边须勒缰。密切关注，一刻也不放过！"犁浣春说完坐到电脑前，气氛变得凝重起来。

空气愈稀，身体愈沉。

"老王，你今天又赚大发了吧？"萧新夫挤进人群看着老王说道。自从苏还坚家那次打架后，苏还坚又宣布"封股"，人们再也不往他家涌了，而是把阵地转移到了老王家。

"是呀，老苏不玩了实在损失惨重啊，机不可失失不再来啊。"老王看着围观的苏还坚阴笑道。

苏还坚一听，遗憾地叹气道："谁说不是啊，不然今天又有万块到手了，都怪我那臭丫头多事。"说完他立即改口道，"主要还是怪那小六子。"

谁知他的话刚一落音，小六子程晓峨从门外走进来说道："怎么怨我呢，你们一群人围攻我，没去告你们就不错了。"

正在郁闷中的苏还坚立即像着了火一样冲到小六子身边，斥责道："不是你是谁，是我请你到我家啊，还要告我，告诉你不是我丫头不让我报警，你现在还在班房里呢。"

"哎哟，这么说来我还要感谢你了，今我也告诉你，你们这算群殴，是犯法的。"

一看程晓峨蛮横不讲理的样子，老王立即上前提醒道："程晓峨你赶紧走吧，这儿没你的事。"

程晓峨一愣，争辩道："唉，我说老王，你说乡里乡亲的，今天咱也不是来打架的，是他说我坏话。"为此大家附和着说都是乡里乡亲的，和气生财，劝着这才散了。

苏还坚只好郁闷地扭头回家。

"你这又是怎么了，像谁欠你的。"苏还坚一进家门，老伴就奇怪地问道。苏还坚理也不理老伴，急吼吼地往里屋走。见此，本来想出门的老伴儿又折返回来，跟了进来。

"你这是怎么了，出门时还好好的？"

"都怪你那死丫头，今天又大涨了，都三个涨停了，你想想我损失了多少？"

"你呀你，说了你多少次了。人到六十多了，都闻得到泥土的香味了，要学会乐知天命，学会满足。那电视上都说了，人这一生其实就这么长，有时候跟睡觉是一样一样的，眼睛一闭，一睁，一天过去了，眼睛一闭，不睁，这辈子过去了，人生最痛苦的事情是，人死了，钱没花。"

苏还坚扑哧一下笑了出来，说道："你个老太婆，我现在人还没死，钱也没多少啊。"说完他意犹未尽道，"再晚几天出来就好，多挣一点是一点，老王今天怕是又大发了。"

老伴见他执迷不悟的态度，没好气地说劝道："俗话说人比人气死人，钱这东西……"

苏还坚立即打断她的话，说："好吧，听你老太婆的，反正我们也赚了一百多万了，从今天开始回归自我，过自己年轻时想过但一直没有机会尝试的生活。"他用臣服完成老伴的加冕。

老伴儿笑了："这才对嘛，钱这东西生不带来死不带去。走吧，陪我买菜去。"苏还坚妥妥地跟在老伴儿身后，哼起小曲接过老伴儿手里的菜篮子。

"哎呀，你老今天没有看大盘，真是稀罕啊。"一进菜场认识他的刘姓夫妻就打招呼道。

苏还坚装作很淡然地一笑，说："不玩了，不玩了，现在开始保健了。"

"哎哟！你老不会吧，我们也准备去开个户玩几票，这生意越来越难做了。"

苏还坚一听，连忙挥手道："那东西风险可大了，弄不好血本无归。还是正经做买卖稳当。"

那人的媳妇反驳道："呵呵，你赚钱了当然会这样说。靠我们这小买卖，什么时候买得起房子啊，还有两个孩子在上学。"

苏还坚嘴动了一下想说什么没有说出来。他也觉得人家的话在理，可是股市这东西真不是什么人都输得起的。

"走吧，咱们再到前面李三家去买点馄饨皮包馄饨吧。"老伴提议着就拉着他走。

刘姓夫妻一听就说道："他好多天不干这东西了，去炒股了。"

苏还坚一回头："喊！不会吧，他怎么也玩这东西。"他这才发现眼前的集市，寡淡了许多。

小刘于是意欲未尽地又捡起话说道："这几天来卖菜的人越来越少，你看后面的几家，有的把笔记本电脑都搬来了。"

苏还坚不相信，三步并作两步来到后面菜贩面前。发现他们有的用电脑，有的用手机。俨然把卖菜当成了副业，真是人间奇观。

"老板，在看股市呢。"苏还坚弱弱地问。

谁知，菜贩连头也不抬："要什么菜你们自己拿吧。"

他惊讶起来，又试着问道："老板今天赚大了吧？"

这时老板才抬起头来嘿嘿一笑道："这几天都不错，一天赚几千那是小事，比卖菜强一百倍。"

听了菜贩的话，苏还坚羡慕一笑后，又瞪了老伴儿一眼。那眼神告诉老伴儿，他想再试一下身手。

"走吧老头子，你别又心事重重的。咱们刚才来的时候可是说好的。"

苏还坚见老伴看破他的心思，又大胆试探道："要不我再玩几天就带你到国外旅游？"

"不行啊，说好的事不可变，你忘记你的牙了。"

老伴没想到一提牙，苏还坚就愤恨道："TM 的全是小六子惹的祸，不然我要成富翁了。"

"你什么时候学会说粗话了，还像不像老师？"

"不行，下午我得再把账户打开。不能眼睁睁地看着别人赚钱。"

老伴一听立即呵斥道："你要是再敢炒股我就跟你离婚。"

苏还坚沉了一下，诧异地转过身，笑道："呀呵，离就离，谁怕谁，我不定再找个年轻的。"

"好啊！今天就不允许回家了。"

苏还坚一看老伴来真的了，便故意气她道："不回家就不回家，反正我有钱了，不怕没地方住！"

老伴狠狠瞪了他一眼便将菜篮子往他手里一塞，气呼呼往家中走。

"小雅，你赶紧回来，你爸又疯了。"那声音带着哭腔，又带着丝丝颤抖，苏雅听了心一惊。

"妈，你慢点说，又怎么了？"苏雅紧张问道。

"还能怎么，你爸看到人家股票赚钱了又要……"

"又要炒股是吧。"

"刚才出门时还说得好好的，要养身体，不为钱所累，一会就变了……"电话那头还在哭诉。

[三]

苏雅快速思考了一下，便安慰道："妈别急，我来给爸打电话。千万别急啊。"

"他说不回家了，还要跟我离婚。"说完又哭了起来。

苏雅连忙劝说道："妈，你怎么跟小孩子一样，爸肯定是跟你开玩笑的，我来打电话。"

苏还坚买好菜正要往家走，电话便响起来了。他知道一定是老伴跟女儿告状了。

"怎么这个点打老爸的电话呢？"苏还坚故意问道。

苏雅知道父亲是装的，便单刀直入说道："怎么又为炒股跟我妈吵架了，还说要离婚。怎么这么不让你姑娘省心啊！"

"是你妈要和我离婚，我可没说。"

"那我妈在电话中哭着说是你说的？"

"那你回来问你妈。"苏还坚生气道。

"爸，算我求您了，我在上班啊，哪能说回来就回来。"

苏还坚一听，觉得这样让女儿夹在中间太为难她了。想到这儿，他突然有了主意："别回来了。爸答应你，但你也得答应爸一件事。"

苏雅一听，就满口答应道："只要你不炒股了，不和我妈吵架了，就是答应你一百件也行！"

苏还坚嘿嘿说道："这啥时候变得这么乖了？"

"必须的啊，你没听人家说，你陪我小，我必陪你终老啊。"

"别别别，我可不要你陪我终老，你得答应我马上找个对象结婚。"

苏雅愣了一下，说："这，这，这好办，我明天到街上去随便拉一人就结婚。"

"丫头这可不行，得好好挑挑，但是得马上提上日程啊！你得赶紧结婚，给我生个小外甥陪我，不然老爸还是要进股市的，这天天闲着太无聊了。"

父女俩相谈甚欢，快到家的时候，苏还坚高高兴兴地挂了电话，哼着小曲打算回家给老伴儿赔不是。走到家门口时，才发现大门被老伴反锁了。

苏还坚叫了半天门没人理，于是生气地在门外喊道："老太婆不开门我真走了啊？"里面没人应答。他的脸上有点挂不住了，把菜篮子扔门口，转身走了。

"你老怎么有空来了，买肉？"

"不，没事转转，老太婆不让炒股，我只能看你们赚钱啦。"

萧新夫为此得意道："这几天行情不错啊，太过瘾了，你来看我账户上的盈利。"

苏还坚走到电脑前一看，惊讶道："不错不错，比你卖肉强多了。"他晃动了一下鼠标，屏幕回到大盘上。顿时惊愕说道："新夫，走势不太妙呀，你得出货了！"

"不会吧，这才行情好了几天，没事，没事，他们都在加仓。"

苏还坚吃了一鼻子灰地往家中走。回到家门口，发现老伴已经家门大开，厨房里还传来"咚咚"剁肉声。苏还坚瞬间心情大好，便哼哼哈哈进了里屋……

"截至中午收盘，沪指下跌 55.37 点，成交量 1983.5 亿，报 3580 点；深指下跌 180.33 点，成交量 3069.7 亿，报 12587 点；创业板下跌 34.48 点，成交量 852.3 亿，报 2798 点；早盘涨停的股票 28 家，跌停的股票 50 家，这是要大跌的景象啊。"犁浣春从电脑前站起来，点燃一根烟说道，"这收盘几分钟大跌，说明要出问题了。我来再看看大盘走势。"

"不好了，不好了。下午开盘得赶紧出货！"犁浣春看了一下大盘走势后惊愕道。说完拿起电话："怕是烧香引出鬼来了，是不是大跌开始了？"

"是的，我正准备一会儿给您打电话。"

"那下午出货吧。"

"是的，抓住时机。"电话那头是他们合作人童炳耀，某证券公司的经理。

"怎么了犁总？"

"下午准备清仓！"

"为什么啊？"

"你看啊，后天打新股。资金肯定会流出。另外，大盘股、基金重仓股涨幅超过30%，宜见好就收。原因在于，这些大盘股都为多家机构持有，波段操作成为主基调，股价一旦出现较大涨幅这些机构必然互相比赛出逃，跑得慢的只能被套在山顶上。"

"那也不要清仓吧？"欧阳端不以为然道。

"你看这图形，从上至下突现大黑棒并破重要平台，不管第二天有反弹没反弹，还是收出十字星，都应该出掉手中的货。你再看前面发行的股价跌破60日均线，一般意味着一轮中级下跌行情的开始，此时宜阶段性出局。若股价跌破号称生命线的120日半年线、250日年线时，往往意味着该股长期趋势已转弱，此时即使被套，亦应退出观望为佳。"

风起于青萍之末。

犁浣春在电话童炳耀之前，虽然已经发现不对，但他并不确定是否要清仓。毕竟他对股票还不是那么有研究。再者股市的起起落落并不是看大盘看走势，很多时候与国外国内的人为因素有关。

见欧阳端一双佩服的眼光，他接着说："同板块有部分个股率先大跌，往往是该板块走弱的信号。特别是板块中有号召力的个股下跌，其他个股迟早会有所反应。再者突然放量大涨，往往易形成短线高点。这样的大涨往往是短命行情，侥幸碰对了别以为会天长地久。所以我们必须清仓。"

欧阳端默默地叫来外卖，便一眼不眨，紧紧盯在电脑前面等待下午开盘。

在萧湾村老王家里，随着上午收盘前的大跌出现，人们一下就像炸开了锅。

"老王，不会大跌吧？"

"老王你说下午会是什么走势？"

大家七嘴八舌，弄得老王也一头汗。看着大家六神无主的样子，他只好故作镇静地安慰道："也许是庄家吸筹码，应该不会大跌的。"说完他怕担责任地补充道，"这世界上只有股民，没有股神。自己拿主意啊，别到时候怨我。"

老王说完，房间里的人便又七嘴八舌起来……

眼看离下午开市就要到来，欧阳端如临大战，突然看着犁浣春说道："一会儿开市了，我们也来不及出货，要不要设定价格，这样不会坐失良机。"

犁浣春点点头又反悔道："那要是下午突然来个大涨你不是吃大亏了？"

欧阳端觉得他的话也有道理。不过欧阳端一向谨慎，建议道："要不我们少设几只？"

于是，欧阳端开始手忙脚乱地设置起来，他们这些日子炒了二十几只股票，紧急关头，一个人还真有点忙不过来。

"这怎么不对啊，怎么转头向上了。" 欧阳端刚设置好，犁浣春就疑惑起来自言自语道。为此，欧阳端把电脑页面返回到大盘走势上来。

这让犁浣春想起 XX 年 X 月 15 日，眼见 A 股市场失守 2200 点重要关口的投资者惊慌失措，甚至挥泪斩仓。但随后几天，大盘逐步企稳走强，股指大涨 2.14%。

"假摔，假摔，赶紧退单。"犁浣春叫道。

"不会吧，上周各方面分析时称本周空头将有真正袭击。周一，空头果然有所动作，虽然最终被多方回击收回大部分失地，但盘面看似是假摔，其中却暗藏了三大诡异现象……"

"那好，听您的。"犁浣春的话刚一落音，大盘就开始跳水。

"犁总快看，出货的好多啊，大盘开始异动，不对跳水了。"

"赶紧，卖！卖！卖！" 犁浣春像敌人打到跟前一样。

"那你进账户来帮我呀，我一个人来不及。"

两个人正忙得热火朝天时，欧阳端放在桌上的手机响起。他顺势瞟了一眼，发现是温茨，心想，这个时候打电话来是添乱吗！电话想个不停，就如战场上的炮弹一发发落在他们中间。犁浣春眉头一次又一次紧皱，终于忍不住大骂道：

"是 TM 什么电话啊，摔啦！"欧阳端顺手按断电话。

"两分钟，全线跌停！全线跌停了！好险。"犁浣春卖完最后一只股票说道。

"怎么这么快啊？"欧阳端擦了一下额头上的汗水，疑问道。

"这就是股市，这就是股市！股市如战场就是这么来的。"

这时欧阳端才想起温茨的电话，便打了过去。温茨不接。欧阳端疑惑不解，就继续打。

"你还打电话来干吗。"温茨在电话那端声嘶力竭地哭道。

"你……你这是怎么了？"

"我的股票全跌停了，我完了，全完了。"说完撕心裂肺哭起来。她伤心透了，就好像精心摆着一堆积木的孩子，眼看就要完成造型，呼啦一下就倒了，她全部心血和劳动就这样猝不及防地坍塌了。

"你什么时候买的啊，怎么没听说？"

温茨在撕心裂肺中放下电话。这时她才相信《圣经》上说，上帝经常用他那只万能的右手，把自己创造的东西撕成碎片，再扔进大海。她原来不信，现在开始信了。

第十七章　噩　梦

[一]

欲望是团火。温茨心里有个黑洞，装着所有焰火般的热情都无法填满的欲望，在这一刻破灭。她融资的200万元昨天才进股市，今天一会儿工夫就化为泡影，其中的痛只有她自己知道。

"谁的电话啊？"犁浣春看着欧阳端发呆，便好奇地问道。

"是温茨的。"欧阳端兔死狐悲样回答。

"她怎么了？让你这样子？"

欧阳端看了他一眼，嘴动了一下不敢说出来。因为当时让大家出资时，温茨说没有钱参与，他和犁浣春看在她是一个女人的份上就没有强迫她入股。

"说呀，什么事情啊！"

"她说她的股票全部跌停。"

"什么，她也炒股了。怎么不早告

诉我们？”

欧阳端摆摆头，泄气道：“我哪知道，这不才知道的。”

“那她损失多少？”

“不知道，她挂了我的电话。”

犁浣春于是做了一个拿手机的动作，不过随即手停了下来，欧阳端在一旁，他不便给温茨打电话。心想，也没什么大不了的吧，不就几十万元吗，死不了人。

欧阳端听了，尴尬一笑。

这时，萧湾村老王家里，像油锅中突然倒进一瓢水一样沸腾不止，叹息声和骂人声此起彼伏。

有的说我亏了20多万元，还有的说我全套了，不知道明天会不会继续跌……老王作为领头人，看到大家的模样，只好安慰道：“大家不要着急，兴许是庄家假摔明天就大涨的……”安慰了好一阵，大家才依依不舍地离去。

此时作为村里炒股的领头人，老王也很伤心。因为他也是满仓，三百多万元在里面，面对如此重大的损失，真有点打碎牙还得往下咽的味道。村里的人又全是在他带领下炒股的，怎么说人家也会怪他的。他此刻也无可奈何，只能在心里默默期盼明天能够大涨。

苏还坚午休起床后，像往常一样打开手机看了一下大盘。立即如惊弓之鸟样叫道：“不好了！不好了。”

“你抽什么风啊，大呼小叫的。”老伴在客厅责怪道。

“你看，全线跌停，哎呀妈呀，幸好我出来了，不然要亏死了。”说完他披着衣服就要往外走。

“你干吗去呀！”

苏还坚一愣，说：“我去看看老王他们去。”

“你是成心找不快乐吧，人家亏钱了你去找脸色看啊。”

老伴的话如警钟敲响，苏还坚犹豫了一下，争辩道：“这不以前大家都在一起的，有事了不……不要关心一下啊。”

“你现在去人家不要骂猫哭耗子啊。”

这下苏还坚想了想，觉得有道理，然后给苏雅打了电话，苏雅则在电话中连连称赞他英明神武。

那一夜，他没有睡着。不是因为自己逃过股灾，而是为他的"战友们"亏损而心疼。他是个善良的人……

病房里，温茨正在接受抢救，她脸色苍白，眼神涣散，视线直直地盯着周印。周印看着她，尽管他知道现在温茨什么也看不见，无论从时间上还是空间上他们已经不在一起了。

医生开动心脏除颤仪了，周印看到温茨单薄的身体在电流中一次次地抽搐，弹起来又落下，一块无比顽固的西西弗斯之石，像她曾经给他无数次的脸色，刻薄的教训，从来不留余地，也不给任何人挽回的机会。

那条暗绿色的折线变得越来越平滑，几乎快要看不出波折了，医生开始往往静脉里注射某种据说能够在瞬间挽回生命的液体，那动作让人感觉不亚于最后一搏。

液体注进她的身体后的一刹那，温茨突然像是从另一个次元挣脱出来，双目圆睁，嘶叫着长长吸了一口气，像她这辈子从来没有呼吸过一样，随即转过头来看着周印，表情平静得狰狞……

飞机在剧烈颠簸一下后，周印在乘务员的安慰中醒来，发现自己身上都湿透了，原来是一场梦。

事情往往就是这样的，当你意识到你将永远地失去某样东西时，你才会幡然醒悟，原来如此的重要。就像温茨在他心中的位置，有时矗立有时候倾斜。周印讨厌她，却又可怜她。矛盾交织，理不清楚。

于是他想到了那晚的告别实在太具讽刺意味，很有点一语成谶的味道。

"不对呀，我没有说出来啊。哦不对，心里想的和说出来其实一样。"那天夜晚之所以跟温茨疯狂地做爱，其实他已经想好了分离。因为他越来越觉得他们不适合在一起，他对于温茨来说只是一个摆渡人。到了渡口，乘客下船，他依然得返回，无论等待多久都没用。与其这样浪费自己的时间和精力，不如离开。想到这里，他心里一股悲凉从头浇满全身。

飞机在空中继续剧烈颠簸。周印心里一紧，心想：老人说，梦往往是反的，难道不是温茨出现危险，而是自己？难道飞机要出事了？飞机上乘务员小姐的安慰声不再温暖，相反他觉得声音的淡定就像黎明前的黑暗，充满了恐怖。

周印四处张望了下，发现机舱里人们的表情都恐惧着。这时飞机在再一次剧烈颠簸了一下，人们发出死亡般尖叫后，恢复了平静。

恐惧意外地结束了。

欧阳端在股市罢市后，立刻给温茨回电话过去。可是她不再接电话，于是他开始疯狂地拨打她的电话。可是温茨手机又一直占线。这让他开始担心起来。

而在此时，犁浣春正在与温茨通电话。当他得知温茨股票亏损后，觉得机会来了，便一个电话打了过去并拍着胸脯保证，亏损的钱由他来补偿。

温茨一听他言辞认真不像忽悠她的，心头一热。随即她意识到，天下没有免费的午餐，得到必须付出相应的代价。于是她还是说了声谢谢放下了电话。这时，欧阳端电话像准备好了一样，打了进来。

"你在哪里，我到处找你！"

"没事，在蠡湖大桥上吹吹风。"

欧阳端一听，立即急不择言，劝道："别干傻事啊，人生就像饺子，无论是被拖下水，扔下水，还是自己跳下水，一生中不蹚一次浑水就不算成熟，你亏的钱我给你。"

"你连问我亏了多少钱都不知道就说要给我？大话了吧。"

欧阳端像吃了苍蝇，立即生气道："你还能亏上千万吗，我的固定资产也不止这个数，再说我们也赚钱了啊。"

温茨心头一热，说道："好吧，先信你一回，不过明天股市说不定大涨也不会亏啊。"

"你这样想才对，那干吗要跑到大桥上去？"欧阳端疑惑地问道。

"没什么，吹吹风让自己清醒一下。"

欧阳端这才松了一口气说道："我来接你，晚上一起吃饭。"

此时，江南已经进入隆冬，但天气没有想象的那么寒冷，但冬梅雨缠绵阴郁，令人厌烦，雨下了十来天了毫无停意，本已干瘪的蠡湖水也悄悄饱胀起来，狞厉地窥伺这座融合着吴侬细语的城市。

温茨走下车，站在大桥上眺望着三山岛。三山岛在雨雾中忽隐忽现，像天庭中的曼妙仙境。

当飞机在颠簸中安全降落硕放国际机场后，周印才彻底觉得自己平安了。这时他觉得人生说长很长，说短也短，生死只不过是一瞬间的事。

他打开手机的瞬间，习惯性地想给温茨打个电话。然而这个念头就在一瞬间他又打消了。因为在他出差几天中，温茨没有一句问候，倒是杨晨和雪卉送来不少关心。在乎你的人，永远都会比你主动，这一点周印深信不疑。

于是他一个电话打给杨晨。

"你刚到吧，正准备给你打电话。"

"打电话给我干吗？"周印好奇道。

"接你呀，昨天在微信上你不是告诉我的。"

周印这才想起他们昨天聊过天，心里暖暖的，感动不已。

"别不开心了，不就是几十万吗……"欧阳端一见到温茨，便说道。

"唉，这叫偷鸡不成蚀把米，期待明天别再跌停，我出来算了。"

"说不定明天就会涨起来的，别难过了，咱们去吃饭。"欧阳端虽然这样说，但心里却非常清楚，无论从趋势上还是内幕消息上，都显示大势不妙。但他又不能说出来，只能这样安慰。他是真心爱她，如果前面是男女之间的游戏的话，那么现在他是真心爱他。男人都有英雄情绪，尤其在他喜欢的女人面前。

"对了，你们不是有内幕消息的，这次股市大跌会不会延续？"温茨从座位上侧过身问道。

欧阳端眼睛里充满了期待。于是他的嘴唇冲动一下，又立即刹车转弯道："股市风云变幻，谁也说不好，仅供参考了。"

"那他怎么跟你们说的？"欧阳端犹豫了一下，只好如实说："可能要调整一段时间了。"

温茨阴晴不定的脸色立即变成雾霾。

"要不今天十二点以后你直接挂跌停。这样开盘前就可卖掉。"

"这样行吗？"

"可以啊，在开盘之前有个结合竞价，可以卖出的。" 欧阳端其实并没有实践过。

温茨因此像找到药方样"哦"了一声后，又不甘心道："那要是明天大涨不是亏损了百分之二十？"

这话把欧阳端难住了，因此他愣了一下，说道："所以啊，怕失去，就得不到，要保险只能这样，没有两全的好事。"

话意另有所指，温茨心里非常清楚。欧阳端知道她嫌他年纪太大，长得没有她男友潇洒帅气。可是欧阳端不是这样想，既潇洒又帅，还事业有成的男人也等不到你啊。王子和公主的结合，那是传说中的人。大多数漂亮的女孩要么选择帅气的男孩，要么选择有钱的男人，不可能好事占尽。

温茨闷闷地开始想自己的股票，她希望老天放过她这一次，下不为例，下不为例，她彻底害怕了。

"水上明月饭店到了，今天咱们吃湖鲜。"

[二]

"没想到你会来接我啊，真的好惊喜。"一上车周印就好奇道。

杨晨看了副驾上的他一眼，诡异一笑道："顺道，别激动啊！我可没有自作多情，你家美女会泼我硫酸的。"

"不会吧，是不是接心爱的人到哪儿都顺路吧？"周印故意调侃道。

"你就自己去自恋吧。"杨晨说完加快了车速。

周印对杨晨的主动接机有些激动，心里开始回忆他们一起的情景，竭力寻找他们相爱的证据，结果在脑子里把他们认识的场面全部回放一遍也没能够找到相爱的蛛丝马迹。只有上次聊天有些暧昧外，再无可以认为她心动的来处。于是他又把杨晨的样子回味了一遍……

她的眼神别具一格，什么时候都带着股神经质的甜美气味，又凌厉得像刀锋。她的脸不是世间定义的那种美，可除了美，便没有词可以形容。她无论是穿黑色的连衣裙，还是细腿英伦的萝卜裤，每一样打扮都风情万种。

"那她干吗跑这么来接我呢？喜欢我，爱上我了？"随即他又否定了自己，"不可能，说不定真的像她说的就是顺道，自作多情！"他在心里责怪自己道。

其实杨晨真的是顺道，今天她是到机场边上的奥特莱斯买衣服的。准备回家时，天空中那只低空轰鸣的飞机提醒了她，一查周印昨晚说过的班机号，正好这个时间到。纯属巧合加顺道。对他，只有好感，没有爱情。而周印却一厢情愿地认真起来。

看他心事重重的样子，杨晨问："出差累不累，待会想吃些什么？"

周印回过神来，淡淡地回答："心里好烦，不想吃，没胃口。"

杨晨很好奇，问："烦什么？能不能告诉我。再烦也要吃饭啊。"

"吃什么你定吧，我请你。"

看到他勉强的样子，杨晨有些气馁道："别不识好人心啊。"

话一出口，周印顿时觉得心里暖乎乎的，于是满怀愧疚地说了声："对不起。"

杨晨这才似乎重燃信心地说："没关系，只要你不烦了就好。"

"你家的保姆是你的初恋吧。"

周印一听，立即像被打惊的蛇，扭动着身体否认道："算不上，只是我们上学时在一起关系挺好的。"

看到他反应如此激烈，杨晨更加确信地审视道："不会吧，她好像比你小几岁的。"

"我我……我留级了啊，她大概上学早，所以……"

杨晨又故意激将道："看得出她很爱你的。"

周印纠正道："最多也是喜欢吧，谈不上爱。"

"你知道吗，那次我们三个女人在一起的时候，把你的温茨气坏了。"

周印立即来了精神，好奇地问："还有这事儿，我怎么没听她说。"

于是杨晨把那天她跟雪卉合伙欺负温茨的过程重复一遍。

周印听了她的话，居然笑了起来。那笑容令杨晨有些莫名，心想，如果一个男人爱他的女人，当听到自己的女人被人欺负时，一定会生气会愤怒，他居然笑得那么坦然，那么置身事外。杨晨由此判断他与温茨没有什么感情。

"你怎么还笑得出来？"

大概周印发现自己对温茨态度过于漠然，便立即改口道："你们也真够坏的，联合起来欺侮人家。干吗跟我说这些，就不怕我生气？"

杨晨瞟了他一眼，笑道："你这不也没生气嘛。"

周印白了她一眼，不语。

"你们在一起多少年了？"

"快五年了吧。"

"唉，我说呢。"杨晨记得，母亲曾经说过，这男女之间的恋爱，就如地里的油菜，如果不在结籽八成熟的时候收割，不是被鸟儿们吃了，就是被风吹雨打烂在地里，然后只剩下可怜的油菜秆儿，被农民一把火给烧了。

"还是说说你以后的打算吧。"周印突然问道。他觉得必须转移话题，否则越说越不着边了。

"什么我怎么打算？"杨晨故意装作不解地问。

对此，周印看着她不语。心想，真是像人们说的那样，什么爱不爱的，那些常常奉为刻骨铭心的日子，终将化为另一场轮回。

"你是说我得找个男人了？"杨晨只好重新捡起话来。

周印"嗯"了一下，表情非常认真。

"寒山刚去不久，还没有考虑这事。我可不想被人戳着脊梁骂不守妇道。"

"都什么年代了，还这么传统。"

"人在社会上，活着不容易。生活中你所看到的人往往不是他们真实的自己。"

"想那么多干吗，人生苦短，必须勇敢。"周印结巴地冒出一句网络语。

"哈哈你怎么就像人家说的那种人，拿着自家钥匙插进别家的锁孔里，只能空怀满腔激情，把悲伤的泪水洒在女人的×上的人啊。"

"什么？什么？"

杨晨知道他在装傻，便转移话题道："如果再结婚，我是说如果啊，那我一定要找一个爱我的人。"

"怎么你们女……全都这么现实！"本来想说女孩的，觉得不对省略了。

"当然啦，跟寒山结婚时，是我追的他，那时候就觉得应该找个我爱的男人才行，结果你看……"杨晨说完看着周印试探道，"你跟她是谁追谁啊？"

周印知道她话意所指，立即一念既存，像是守身破财样，哈哈一笑说道："应该是相互吧。"

"不会吧，难不成你们就是现在追随的流行趋势：因为相互的利益在一起的？"

话语一落，周印便是难堪一笑，不语了。

"你们只有永远的利益，等着吧。"

周印假装没听见，玩起了手机。心想："树砍光了，斧头也就没有用了，得给自己留条后路吧。"事实上他没办法回答她，他与温茨本来就是因为利益才走到一起。本以为一手交钱一手交人，简单明了，没想到弄成今天复杂的状况。

"市场中每天都有讲不完的故事，每天都有无数的利好和利空刺激，每天都有无数的股票涨涨跌跌。"看完大盘后犁浣春自言自语地说道。

欧阳端和温茨如心死灯灭地配合着他语言的气氛。

见他们俩一直不语，犁浣春又自言自语道："收挫 6.5%，创逾四个月又一次单日跌幅，终结此前连续涨势。分析师称，大盘此前累积了大量获利盘，今日出现集中回吐拖累大盘暴跌，蓝筹股板块领跌。"

这时欧阳端站了起来说道："成败已成定局是吧？"

"当然，目前看不到向好的可能。"

温茨从上午开盘到下午收盘，一直跟欧阳端、犁浣春在欧阳端家中的密室里看着绿油油的电脑屏。听了犁浣春的总结式发言，温茨哭成泪人。

"别哭啦，既成事实，哭也不能解决问题。"欧阳端劝道。

犁浣春听了，立即帮腔道："是呀，是呀，哭也不解决问题，你买股票怎么不跟我俩说一下？"

说完，温茨哭得更伤心了："我也是看到人家都赚钱了，也想多赚点钱……"她本来想说你们虽然说有我的股份，其实我一分钱没出，到时候你们不给我怎么办。

犁浣春听了，心想：这人的欲望是一种可怕的力量，会让人根本停不下来。每一次拾阶而上，会摔得更响更彻底。

"欧总，看今天的样子，之后也不会有什么好行情了，咱们清算一下赚了多少钱吧。"犁浣春说完看了温茨一眼，意思是我说过的话会兑现的。

温茨从他眼神中看到了一丝希望。于是她故意加重语气道："我那200多万都是借的啊。"她希望他们能全额补偿她，否则给个十万八万的简直是杯水车薪。尤其是一旦周印知道了，还不知道会发生什么。她不想惊动他，也舍不得他。周印虽说不是很优秀，但她就喜欢他给的自由。

"放心吧，损失多少全给你，你说呢，老欧。"

面对犁浣春一脸荡漾着认真样子，欧阳端连忙顺水推舟说："好的，好的，我也是这么想的。"虽然嘴上这么说，但心里其实很不爽，"凭什么你来当好人。"那天温茨在犁浣春别墅前出现，令他如刺哽在喉还没消除。刚才犁浣春如此大方的态度，让他确信他们之间一定有问题。

不一会儿，欧阳端就面提耳命的样子，递给犁浣春一张纸。

看着看着，犁浣春眉头一紧，随即变戏法样，像个鸭子，伸长着脖子高兴道："不错啊，一千多万。"

"是的，这样剔除200万元出来，还有800多万元，你看是不是……"

"就按照我们之前约定，再给温茨100万绰绰有余吧。剩下的归咱俩。"

年轻就是资本，美人就是生产力。每一句话都带着分量，温茨的脸随着犁浣春豪气顿生的话语，像花儿一样绽放了。此时她明了了何为逢场作戏，也知晓何为意乱情迷。斡旋风月场中，她一直游刃有余。为此她连忙给他们倒茶，然后在递水杯的过程中用眼神表达了以后可以为你奋不顾身，任劳任怨也在所不辞的意思。犁浣春满意地笑了，欧阳端心里产生了一丝妒意的刺痛。

[三]

在萧湾村老王家里，从上午开盘到下午收盘，千股跌停向一千把刺刀刺向股民们的心中。叹气声和抱怨声迭起，最后发展到各种谩骂和各种后悔。那谩骂和后悔此起彼伏，在农家大院里蔓延开来。

对此，老王感到一阵恍惚，身子仿佛在融化，他在后悔中安慰大家道："你们要相信政府，这种情况不会不管的。"

萧新夫一听，立即像穷极无赖的样子蹦高道："相信有什么用啊，都亏损20%了。"说完，眼神狰狞。

程晓峨不以为然道："咳！亏损20%还有的赚啊？之前你们不是赚了50%几的。"

"你别废话，你赚了我没赚，我昨天才开户。亏损的是老本啊，那是我卖肉的钱啊！"

程晓峨狗嘴里蹦不出什么好话，把话咽了下去不敢再说话。他之所以连续跌两天这么淡定，因为前面他已经赚了百分之五六十了。有一只股票他还赚了百分之百，如果明天不跌他还是赚钱的。

听了萧新夫的话，再看他哭丧脸的样子，赚了钱的人在一旁冷笑着。而和萧新夫一样才开启又追高的人，则物伤其类般伤心欲绝。

"好消息，好消息，降准降息了。明天股市肯定大涨。"寻着声音，大家回头一看，是村里的治保主任陶子。

"你怎么知道的？"大家齐声问道。

"刚刚发布的消息。"

于是大家纷纷掏出手机看了起来，一张张哭丧的脸又慢慢喜气洋洋起来。

"老王这种利好有用吗？"萧新夫眼巴巴地求助道。

老王不加思索道："当然有用啊，这是央行通过政治手段调控国家经济的重要举措。具体是指央行通过降低商业银行存款准备金的百分比促使商业银行多向企业放贷，加大了货币的流通量促使国家经济发展。"萧新夫听了瞬间眼睛盈出泪光。

老王这时才意识到，能否在利好时扭转乾坤没有定数。任何人都不过像是蠡湖里的一滴水，一根浮萍，你想停住，可水总是在流，你只能被水漂走。

谁知程晓峨听了，摆摆手，不以为然地说道："下跌居多吧！据统计，近年央行降准后，次日股市下跌居多，今年2月降准0.5%后，次日沪指跌1.18%；2012年5月降准0.5%后，沪指跌0.6%；不过也有上涨的情况。"

话音一落，顿时像动了众人的奶酪一样，立刻就遭到所有人的围攻。有人骂他乌鸦嘴，还有人冲到他面前，面目狰狞，像要吃了他一样。只有老王最清楚，小六子说得并不错，如 2011 年 11 月降准 0.5% 后，次日沪指上涨 2.29%。统计显示，对降准最敏感的板块是房地产而非银行，在近年 7 次央行降准后，次日房地产上涨 3 次，上涨概率为 57%；证券板块在 3 次大盘上涨行情中，涨幅最大；银行板块在 4 次下跌行情中，表现得最为抗跌。

看到大家情绪激动，老王强忍着，小声呵斥道："小六子你别捣乱，降准降息是跌的时候多，但 2011 年 11 月降准 0.5% 后，次日沪指上涨 2.29%。"

萧新夫听了，一声梦魇般的呻吟从胸腔深处发出："这样说来，还是要跌了，完了完了。"说完号啕大哭起来，悲恸声像老王家办丧事一般。那样子就是肖邦也弹不出他的悲伤。

小六子于是偷着乐道："虾的大红之日便是大悲之时。"

对此有人悄悄说萧新夫不务正业，守着稳当的买卖不做，干吗要炒股。还有人取笑他，说他想钱想疯了，有肉吃还要吃海参鲍鱼。更有人叹息他这次太背了，上了名牌大学找不到工作，有了工作又……

哭声凄凉，阵阵刺耳。

老王的老伴不干了："都收盘了，你们别围这儿了，真晦气，搞得家不像个家的！"说着就要把大家往外赶。谁知，她无从下手，大家不是低头在抽烟，就是在三三两两讨论怎么把本钱守着。

苏还坚奉老伴儿之命去菜市场买菜，正在闲逛之间，远远地，看见老王溜溜达达地迎面走来。

老王见到苏还坚后，立刻哭丧着脸道："老苏啊，还是你英明啊，再跌下去我要把老本都亏进去了。"

"你前面不是赚钱了？"

"是赚了啊，可是我贪心又全投进去了，好几百万呢。"说着眼泪都要出来。

于是苏还坚连忙用悲悯和惋惜语气说道："赶紧明天割肉吧，不然……"

"总要割得了啊，一开盘全线跌停……"

"明天也许会好的，会好的。"苏还坚说着就连忙要避开，他害怕说错话。

"听说他投入好几百万元？"老伴轻轻问道。

"好像是的，不知道老王哪来这么多钱。"

"听说是他跟亲戚借的，然后又融资了不少。"

"那他这次就不好办了，哪有借钱炒股的。"

"还说别人，你不也是。"苏还坚顿时无语，想想自己当初不也是像老王他们一样贪婪。从专家到老股民，都曾提醒过不要融资借钱炒股，可是就是很少有人听。

"今你们俩就是天塌下来也必须跟我回家一趟啊，否则友谊的小船说翻就翻。"苏雅在电话中分别跟子陌和慕思雪说道。

慕思雪电话中很爽快，说这么好的阳光，不去乡村田野享受一下，太浪费生命了。

子陌的回答非常强烈——拒绝，说想和男朋友约会，说这次真的找到了真命天子。

听了子陌的话，苏雅在电话中鄙视道："算了吧，你们才交往几天就找到真命天子？一个男人爱你的前提是你们经历了有一段时间的共同生活了，由喜欢逐步加深的，还要在烦琐生活中对你还是很疼爱，这才具备爱的条件。"

子陌马上反驳道："爱人的七大表现他全有啊？"

苏雅好奇道："什么七大表现啊？"

"当然是专家说的。"

"你真'逗比'！必须去啊，半小时后在我楼下集中。"说完放下电话。

一见面子陌就看着苏雅抱怨道："妹子，你这是要让你姐当剩斗士的节奏啊！"

苏雅随即抬腕看了下表，再看了一下慕思雪道："不错，男人真爱一个女人，除了原始冲动以外，会爆发出火一样的激情。无论是甜言蜜语，还是温情呵护，都能让你感受到他按捺不住的情感。但是，这种表面现象千万不要太当真，诈骗电话之所以让人信以为真把几十万元几百万骗到手，还不是因为说得好听！"

子陌愣了一下，立即反驳道："林淫真不是那样的人，对我真的呵护有加。"

苏雅不以为然地责怪道："你没救了，气死我了。"

慕思雪赶紧接过话茬儿："真爱的男人会用行动去践行诺言，能够以实实在在的事实告诉女人自己能够实现自己诺言。这样的行动虽然初期没有什么结果，但是只要在践行诺言的轨道上，并且不断克服困难继续前行就会成功。"

慕思雪刚说完，子陌就跟她争辩起来："他有啊，表现突出，带我去看房子了，说房产证不写他的名字，就是为了表达对我的真诚。"子陌兴奋道。

"好吧，祝贺你姐姐，这次应该不会上当受骗了。"苏雅说完马上意识到戳到子陌的痛处。就偷偷看了她一眼，发现她漱然的眼神中露出尴尬。

慕思雪转移话题道："走吧，上车吧。"

"对了，苏雅你还没说去你家干吗呢？"

"只许你有爱不许我相亲啊！"

"啊！不会吧？"慕思雪和子陌齐声叫道。

"有那么夸张吗？告诉你们啊，听我妈说这人是海归，在我们家边上的五三〇创业园创业的公司。"

"唉！这些海归吧，要么趾高气扬，牛奋男，好像天下都是他们的，要么就是富二代，能力很高，情商低下，都不适合你。"子陌说完看着苏雅等待回答。

"那你们俩说说什么样的男人才适合我吧。"

"我觉得吧，子陌说的也不全对，海归也是人，而且不乏才情兼备的男孩，这些都不是问题，问题的关键是咱们在爱情中不能放低自己，这样是无法收获让人满足的爱情的！只有找到内心那个理性又自信的自己，才能拥有美好的爱情和自己！"

"你难道没听说，只要在婚姻中凑合一次，就会敷衍一生。不错，我不放低身份，就要找到那种心灵契合的一个人。"苏雅一脸唱国歌铿锵地说。

"算了吧，妹妹，海归不错，有才有财，适合你这个文艺青年，比较靠谱。"

"爱情的巨轮说沉就沉，我才不在乎这些，只要心灵契合。"

第十八章　爱又如何

慕思雪诡异一笑道："原始人类很可能面临这样的处境，即他们必须就是否会找到更好的配偶而赌一把，如果他们选择等待，他们面临的风险就是可能永远无法交配，和我们现在现状一样。"

苏雅立即找到共同语言样，回道："是呀，如果他们选择一个较为劣等的伴侣交配就会面临产生较为劣等后代的风险。"

"你们扯远啦，什么劣等伴侣，现在50%以上的男女都达到大学本科以上的学历。再说什么是劣等伴侣？金钱、地位、房子、票子？都不是吧。你那所谓的劣等伴侣只是心中劣等。"

慕思雪听了，大声惊呼道："还是子陌有见解。不过你没懂苏雅，苏雅的爱其实是一种意志。你没听人家说，万

物皆有意志，一粒种子的意志就是要展现它的奇迹，它最大的可能性，即发芽，生根，开花，结果。它要完成这一过程，这就是种子的意志。人的意志呢？就是要最大限度地创造生命的奇迹，去完成生命可能完成的功业，去创造可能创造的一切。如果懈怠，就是对生命意志的亵渎，就是对生命的否定。"

"懂我也，慕思雪！"

子陌听到她们一拍即合的样子，心里有些酸酸地说："你们的爱太理想化了，虽然我在前面一桩婚姻算上受骗上当吧，但我相信总会找到一个真正爱我的人，运气不会再那么差吧。"

"还是谨慎一点吧，如果他真的爱你，时间长了你是可以感受到的，如果是爱你的，他一定能把他该做的做得很好，你的心是暖的，没有顾虑，相反的话，他的行动让你感到做作。一个男人真爱上你了，那他的眼神，他的动作，他说的话特别是无意中说的，他做的任何事情，都会流露出来。"苏雅说完又看着子陌补充道："妹妹我是不是太诚实了。"

慕思雪嘿嘿一笑说："一个诚实的敌人，胜过十个虚伪的朋友。"于是仨人都笑了出来。

"对了苏雅，你今天见面的这海归多大了？"子陌好奇地问道。

"怎么着也得三十多岁吧，你想想，从小学读到大学再到研究生，博士生。也得这么大啊。"

"年龄不是问题，身高……"慕思雪笑道。

"那苏雅，今天姐我来对了，凭姐我的经验一看就知道那人是什么样的人。"苏雅立即有所指地说："哈，你这叫吃药多了，知道开药方。"

"又揭你姐的短了不是！"

慕思雪笑道："真服你俩宝贝了。"

"怎么慕思雪，你也不信我啊，我告诉你啊，人说三十岁之前的相貌是天生的，三十岁之后的相貌是自己修来的。"

"什么？"

"你看吧，这人的五官，在巴掌大的地方排列有序，但世上万万千千的人，却难以找到俩相貌完全一样的人。为什么呢？因为脸上写着一个人的经历和修养，他的生活习惯，饮食，睡眠，劳作，爱情，欲望，金钱，地位，名誉，等等，都写在脸上。"

听了子陌有理有据的话后，慕思雪对此调侃道："每个人有千般模样，但真正看透一个人很难，再说现在人都整形，哪有什么庐山真面目了。"

"中国男人也开始整容了？"

"当然啦！" 慕思雪道。

"好变态！"子陌说完又意欲未尽道："一个男人是否优秀，不在长相，而在实力和能力！"

慕思雪立即插话道："一个男人不在于赚多少钱，而是在于他的钱给谁花是吧？"

"又取笑我了是吧！真是损友！"

一路上的争辩，不见分晓，正在这时，苏雅接到亲戚的电话，说见面地点海归的公司。这让她有些好奇，因此看着她们俩问道："这海归搞的什么鬼，让我们直接去他公司见面。"

子陌又惊愕道："你这是不是像老美炫耀自己，要武力征服啊。"

"我可不这么想，说不定人家就是一片诚心，让你彻底了解他啊。"慕思雪一片善心地否认道。

苏雅则自信地笑道："咱仨对一，怕他不成，再说还有介绍人我亲戚们在，从气势上他已经输了一半。"

太阳已经落到山的背后，暮色沉重地笼罩着城郊接合部，有些仍然用紫叶的家庭开始生火做饭，炊烟顺着山谷低低地流动开去，又被风慢慢吹散。群山边缘的云霭红得像血，渐次黯淡。

钱虽然不是万能，但钱有时候能救命的。

温茨对于犁浣春大方得体的帮助，深为感动。因此她便开始在犁浣春与欧阳端之间游走起来。本来对犁浣春没有多少好感的，现在觉得他委实很好，否则那几百万元不让她倾家荡产，也会一贫如洗。因此，从那以后，犁浣春的话她几乎言听计从。这时她突然觉得欧阳端有些小家子气，缺乏犁浣春的大方。

她觉得他才是真正干大事的人，才是助她走向成功的人。

按照别人指引可能一步踏空，摔得惨痛，这是萧湾村股民们的深切体会，只是这是在连续五个跌停后才知道的。于是人们又回归到平常生活中。

面对股市的异常波动，在连续跌停的第五个交易日后，证监会决定组织稽查执法力量对涉嫌市场操纵，特别是跨市场操纵的违法违规线索进行专项核查，涉嫌犯罪的坚决移送公安机关查办。

当天，公安部领导××带队赴证监会，会同证监会排查近期恶意卖空股票与股指的线索。公安部随后发布信息，部署全国公安机关依法打击证券期货领域违法犯罪活动。欧阳端看到这一消息后立即惊出一身冷汗，于是一个电话打给犁浣春。

"不好了犁总，不好了，公安机关在查股市违法犯罪了。"

"你从哪儿来的消息，干吗这么紧张。"犁浣春正与温茨在高尔夫球场打着球，当他接到这个电话时很不高兴。

"刚才新华社的消息，你快看新闻吧。"欧阳端急促地说道。

犁浣春于是放下球杆，在手机上搜索起新闻来。仔细看几遍后，觉得他这条小鱼不足挂齿。于是看着身边的温茨说道："看把他紧张的，实在干不了什么大事。"

温茨十分好奇道："什么事啊？"

"杞人忧天，杞人忧天，不管他，我们打球。"

受到冷遇，欧阳端放下电话，并不生气，就开始一边等待犁浣春的回话，一边思考着将要发生的后果以及相应的对策。

他知道从 X 月中旬到 X 月上旬，A 股上证综指暴跌近 35%，同时期指主力合约 IF1507 暴跌超过 30%，很难不让外界联想到"主力"的阴谋。他意识到大事不好了，在心里头唏嘘中国公安机关的厉害，从新疆打击暴恐，到国外抓红色通缉令的逃犯，无一不显示公安机关的厉害。想到这里，顿时觉得背后生出一股凉飕飕的冷气。

想好一切后路和做好最坏打算后，还是没有等到犁浣春的电话。于是他又一个电话打了过去。

"犁总，你在忙什么？刚才的消息你怎么看？"

"你别紧张嘛，怎么像没经过什么风浪的毛头小伙啊，干大事要沉住气！而且要查交易量并非一朝一夕，而且一家贸易公司肯定也无法使得期指交易连续跌停，有串通者，有跟风者，情况相当复杂。我们最主要的还是要查交易账户资金到底来自于何方、持有人是谁，才能真正抓到恶意做空 A 股的幕后人。"犁浣春不耐烦地说完，欧阳端焦急的心才稍为平静下来。

犁浣春之所以在接电话时表现出不耐烦，因为他正在与温茨在水上明月吃着湖鲜。而且温茨好像正一步步按照他的运筹，开始对他产生好感。

欧阳端受到犁浣春的奚落，心里五味杂陈。于是他一个电话打给温茨，想给她打个预防针，让她心理上有所准备。他知道一旦公安机关找出线头儿，就会抽空线球儿。

"你在哪里？"

温茨听到手机响后，一看是欧阳端的电话，便犹豫了一下走出门外答道："在茶吧忙呢。"

"那我过来跟你聊聊天。"

温茨连忙拒绝道："别来了，今天客人多，来了也没空陪你。"说完就挂下电话。

手机突然挂断令欧阳端气不打一处来，于是他决定到蠡湖边去转转。

"是不是欧总来的电话？"犁浣春开门见山问道。

"不是，是一小姊妹的电话，约我去做瑜伽。"

犁浣春知道她没说真话，便思索了一下说道："别跟老欧在一起了，以后跟我吧。"

温茨害怕的一天终于来临了，只是没想到来得这么快。

"我跟他本来就没有什么关系啊。"温茨有些难为情地低下头。

"我是真心对你好，你看……"

温茨连忙感激道："这次真的非常感谢您，我是把你当叔叔一样尊重。"

"可别这么说啊，我可不想当你叔叔，把我说得太老了。"否定对于一个人，有时候是可怕的。

[二]

温茨本来想以攻为守，没想到刺到他的痛处——老男人就怕年轻女孩说他们老。温茨连忙改口道："您这叫，荷叶生时春恨生，荷叶枯时秋恨成。你是不老，我的意思是……"

没等温茨解释清犁浣春便阻止道："谁能与天同寿永葆青春呢，再说像我们这样有阅历的人才有魅力是吧。"

"对！你是非常有魅力，尤其在密室的时候，那运筹帷幄的样子就非常有魅力。"

面对她的恭维，犁浣春哈哈一笑，接着一脸认真道："跟着我吧，保证以后不愁钱花。"说着就把手搭在温茨肩上。

温茨忸怩了一下，便欣然接受了。她有些不能自拔，既想着诱惑，又害怕陷得太深。尤其苏雅曾经说过作为单身女性不要祸害有家室男人的话，已经深深扎根在她心中。虽然当时听起来非常刺耳。

"咱们喝酒吧，来日方长呢。"

温茨的话意已经很明白，再说还有欧阳端在先，得给她一个适应过程。

欧阳端开着车转悠着，就不自觉地又来到温茨茶吧门前。

苍茫的暮色不知何时悄悄溜进长廊。夕阳的余晖落在他的睫毛上，他的脸一下烧得通红，他想陪她度过所有风霜和雪雨，不管遇到任何难过和坎坷，他都愿意。

"温茨呢？"一进门就向服务员问道。

"温总不在，一大早就出去了。"

欧阳端这时才意识到，人生最悲伤的事，是一鼓作气，花光了真心，人家却不领情，心里很不是滋味。便又一个电话打了过去。

"你还在茶吧忙吗？"

温茨一听这语气不对，意识到欧阳端可能到了茶吧，于是她快速反应道："没有啊，在给你挑选围巾呢。"

欧阳端一听有些感动，不过他已经不相信她的话了："你不是说你在忙的。"欧阳端觉得自己心口凉凉的，冒着冷气。

"这不是想给你一个惊喜嘛，所以才……"

欧阳端立即开心道："算你有心，那我在茶吧等你吧。"

温茨连忙说道："还要和小姊妹们逛一会儿呢，你先回去吧。"

温茨从卫生间接完电话后，便对着犁浣春说道："小姊妹的电话，她们在街上等着呢。"犁浣春挥了挥手。

温茨来到自己的车上，长长地松了一口气。她庆幸自己反应够快，否则今天就没办法收场。于是她便把车开得飞快向万向城奔去。

温茨当时脱口而出说在买围巾，不是信口胡说的，在这之前她是有心理准备的。但是开始与欧阳端无关，在犁浣春说出帮她补偿200万元之后，她想送给犁浣春的。她觉得对于有钱的男人，差的不是钱，而是感情和温暖。就像女人追求物质婚姻一样，是因为没有爱的安全感，所以只能拿物质来作保障。

欧阳端放下电话后，心情大悦。便又一个电话打给了犁浣春，他还是决定见见他，商量一下对策。这是欧阳端一向小心谨慎的长处。犁浣春正好也回到农庄。

来到犁浣春的农庄，欧阳端发现犁浣春躺在龙椅上怡然自得地听着那道不厌的锡剧。

"犁总你可真是干大事的人啊，这么淡定啊。"

"男人嘛，干大事，当然要遇事淡定啊，不过你在电话中说的事情我仔细考虑过了，应该没问题。"

"这么有信心？"

犁浣春从龙椅上站了起来，一副"世人皆醉我独醒"的模样，说道："股市这么大起大落，肯定不是我们这些小庄家的结果，应该是大庄家，我刚才与那谁通过电话了，据悉，都是配资公司搞的，他们大量买空股指期货对冲爆仓风险，每日下午2时左右，配资公司就开始平仓，大盘就插水，因为配资公司在下午一边平掉客户爆仓的股票现货账户，一边大笔做空股指期货，两头赚钱。而浙江的一些期货大鳄也趁火打劫，每天下午和配资公司一唱一和，大量做空股指期货。所以说呀，我们这小虾米不值得他们来查。"

经犁浣春这么肯定的一说，欧阳端才彻底放下心来。

烦恼，永远是寻找幸福的人命中的劫数。

相亲回程的路上，小车在公路上颠簸前行，把仨女孩的心也颠簸得曲幽通径起来。大家好像沉默得斩钉截铁，苏雅却沉默得无语凝噎。

苏雅最先打破沉默："你们俩觉得怎么样啊？"

"只要你觉得好就行。"子陌与慕思雪异口同声。

苏雅叹了一口气，表情如长风送柳，舟已归岸般淡然。

车内又回归平静。

"面对霸道总裁感觉不错吧？"子陌在小车一个转弯中，心也像转了一个弯样，用试探的表情问道。

"不告诉你！"苏雅淡淡一笑，回答。不过这笑明显不够圆滑，是勉强。

慕思雪伸了伸懒腰，说："虽然你是假装笑出来的，但你越是这样越发告诉我们——你真的爱上他了。"

子陌附和道："是的，见面时我就发现了，从表情上来说，你看到他的时候，眉眼里都是欢笑；而从你们对话来说，彼此都是害羞甚至有些不敢看对方。"

子陌说完，慕思雪假装惊讶地附和道："没想到你观察得还挺仔细啊。不会像紫萱爱上蜀山高徒吧？"

苏雅立即反驳："还不如说是花千骨爱上长留上仙呢？"顿时她们仨又恢复了之前笑声。

一阵欢笑之后，苏雅鼓足勇气看着慕思雪问："那你就说说他喜欢我吗？"

"我……我……"

"我什么呀我，但说无妨，姐我千锤百炼，不怕打击！"

慕思雪于是带着戏谑的表情一字一字数着说："我觉得他好喜欢你的。"

"花痴！"子陌嗔喷道。其实她的心里是妒忌的，没想到苏雅这么快就遇到她所喜欢的那一款。

苏雅也学着她的腔调，说道："你好坏哟，何以见得？"

"难道你没看到，他从见到你开始就带微笑，双眼微眯，嘴角弧度上扬30°以上。还有眼神犀利且散发出迷人的光芒。"

"哇，苏雅，你好幸福啊。"子陌起哄道。

慕思雪说完，苏雅脸一红，故意装作不敢相信问："你说的是真的吗？"

"妹子也，我骗你干吗，今晚你请客。"

"对，吃大餐！"子陌连忙帮腔道。

苏雅却突然自怨自艾道："你们说的都是表象的，离修成正果还有十万八千里呢。"

子陌一愣，说道："你简单，别人就简单。"

苏雅却不以为然道："你们没听人家过来人说，从爱上到结婚得十个过程。"

"人家那大明星不是说了，婚姻如股票，就算崩盘了又如何，不要那么的悲观。"

慕思雪连忙说："子陌说的有道理，我觉得吧，如果说从恋爱到结婚是一个过程吧，倒不如把时间交给生活中的每一分每一秒，当你真正为对方和对方为你付出了感情，你就会知道是否该是结婚的时候啦。"

"还是慕思雪有经验。"子陌竖起拇指笑呵呵道。

"我有经验我现在还是单身吗，不待这样取笑人的。"

于是苏雅一脸甜蜜地安慰道："这爱情吧，本来就是一种让人说不清，又捉摸不透的东西。它的到来，总是没有由来，甚至没有预兆。所以呀你就在围城之外中等待花开吧。"

听到苏雅胜利者喜悦的话，慕思雪用真真假假的口气责怪道："你个小妖精当然现在会说宽心话啊，你要知道这等待的日子多难过？"

"怎么难过，我这么多年不是好好的。"苏雅想，自己就是剩女到成为千年老妖，也不会因为扯淡而去爱。为什么现在有那么多单身。因为眼光很到位，实力很缺位。

长出墙头的草，往往经不起风吹雨打。

"据报道：今天上午从公安部获悉，经过快速的缜密侦查，公安部经侦局成功侦破一起以贸易公司为掩护、境外遥控指挥、境内实施交易，作案手段隐蔽、非法获利巨大的涉嫌操纵期货市场犯罪案件。同时××证券公司分析师童炳耀被依法批准逮捕，涉案资金已被公安机关依法冻结……"

当正在海南与温茨度假的欧阳端看到这条消息时，吓得几乎一屁股坐到地上。在一阵恍惚中又清醒起来，抓起桌子上的手机打给犁浣春。心急如焚，电话通着一直没人理会，于是他像子弹卡壳一样来回拉动枪栓，挂断后又拨打，反复多次依然徒劳。

正当他急得团团转的时候，电话神出鬼没地通了。

欧阳端急得语无伦次，想说："你干吗去了，半天不接电话？"电话那头响起一个男子的声音："犁浣春涉嫌非法股票交易案件，已经被我们公安机关羁押了，你也去当地公安机关自首吧。"

顿时，欧阳端的手机像几万伏的电流迸发，手机一下子抖落到地上发出"啪"的一声。

"怎么了？怎么了？"温茨非常震惊地问道。

欧阳端已经泪流满面，嘴里还喃喃道："我们完了，全完了……"

[三]

温茨从他喃喃的话语中大概知道了事情的严重性。她的心立即像撞毁的泰坦尼克号一样迅速下沉，脑子里原本漫天飞舞的快乐化作一道道闪电向自己袭来，然后每一道闪电袭来时，她都吓得闭上眼睛。

"要不咱们赶紧逃吧？"温茨看着他小心谨慎地提议道。

欧阳端这时却突然打起精神，平静地从地上站起来，反问道："逃？逃到哪儿去，天涯海角？这儿就是！"欧阳端的说话样子很点西西弗斯的悲壮。

"那我们怎么办啊？"温茨眼睛里焦急切、害怕、欲言又止、战战兢兢的样子，就如一只面对恶狼的羔羊。

黑云压头样的气氛在房间蔓延。

令温茨意外的是，欧阳端突然扑哧地笑了出来，说道："去自首，这是唯一的出路，真是螃蟹，一辈子只能红极一时啊。"

温茨的瞳孔顿时放大，尖叫道："不要，我们反正有钱，到国外去，走，马上走！"

欧阳端看着她，摆摆手加摇摇头说："有人说世上99%的事都能用钱解决，但是他们没有说的是，解决剩下的1%需要多少钱。没用，那是徒劳的。"说完像打蔫瓜秧又一屁股瘫倒在沙发上。

"怎么可以这样呢？以前我总是拖着你后腿，现在我努力向前跑了，你却松开手，要往后退。"温茨不知道从哪儿蹦出这么一句话来。

欧阳端心一热，起身抱着她，滚烫的泪水在她的颈窝颤抖再簌簌落下："你放心好了，我会保护你的，我会对你负责的……"

温茨的睫毛贴着他的脸，熹微的天光透过吹起的窗帘缝隙，给她眼睛挂上一层温柔的珠帘。

房间里萦绕着荒凉寂寥的气息，情绪的力量积攒着在一刻迸发，一波接一波地暗自传送，波澜不惊的下面隐藏着喷薄欲出的歇斯底里。他们正在进行一场血肉横飞的比赛，用最后仅存的力量做到伤敌一千，却自损八百……

突如其来的信息就如星夜烟花骤然一闪的刹那间，照亮了欧阳端的世界。欧阳端曾以为自己一生都会在自己的孤岛上把自己埋葬，没想到在人生最绝望这一刻，抛开一切之后，他的心中的孤岛穿过迷雾的海雾，准确地抵达人生的坟墓。

"谢谢你温茨！"欧阳端一连说了三遍后翻身再次把她压到下面……

温茨这次非常温柔，非常配合，非常给力，就如送别最爱的人。那种全身心配合的样子令欧阳端觉得此生无悔。都说性爱是最好的放松，只是他们俩没想到做到这么极致。于是，他们又在温热的浴缸里做了一次，他们就像两头缠绵和谐的海豹，在水里上下翻滚，弄出硕大的水花。他们气喘吁吁，相视而笑，体力透支使他们几乎爬不出浴缸。

温茨在精疲力竭中，抛弃了恐惧，很快进入了梦乡。脑海里一片片，一团团，影影绰绰，密密实实；灵动如飞絮流烟，飘洒如轻罗细纱，闯入她的眼际，沾上她的发根。一会儿是他们追着它的行迹，一会儿是它在撺着她和欧阳端，肆意地飘进车里，像捉迷藏似的。她喊着他名字，但好像被锁住了门，一点声音都逃不出来。她害怕极了，伸手去掐自己的脖子，用尽全身力气，想把堵在喉咙里的那一小团冷硬的绝望挤压出去。

……

当温茨从梦幻中醒来时，欧阳端已经不知去向。然后她开始疯狂地打他的电话，结果关机。于是她看到了床头上的纸片，拿起一看是一封信。

温茨，我是真的爱你，如果我带着谎言离开你，上帝是不会原谅我的。当你醒来时，我已经去了。不要寻找，不作声张，权当什么也没发生过。这件事与你无关，继续你想要的生活。要坚信，这个世界除了你自己，谁也不能阻止你成为想成为的人。所以你别找借口。再聪明的人，都会愿意去做一些傻事。有时旁人看不透，就连自己也说不清。很多时候，喜欢一个人，是喜欢和她在一起的自由。喜欢看她的眼神，她对自己的专注，微妙又异常温柔的关心。她让你卸下面具，享受与众不同。喜欢一个人，有时很奇怪，在你知道不会和她天长地久，不会有任何结果，但他们会白头到偕老，只不过在各自的世界里。在有生的时间里，能遇到你，竟花光所有的力气……这时才发现，竟然才觉得有过人生……

生代表永恒，死代表永逝。

看完欧阳端留下的情真意切的遗言，温次第一次痛苦得潸然泪下，那样子像地动山摇。一切来得那么猝不及防，用尽洪荒之力换得的所有，突然变得非常遥远，细节全失，仿佛前生，仿佛来世。

哭了好长一阵子后，温茨开始发疯地找他。然而，望着无际的海岸线，只有浪花拍岸的撕裂声，仿佛人只不过沧海一粟。

静夜的风吹动她的发丝，继而带动她的思绪，轻轻的，软软的，痕迹遍地。

欧阳端对她的爱，对她的好，不断在眼前浮现。温茨时常听人说：人生最幸福的事，就是有人可懂，有情可依。

这时她才觉得这句话并不全对，应该是人最幸福的事，不光有人可懂，还要有人可伴。如果人生可以重来，她愿意把最初的自己交付给他。

欧阳端在遗书里给她留下大笔财产，是她曾经不遗余力追求的东西，现在顿时变得一文不值了。

死对他来说是重生，对她来说是殉葬。温茨觉得这是老天对她最好的惩罚。

"你同意分手了？"当周印听到温茨愿意分手的时候，也是有些吃惊的，原以为她还会继续纠缠下去。"是找到更愿意花钱给你买礼物的钱包了？"

这句话就像钢刀一样刺进温茨心窝："告诉你周印，我玩得起，也收得起心，我可以专一到让你惊讶，也可以花心到让你害怕，我喝过最烈的酒，也放弃过最爱的人，我可以像疯子一样玩，也可以像个爷们一样工作，更可以在家里做贤妻良母，一切的一切取决于你是谁，也取决于你如何待我，女人千面，你给我的温度，决定我对你的态度，所以请你不要站在你的角度看我，你看不懂！"

暴躁如闪电加雷声划过头顶，能抵御四处乱窜的冷空气，也能把胆怯死死地压制在骨髓里。周印一下给懵在那儿。他曾听说过，一段婚姻的开始，总是以肌肤相亲、日夜厮磨开始，又总是以找到刺破对方盔甲的利刃而结束，没想到今天在他身上发生了。

周印在气愤中举起手想给她一巴掌，温茨却岿然不动甚至连眼睛都不眨一下。几秒钟的对峙，他败下阵来，落荒而逃。

在一段结束的婚恋关系中，往往并没有谁对谁错之分，一部分人是因为情感被时间磨蚀，彼此都成了对方"消失的爱人"。而另一部分人，从一开始就不合适，只是到了一拍两散之际，才发现对方原来只是"最熟悉的陌生人"。

相互利用的生活里也有不舍的交集。如果习惯了，再被撕裂开，好像会带出鲜血和骨肉。周印第一次这样地感觉到了。

"兄弟你说这女人怎么这样善变？"在乱世佳人酒吧里，周印看着好友童瘤问道。

"大哥，你不会才明白这件事吧。难道你没听说：现在找个女朋友就像买了辆旧车。不在乎是几手的，就怕以前的车主还有钥匙，时不时开出去遛遛。烧你的油不说，开坏了还得你自个修！"

周印沮丧中又明知故问道："难道我是她的备胎？"

"哥哥啊，你缺心眼了吧，难道你就一点儿也不知道？"

其实周印心里比谁都清楚自己很 loser，却以为自己很聪明。他这个备胎早在与温茨交往时已经在制作当中，只是他努力挣扎，希望在好友面前保住最后的颜面。童癫的话令他汗颜，真想这辈子出走半生，归来仍是少年，重来一次。正在他们你来我往的说话间，一个熟悉的声音闯进周印的耳朵。

"哎哟，这不是我们的周总嘛？"杨晨端着一杯酒，不咸不淡地上前调侃道。

"你怎么在这？"周印有些好奇问道。

"干吗我就不能来呢？"

周印愣了一下，没好气地说："难道你没听说酒吧变成红灯区，就像女孩变成女人这么简单。"

杨晨反驳道："你out了吧，你没听人家说，男人三十小狮狗，甜言蜜语常在口；男人四十看门狗，一见老婆就发抖；男人五十是疯狗，一见女人咬一口。"

"你们女人也好不到哪儿去，有钱有闲的食利阶层的女性，向男性的开放和自主看齐，催生和支撑了'牛郎'的行当。"

"你还真说对了，现在贵族阶层的妇女们当然更有条件或者更喜欢豢养男宠，你能阻止吗？人家有钱！"

其实今天杨晨来酒吧解闷是因为她发现一个秘密。就在今天去青城山公墓给丈夫扫墓时，远远就看到郁寒山墓前矗立着一名女子，当她好奇地快速跑过去一看，那女子正在郁寒山墓前哭泣着。

杨晨非常惊讶。为此她便上前带着非常好奇的神色问她是不是走错地方了。结果，那么女子非常哀伤地告诉她，她是郁寒山的初恋情人，因为出国与寒山错过了婚姻。当她回国后找到郁寒山想重归于好时，寒山告诉她非常非常爱自己的妻子，绝望之下她只好选择了割腕自杀。因此那天在自杀前，她给郁寒山打了最后一个电话，结果郁寒山赶去救她时，在蠡湖大桥上因为超速发生了交通事故……

杨晨听了她的诉说非常愤怒，觉得她好可恶。于是她热血沸腾，上前一把抓住她的衣领，正在这时，公墓里一阵风儿突然吹来，她一下清醒了许多。想想自己与丁海峰的交往，破坏着人家的家庭不是也很可恶吗？于是她原谅了她并决定以后不再与已婚之人交往。

第十九章　静美花开

[一]

童瘸像裁判员一会儿看看她一会儿看看他，见他们俩没完没了，一副吵架的架势，于是他一着急大声叫道："都不是好鸟！"

杨晨与周印一愣，然后同时看向他，好像在说："关你鸟事。"

杨晨沉默了一下，又很不服气地看着童瘸质问道："怎么，难道我说错了？一些女性的性开放和性自主，是以男性的开放和自主为导向的，并且以为这是不言自明的正确，因为它符合男女平等的观念。"

"你说得很对！今天中国的男人，特别是外表体面的精英男人，已经以性道德败坏为时尚。比如，一个领导干部没有把婚姻体制以外的一个或几个女性纳入自己的性范围，就不好意思在官场

上混似的，在公众这一方面，如果真有一个吆五喝六的大人物特别洁身自好，就会满腔狐疑地猜想他是不是特别善于隐藏私生活。而事实往往会证明怀疑是对的，因为等到某一天他被纪委抓了，就知道原来此君也是个伪君子，他早已习惯与多名女性发生并保持不正当性关系或曰'通奸'，但请好好记住，这些人只是男人当中极少的一部分人，是极少的人渣！"童瘌说完，脖子都涨红了，好像竭力在辩解他不是人渣。

"我可没有支持你的意思啊！你看那些明星，说什么人家老公都是临时工的，说完就给老公戴绿帽子！这还不都是你们男人逼的，所以下辈子一定要做个男人。"

"为什么？"童瘌瞳孔放大中好奇道。

"因为做女人，不能太胖，不能太瘦，不能长斑，不能长痘，不能拜金，不能贪玩。要生孩子，要漂亮，要懂事，要挣钱，要身材好。要会煮饭，要做家务，要懂得体谅，要不黏人，要温柔贤惠，要教育小孩，要勤俭持家……而男人只要会挣钱就拽得不得了！都说女人是水做的，我怎么感觉女人像是TMD钢筋混凝土做的，要多刚强得多刚强才行。"

云雨巫山，一枝梨花压海棠。

聪慧女人的怒吼往往杀伤力极大，还不见血腥。杨晨的一席话令他们无地自容，尤其是童瘌，沉默了半晌才回过神来。

"这人是谁？"童瘌好奇道。

"不知道是谁你就跟她扯淡啊！"周印生气道。

童瘌一听，指了指他，没好气地说："我是看到你趋于下风才帮的。"

"那我还得谢谢你的好意了？"

"不跟你说了，我去找她玩。"童瘌说完诡异一笑就向杨晨座位走去。

"去吧，找死去吧！"

童瘌离开后，周印边喝酒边思索。他觉得，雪卉如果爱上一个人，一定是什么都不管不顾，整个人都沉醉在其中。就算再艰难，她都会用肉身与这世界劈面相逢；就算受伤也在所不惜。而温茨则不同，不管是做生意还是谈恋爱，想做什么就做什么，想怎么做就怎么做，强势而不可理喻。和一些女人视老公、孩子为头顶的天不同，她看似想走进婚姻，却又让人一眼明了不愿被婚姻关系束缚手脚……

"你们俩刚才在讨论什么？"童瘸凑上前来，杨晨看着他问道。

"还能讨论什么，男人的话题，总是离不开你们女人！"

"是不是他和女朋友分手了？"

"就你聪明！"童瘸一副讨好的样子。

"他们根本不是一路人！"

"哎哟，此话怎么说？"

杨晨欠了欠身体，做了一个深呼吸说："打个比较近的比方好了。在《芈月传》里，后宫那些女人们只知道对芈月羡慕、嫉妒、恨，却不知道：秦王跟芈月做的事，她们只能做到一半，甚至一小半；秦王跟芈月在一起，是高级调情、神交，跟她们在一起，最多也就是过性生活。芈姝有什么错？并没有，从小她就是按照贤良淑德培养起来的女人，可秦王偏偏是喜欢智慧多于美貌的芈月。所以芈姝即使留得住秦王一晚两晚，她也根本无法跟上秦王的频率，在她的理解中，芈月就是心机婊，可实际上，芈月跟秦王，才是 soul mate。自己的精神世界不够完整强大的话，很容易被她反噬，而周印跟温茨，就是这个遭到反噬的人。彼此初见时可以迁就相互的毛病和距离，一起过日子却只能无限放大，所以这才有了分开时，那一句意味深长的话：你是一个传奇，而我要的是一个家庭。说的就是你的朋友周印。"

童瘸听了，立即竖起大拇指，说："高人，高人……怪不得周印说你聪明得一塌糊涂！"

"恭维没用，你驾驭不了本宫的，本宫不是你的那道菜！"

窗户半开着，苏雅趴在窗沿上。阳光照在她身上，暖洋洋的很是舒服。尽管这冬日的阳光没有多少热量，但她觉得此时浑身都在燃烧着。她向窗外看去，瞳孔变成了一条缝，冬日的花园里，树叶沙沙作响，草坪上光影斑斓。

都说恋爱一次就是大病一场，可苏雅觉得恋爱中的人生是多么美好。她和海归嘉维的爱来得迅速而热烈，尤其嘉维那些从西方学来的东西，既令她始料不及，又心心所向。就在此刻，与嘉维相聚的美好还在回味无穷中……

"……你要干吗？"嘉维给苏雅突然来了一个猝不及防的深吻，非常用力。空气中仿佛也迷漫起恋爱的小酸臭。

昨晚看了《滚蛋吧肿瘤君》，一走出影院，那阵来得突然的寒风让她不禁打了一个哆嗦，嘉维一个顺势，张开双臂，她就钻进了他的风衣。

嘉维把她紧紧抱在怀里，紧得苏雅有点呼吸困难，可是他还是不想放手，他像守财奴抱着自己失而得复的珍贵宝贝，心里充满了满足和占有欲，像要把她揉碎碾进自己的血肉，与之共生。苏雅理解这种求之若渴的心情，这种心情曾经也在她心里播下种子，顷刻间就可以长出嫩绿的芽来。

"这是首付！"嘉维在一番不遗余力的自得其乐后，舍不得地松开她说道。

可是就在苏雅举起她的绣花拳头时，他又意犹未尽说："希望下次你能够做到认真配合，那样你就可以做任何想做的事情，否则别浪费我的口水。"这句绕口令的意义很明确，就是让她下一次好好配合接吻。

"流氓，你滚吧！"苏雅真真假假将手上的包飞了过去。

嘉维做了一个倒地打滚的样子，立即就把她逗乐了。他一伸手又将苏雅搂进怀里。

喜欢，超越一切障碍。爱，成就一切可能。苏雅倒是觉得嘉维精力充沛，接吻就像小兽那样勇猛，还是令她非常喜欢的。

"我希望永远做你的流氓！"嘉维嬉皮笑脸道，那说话的声音霸道得像个孩子。

这时苏雅才觉得，真正爱上一个人，没有什么模式，相反有模式的爱一定会随着共同价值的失去而失去。

心，是一本奇特的账簿，只有收入，很难支出，人生的一切痛苦和欢乐，都化作宝贵的体验记入它的收入栏中，包括痛苦。

面对周印的失恋，雪卉像突然间买了一张彩票，中了大奖般高兴起来。她觉得周印本来就应该属于她，就像书上说的那样，初爱像一本老书，即使有了千百遍，仍值得怀念。带着这样的希冀，她主动地向周印走去。

"大哥，我们去散步吧？"她轻轻推开周印卧室说道。

"不去！别添乱。"口气如子弹向外冲击。

雪卉顿时一愣，随即继续毫不气馁道："不就是失恋了嘛，有什么好生气的。"

周印倏地起身，将房门"砰"的一声关上。

雪卉觉得脑子里立即轰隆一声，像无数东西蜂拥着从心底盘起，抽丝剥茧地将所有的问题呈现给自己。

响声惊动了正在午睡的周皓轩。周皓轩推开门一看，发现雪卉一屁股坐在地上，梨花带雨般悄无声息地哽咽着。

"你们这是怎么了？你大哥欺负你了？"

雪卉于是像孩子见到父母样委屈地哇哇哭了起来。

周皓轩见此，便明白了一切，一个转身，用力推开周印的门，呵斥道："你怎么能这样对待人家啊！"

"我没有怎么样她啊！"周印一头雾水，站起来回答。

"你没有怎么样她怎么哭得这么伤心？"

周印犹豫了一下回答说："那是她自己找上门来的。"尽管他声音像蚊子样嗡了一下，还是被周皓轩听到。

周皓轩勃然大怒，说道："我知道你失恋了，失恋了也不要拿别人出气啊……"

父亲的一番教训后，他知道这一切都是他的错。人家送来一张热脸，他却给人家一只冷屁股。但他并不是有意的。

在错误时间里面，往往正确的事也是错误。一切的一切在渐渐地冷却，阳光，仿佛在偷偷对他藏匿；记忆，仿佛在被抛弃的荒芜之地；彷徨，失措构成了散落漫天回忆的画面。他觉得在这个不悲不伤的季节失恋，自在不愿意。因为负了昨天，才会有今天。

父亲还在喋喋不休，当周皓轩说出"男人就应该说到做到，不要叽叽歪歪，拿不起放不下"时，立即像点到周印死穴样，痛得他暴跳起来。

"我怎么就不像男人了？我怎么就不像男人了？"那样子非常狰狞可怖。

周皓轩第一次发现儿子如此暴怒，瞬间愣住了。

说完周印又余怒未尽地质问道："我什么时候叽叽歪歪，拿不起放不下了？"

周皓轩觉得儿子越来越不像话地质问自己，竟然在挑战自己，一生气，脱口而出又在周印的死穴上补了一针："那干吗人家温茨……跑了？"他差点说出不要他了。

周印又是一个暴跳如雷道："那是因为她本来就不是什么好人！"说完又不解气地补充道，"我本来就对她没感情！"

周皓轩脸一沉，说道："那你给我说说什么样的人才是好人？雪卉好吗？"

周印哽咽了下，没说出话来。

于是周皓轩亦将剩勇追穷寇般说道："过去的就过去，今天我就跟你们做个主，跟雪卉结婚吧，你们都老大不小了。"

周印一听，额头上的青筋在冲击凸显的一瞬间又卧倒样回到原位。心想，你这让我面子往哪儿搁，尽管她不错，我也喜欢她，但这样也太让我没面子了吧，以后怎么在她面前抬起头来。于是他故意违心道："不可能，都什么年代还父母之命！"

见儿子表情异样地反对，周皓轩知道他心里在想什么，因此换了一种口气说道："擦肩而过的叫路人；不离不弃的叫亲人；时牵时挂的叫友人；生死相随的叫近人；默契能懂的叫爱人。多好的一个姑娘啊，你们打小一起长大的……"

周印听了，没有作答，而是瞪了父亲一眼，闯出门外。周皓轩给雪卉使了一个眼色，雪卉擦了一下眼泪跟了出去。

没想到周印态度依然如故，坚决不让她跟着自己，并说了一句令雪卉非常伤心的话："我们不可能在一起！"

[二]

伤心欲绝之余，雪卉反倒平静下来，来到蠡湖之光的湖畔。

伴着瑟瑟寒风，她怅然地眺望着远方。

风如人心，总是在悲伤时凄凉。风吹起她的长发，长发又随着风将她的脸颊、双眉或浓或淡地隐藏起来。但她那两颗眼球泛着血色的光芒，仿佛是两袋子被灌满鲜血的透明水袋，随时随地就会有红色的液体迸发出来一样。寒风令人清醒，思考的闸门旋即打开……

乱世佳人酒吧里，周印在这里买醉。不一会儿，就如蜜蜂嗅花香，苍蝇闻到臭味，以陪酒为生的小姐们便围了上来。

"先生要陪你喝两杯吗？"一位浓妆艳抹，腴着胸前高高两座山峰的酒吧女靠在他身边问道。

周印斜视了一下酒吧女，发现她的眼睛还惺忪着，就像刚刚起床，身上还带着前不久与男人交易后的荒唐味道。

一股厌恶涌起上心头，便脱口而出："滚！"谁知酒吧女是道上混的，并不把他当一回事。当周印嘴里的"滚"字一落地，酒吧女一杯酒水就倒到他头上，嘴上还说着只有道上人能听懂的人话。

正在郁闷和火头上的周印哪能忍受这样的女人欺负，随手将杯中的酒还了回去。酒吧女一声尖叫中，便围上来了三个壮汉。周印见势不妙想跑，人家哪肯放过，于是拳脚与唾沫齐飞。

眼看就要吃大亏了，周印奋力抱头鼠窜。结果在他冲出乱世佳人酒吧的一刹那，与杨晨撞了个满怀并险些把她撞倒。

杨晨刚想骂人，发现是周印，又一个急刹车地责怪说："找死也要看路啊！"接着几名壮汉就冲了出来。

见此情景，杨晨顿时明白了一切，呵斥道："你们想干吗？"周印则像瞬间找到救命稻草样，随即从地在捡起一块砖头，做出要反击的状态。

这时一声警笛由远而近，闻讯而来的警察不管三七二十一，凡在场的人员，全部带进了警察局。

雪卉在蠡湖之光独处一段时间里，她想了许多许多，也明白了许多许多。爱情是一条双向的河，只有双向碰撞才会产生爱的火花。一个人单恋，注定是孤独和悲哀的。爱情和情歌一样，最高境界是在对唱中余音袅袅。最凄美的爱，不必呼天抢地，只是相顾无言。于是她知道自己该怎么做了。

经过警察的调查了解，最后做出处罚决定：三名壮汉因为打架斗殴造成周印轻伤被拘留。周印与酒吧女相互道歉。

当他和杨晨从警察局出来时，心情雪上加霜，更加糟透了。

"失恋了有那么痛苦吗，居然打起架来，真有你的。"杨晨弱弱地责怪道。

"是她们先惹我的！"

"难道狗咬你一口你也还回去？"说完她又意欲未尽责怪道，"不知道含忍是为了更好的自由？你说你要关进监狱了这一辈子不是完了？"

周印惨然一笑后突然想起什么事似的问道："你怎么又来这儿了？"

杨晨脱口出："找你……有事的。"其实她想说道歉。"什么事？"杨晨没有回答，而是转移话题继续问道："你对她还是有爱对吧？"

周印立即答："你不是早就说过我们没有爱，只有利用！"

"那就更没必要伤心啊，还跑到酒吧……"

周印犹豫了一下，实话实说道："这男人总得要面子吧，被女人甩总归心里不舒服吧？"

其实周印嘴上说的，并不是他心里想的。之所以郁闷，是因为这些年来，已经把温茨不自觉地列为家庭中的一员。就像他家中的一件经常不使用的家具，即使自己不用，也不希望别人使用，更何况还是跟自己睡在一起多年的女人……总之他不希望她成为别人的女人。

杨晨没想到这个话语不多，平时蔫不拉唧的男人居然这么要面子、要所谓的尊严。

"你也太大男子主义了吧，那你们男人经常甩女人有没有替她们想一想？"

周印听了，脸顿时红了起来。

"我倒觉得你不是因为没面子而痛苦，而是因为你的自私在作祟。"

周印没想到，杨晨一下子戳穿了他心里所想。对此周印只好投降，承认道："弃之可惜，留之厌烦。"

"终于狐狸尾巴露出来了吧。"说完她就往反方向走。

"你干吗去？"周印一急问道。

"当然找我的乐子啊！"

"不会是去找童癫吧？"

"算你聪明！不过这次错了，我是到你家找你，你父亲说你生气出来了，就猜想你一定在这里。"

周印因此好奇地问："找我有什么事？"

杨晨又折返到他的跟前，淡淡一笑说道："现在没事了。"

她觉得旧事重提就如再揭开一次伤疤，况且周印也是无辜的。

"我想和你谈谈！"

杨晨听了，又转身好奇道："谈什么？"

"谈雪卉吧。"杨晨笑得灿烂无比。不过那笑中明显带着化蛹为蝶的样子。

周印因此进一步好奇起来："你怎么知道？"

杨晨脸一沉，思考了一下说道："这生活吧就是根绳子，总是牵着我们的鼻子走。我们在岁月中跋涉，每个人都会有自己的道路。要想不让绳子牵着走，要么割断它，要么随着它走。"

"你的意思现在开始随波逐流？"

"当然不是，你没有明白我的意思。"

"那你说来听听？"

杨晨叹了一口气说："这婚姻吧，不是想象中合适不合适才在一起，而是在于彼此用心地去改变自己，适应彼此。"

"我一直喜欢你的！"周印像使出全身力气说道。

"喜欢我？那为什么失恋还这么痛苦？"

"你不是知道了嘛！"

杨晨于是被难住了似的仰望了一下天空，然后一脸坚定说道："我们也不合适，而且非常不合适！"

"那你也可以试着和我交往啊！"

杨晨摇摇头说："我对你太了解了！"

周印急道："我可以为你去改变！"

杨晨又摇摇头说："这人与人之间的交往就如一张白纸，一旦褶皱了，再想让它完好如初不可能。"

"那我在什么地方让你看透了我？"

"没有立场！尤其在女人的问题上你总是没有坚定的态度，这一点是你致命伤。"

"难道我真像你说的这样？"周印觉得不可思议。

"只是你自己不了解自己而已，雪卉真的最适合你！"杨晨说完丢下他走了。

当局者迷。

周印顿时像个失去妈妈的孩子，止不住的眼泪汩汩流下。他至今不知道自己错在什么地方。

"老人们不是经常说婚姻是一场合作吗？难道他们的话是错的……"他带着一路跌宕起伏的心情回到家里。

幸福总是围绕在别人身边，烦恼总是纠缠着自己。推开家门，周印发现父亲正在抽着烟思考着什么。周皓轩见儿子一副失魂落魄的样子，连忙起身迎着他说道："儿子，那会儿是我话太重，对不起。我们父子俩谈谈吧？"

周印一愣，把嘴里面的话咽了回去。长了三十多岁，在父亲身边生活十几年，父亲还是第一次跟他说对不起，这让他意外的同时，觉得心里的憋屈像洪水猛兽般涌了出来。

"好啦，老爸跟你说对不起了，别难过了……"

周印在沉默好长一段时间后，检讨似的说道："我可能是太急功近利，把婚姻放到了一个生意平台来操作，所以才导致婚姻搭上错误的列车……"

"其实我也觉得你和温茨不合适的，只是我们老辈人觉得能干，人也长得漂亮。所以……"

周印想起"婚姻的本质是一场合作"，立即反驳说："你们老一辈的婚姻为什么讲究门当户对，那是因为夫妻俩都没啥进步，或者基本一辈子都处于同一水平线上，就不会谁瞧不上谁。"

周皓轩淡淡一笑说："你说对，时代不同了，但爱的本质没有变——心往一处想，力往一处使。"说完他又很不甘心地说道："居家过日子还是找个门当户对的吧。"

"你的意思还是让我和雪卉在一起是吧？"

周皓轩以沉默表达了态度。

这时，周印在沉默中想起杨晨的话"雪卉真的最适合你"。于是他像在迷雾中突然找到方向一样，又打起来精神来。可是他又不好立即否定之前的态度，于是他悄悄抬起头，怅然地看着父亲。

周皓轩见此，像立即明白他的意思样说道："寻找幸福的人，有两类。一类像是在登山，他们以为人生最大的幸福在山顶，于是，气喘吁吁，穷尽一生去攀登。却发现，永远登不到顶，最终看不到头。他们并不知道，其实，幸福这座山，原本就没有顶没有头。另一类人也像在登山，但他们并不刻意要登到哪里。一路上走走停停，看看风景，吹吹清风，心灵在放松中，何尝不是一种幸福？"

"那是你们老年人的心态，你问一下当下的年轻人，他们能接受你的观点吗？"

周皓轩苦笑了一下，不语。

[三]

见父亲尴尬的样子，周印自言自语地试探道："雪卉真的有你们说的那么好吗？"

周皓轩一听，机会来了，便脱口而出："反正很适合你。"说完他又意犹未尽补充道："好好把握吧儿子，她真是个好姑娘，又温柔又懂事……"

"那，那……"

"好啦，我知道你的想法了，你不好意思我来跟雪卉说。"

周印尴尬一笑，往自己房间走去。他其实也觉得雪卉不错，只是没有觉得像他们说的那么好，相反觉得雪卉喜欢管这管那的，这让他有些讨厌。更重要的是雪卉依然带着纯朴的乡土气息，这让好不容易走出大山的他来说，娶一个这样的媳妇无疑是从起点又回到起点。相比之下，温茨就大气了很多，尽管她也来自农村。

"叔，你病才好，怎么抽起烟来？"雪卉从外面回来，推开门一看，发现屋里烟雾缭绕，就担心地问道。

周皓轩于是故意装作很痛苦的样子说："那小子太让我操心了，愁死我了。"

雪卉连忙上前安慰道："他一时想不开，会慢慢好起来的。""大哥"两字已经被雪卉在不经意中转移成"他"字。

而周皓轩却没有听出话音来，反而借此夸奖道："这小子吧还是不错的，就是有时候优柔寡断。"

"也许性格真的决定命运吧。"雪卉脱口而出。

周皓轩见她不往他设想的路上走，在犹豫中，接着用力吞咽了一口气，说道："我想跟你商量个事。"

"叔，您说吧，跟我还客气。"

"你也老大不小了……你觉得你大哥怎么样？"

雪卉着实一愣，然后故意装作没听懂地淡淡地说道："叔，您刚才不是说了，他不错啊。"还是不接他的话，像是装作没听懂。

于是周皓轩再次吞咽了一口气说道："我觉得你们在一起不错。"

雪卉直接回答："他不喜欢我啊！强扭的瓜不甜。"说完又补充道："叔，您就别操年轻人的心了。"

周皓轩以为雪卉同意了，便高兴道："你们小时候经常在一起玩，大家知根知底……"

雪卉见缝插针地阻止，说道："叔，我们的事您就别管了，我们自己会处理的。"说完便向厨房走去。

周皓轩尴尬一笑，止住剩下的话。

照着别人指引的路走，走不出人生的方向。周印在房间里把杨晨的话和父亲的话，认认真真一番思前想后，觉得他们的话也许真的是对的。于是在他们众口一词的指引和推动下，一下子发现雪卉身上竟然有太多的闪光点——善良、勤劳、漂亮，会过日子等等。而过去自己之所以不能接受她，是因为他潜意识中不想让人觉得他是一个可怜人，一个被抛弃的人，需要另一个人的同情。于是他决定找雪卉聊聊，如果有可能就早点成个家。

"做的什么好吃的，我来帮你吧？"周印走进厨房问雪卉。

"你看啊，不用你帮忙，去忙你的吧。"口气平淡，一如既往。

周印顿时感到有希望了。于是他挽起袖子就要动手帮着洗菜。

结果被雪卉阻止了："单位来电话，通知我去上班了。今天就让我一个人好好为你们做最后一顿晚餐吧。"

周印脸色立刻就变了："啊！你要上班了啊。"

"是的，刚才来电话了。"

周印脸色立即变得阴沉起来，僵持在那儿不知如何是好。

面对行将覆巢般的希望，周印犹犹豫豫地鼓起十二万分的勇气说道："你走了我们怎么办？"那恳切的眼神加无力的无助令雪卉的心一软，她知道他的意思，但仍然装作不知所意，说道："什么你们怎么办，大活人连饭也不会做啊。"

"不是……不是……"

"不是什么？谁离开谁不能活啊。"她最讨厌他这种言不及义的优柔寡断，没想到他依然没有改变。

"我想跟你在一起！"真心的裸露，和盘托出。像在沉默半个世纪后，周印鼓足勇气说道。

雪卉没有周印想象中惊喜的表情，她只是顿了一下，幽幽地说："晚了，这句话来得太晚了。小时候我对你就与对别人不一样，十四岁的时候我知道我爱上了你，但是你出去闯天下了，我以为再也不会与你有机会见面，没想到能再来到你的身边。我给你做饭洗衣，照顾周叔跟温茨，只是因为我爱你，我与温茨争吵，也是因为我爱你，可是这几天我也想明白了，光是我爱你是不够的，就算你不爱温茨，你也不会爱上我。我不想卑贱地等人来疼我，我希望他疼我是因为他爱我，而不是我适合他。"说完她停顿一下接着说："没想明白的时候，容易把感动当成爱情，也容易把过客当成真爱。现在我明白了，真正的爱人总是在两个人同时出现时出现。"

"我可以为你改变，真的！前面是我……"

"我知道前面是你看不上我，没关系。"雪卉单刀直入说道，语气平静得如冬日无风的蠡湖。见他不语，她又接着说："人说相爱太早爱不起，相遇太晚等不起，缘分太少伤不起，桃花太多也爱不起。真正的爱情，没有早到晚到，没有或多或少，是你，就是你。归属感就是你强烈地想和他在一起。如果某人注定属于你，即使打开世界上所有的门和窗也无法让他离开。"

周印于是又像看到了希望样，露出了勉强的笑脸。

晚饭在雪卉的一如既往中开始，只有周印和雪卉知道，这顿饭吃起来那么寡淡无味，他们如数米粒一样，想着自己的心事。

周皓轩故意打破沉闷，意有所指地说："雪卉做的饭菜就是合一家人的口味，没想到，到了晚年还能有这么好的福气……"

雪卉装作没听懂意思地打断道："哎呀叔，这人的口味会变的，比如年纪大的人喜欢菜烂一点的，年轻人喜欢吃饭硬一点的……"

直到说得周皓轩一脸尴尬起来。

于是周皓轩给周印使了一个眼色，意思让他主动一点。

结果周印在他一次次逼迫中，说道："爸，别费心了，她明天要回去上班了。"

周皓轩像梦中醒来样问道："不会吧，不会吧？"

"是的周叔，我准备吃完饭告诉您的。"

周皓轩顿时泄气了。不过，随即他又不甘心道："那你们……"

雪卉连忙说道："我们都说好的，您就放心吧。"她怕周印说出实情，伤害到老人。于是周皓轩开心地笑了。

那一夜，雪卉与周印无眠。

雪卉在心里反复问自己，这样的爱情到底要不要？在想了一遍又一遍后，每当海浪即将冲到周印身边时，便又折返回自己的心海之中。爱你的人，生怕给你不够，不爱你的人，就怕你要求太多。而周印一直在反思自己到底错在哪儿，可他就像一个迷路的人，总是在肯定与否定中回到原点。

送别是最好的挽留。周印决定在离别的车站做最后一次努力。然而当他带着所有的信心起床来到客厅时，发现桌上留下了一封信。

大哥：

请原谅我的不辞而别。当你看到这封信的时候，我已经在回到重新生活的路上。我们虽如青梅竹马，却又如陌路相逢。在童年的记忆里，和你在一起是我一生中最开心最幸福的时光。

……

在爱的路上，我觉得离别不一定是结束，相反倒是新的开始。曾经我多么希望成为你新娘，书写传说中那完美的青梅竹马的故事。然而，期冀总是美好的愿望。因为爱情这东西，总是伴着风雨与爱的人相聚。

有些人走在了一起，而有些人却只能成了牵挂。就像面容上还留着月光的余温，想一想才知道那是昨天的月亮。对于你，我的爱没有变。现在不会，将来也不会，只是这爱化作了亲情一样的爱而已。

有缘注定会相聚，别再忧伤了……

看完雪卉的信，周印终于悲伤得不能自已，可一切都晚了。他觉得他仿佛一出生就如浮萍被水推着前进，很多时候他也想停留在某个港湾扎起根来。可是面对其他浮萍的随波逐流，他还想再看看前面的风景。对此，他想象着，在未来的时光里，也许自己还被会水推着走，也许会一个决定扎根下来……

至于未来的事，又有谁知道呢？

"静月轩"的舞台上。

"小时候总觉得做个女人，漂亮很重要。后来长大点觉得，有品位和气质很重要。再长大一些觉得一生有个男人疼你很重要。直到后来才明白，一个女人，拥有独立的思想，独立的人格，独立的经济，精彩地活着最重要！所以女人一定要有四样东西：扬在脸上的自信、长在心底的善良、融进血里的骨气、刻进生命里的坚强。"

随着主持人萱萱一段意味深长的话毕，林淫身着长留上仙白子画的一身白袍；慕思雪身着花千骨新款动漫蝶恋花汉元素襦裙，手牵着手，和着忧伤的《不可说》音乐——

女：用你的手 解我的锁 跌入这温柔漩涡

男：千丈风波 万般蹉跎 情意都不曾变过

女：一世牵绊 一念成祸

还执意一错再错

男：一瞬之间 一生厮守

粉碎成末

女：爱上你爱上了错

男：失了你失了魂魄

……

随着他们俩的出场，爱恨情仇也从舞台后面走了出来，"静月轩"里立即沸腾了。

"好浪漫啊！"

"太有创意了。"

……

人们发出了一声声艳羡不已的赞叹。

紧接着，伴着雷声和暴风骤雨，五对男女的着装按照绿、蓝、紫、橙、黑色系列，在对峙、爱恨、情仇以及云飞雪落的刀光剑影中，魑魅魍魉地呈现在大家的面前。

"白子画，你若敢为你门中弟子伤她一分，我便屠你满门，你若敢为天下人损她一毫，我便杀尽天下……"说完，一场厮杀就此开始了。刀光剑影齐飞，叫嚣声此起彼伏……刀剑的金属碰撞声，在山谷"当当"响起。为爱的人冲锋，仿佛感觉自己无所不能、刀枪不入和能飞天遁地。

[四]

烈男爱痴女，倾心一场相思梦，明知一切皆空，仍惹有心人断肠。最感动人心的不过爱情，最摄人心魄的不过是生死相依。

来自欧洲的采购商白克冽女士一边看着，一边轻轻称赞着："very good！ very good！"

胖姐没想到苏雅的才华如此超群，居然受到电视剧《花千骨》启示设计出系列情侣动漫套装来。

"这些演员都很专业，他们来自何方？"白克冽的翻译立即向胖姐问道。

"请你告诉她，她们全来自'静月轩'的梦幻模特队。"

白克冽听了翻译的话，张开嘴唇，惊呼问道："她说的是真的吗？"

胖姐表情肯定地回答："我们这支模特队还与蠡江歌舞团签约合作单位，经常随蠡江歌舞团下乡宣传文明礼仪，不仅产生了巨大的社会效益，还在蠡江大剧院的演出中带来了可观的收益。"

白克洌女士听了，又是一脸惊呼。于是徐芊芊把身边的子陌介绍给白克洌。白克洌立即像见到外星人一样凝视着子陌。那目光充满了探究和考证，就像两只偶尔碰面的虫子，小心翼翼伸着柔软的触角，接着拉着她的手说了一长串英文。

子陌和胖姐愣在那儿，不知所云。翻译也是一脸惊愕，半晌才反应过来，凑到子陌的耳边说："白克洌女士说希望你的梦幻模特队能成为'雨诗妮'服饰的代言人。你愿意吗？"

子陌顿时兴奋地看了胖姐一眼并得到她肯定的眼神后，激动地说："我们愿意！"

子陌知道"雨诗妮"服饰是世界二十大品牌之一。在欧洲享有至高的尊贵地位。梦幻模特队一旦成为这个品牌的代言人，将如它的名字一般，成为模特界的新的梦幻传奇。

台上的爱恨情仇还在风起云涌，台下的气氛也因为这个消息达到高潮，欢呼声和相互拥抱的热烈，那种成功的幸福已经忽视了台上的天昏地暗。

子陌眼眶中盈出粲然的泪光，忙了这么多天，终于有了可喜的回报。又看到台上的林洭，事业爱情双丰收，心里暖暖的。一回头，却看到苏雅在人群中闷闷不乐地出神。

"苏雅，苏雅，你怎么了？"

苏雅仿若未闻，还在静静地愣神。

子陌走过去，很担心地问："你怎么了？"

苏雅抬头看了眼子陌，又看了看旁边热火朝天的人群，终于抑制不住，扑到子陌身上大哭起来。

"哭什么？这么好的日子。"子陌一脸茫然，手足无措地问道。

打开一扇窗，却又关上一扇门。再无相逢之日，她幡然醒来，终于哭得不能自已。

"苏雅，你怎么了？"子陌疑惑道。

于是苏雅像洪峰到来般瞬间爆发，"哇"一声痛哭起来。哭得语无伦次浑身抽搐，大鼻泡儿特实在地喷在身边的名牌时装上。这哭声像西北的风，鬼一样哭号，划破人们的欢呼。

表演戛然而止，现场一片寂静，胖姐连忙跑了过来，一脸责怪地问道："你怎么了，这么重要的表演你干吗？"苏雅只忙着哭，就是不说话。胖姐急了："你这是要干吗，好不容易引来大客户让你要搅局了。"

苏雅一听，只剩下哽咽。她知道在这个时候控制不住自己的情绪，这次动漫服饰的招商达二千多万元。

这时，白克冽女士在翻译的带领下，来到她们中间询问怎么回事。

胖姐灵机一动介绍说："这位就是花千骨动漫系列服饰的主创人员。"

白克冽女士连忙称赞道："You are beatiful。"这句英语苏雅听懂了，因此立即露出喜极而泣的笑脸。

"对不起，对不起，她是喜极而泣。"胖姐一边说着给苏雅使眼色，意思是让她说因为太高兴才情绪失控。

谁知苏雅依然没有走出成功的悲伤。泪水像冬天墙上的积雪，在阳光照射下悄悄地融化。

"你怎么啦，能否告诉我们？"翻译代白克冽女士问道。

谁知，苏雅刚刚被关闭的泪腺又瞬间被打开，"哇"的一声哭了起来："我失恋了，为了设计这套系列动漫服饰，加班加点，冷落了他，他就不要我了……"

面对苏雅目中无人的哭泣，胖姐心死灯灭般杵在那，心想："全完了，全完了，订单不会给她们了。"

白克冽女士在翻译的口中得知这一情况后，立即跟翻译"咬耳朵"说了长长的一段话，而后转身走了。

胖姐一看连忙呼唤着追了上去。"静月轩"的姐妹们在发出呜呼一声的叹息后，开始交头接耳。有的指责她不应该在这个关键时刻闹这么一出，还有说她白白地把订单给搅黄了……

眼看苏雅就要成为众矢之的，翻译却在舞台上大声宣布："姐妹们安静一下，安静一下，下面我要宣布一个重要决定。"场面顿时安静下来。

"下面，白克浏女士委托我宣布。"说完她停顿了一下，然后环顾了一下四周，大声说道，"本公司正式确定花千骨动漫系列服饰为我公司旗下品牌，并聘请苏雅小姐为终身创艺总监。"

欢呼声如过山车的轰鸣回响在静月轩的上空。苏雅也平静了下来，决定将全部的力量放在事业上。"海归，你见鬼去吧。"于是她带着一身的轻松，向"静月轩"门外走去。

然而当她一脚跨出"静月轩"，发现海归嘉维手捧一束硕大的玫瑰挡住她的去路，并大声说道："我爱你，苏雅！"那眼神中，像盛开了一片珊瑚海。

见此，苏雅愣了一下，随后鄙视了一眼就往前闯。

结果，嘉维死死地挡住她的去路。

在拉锯样的几个回合后，苏雅生气道："你要干吗！"

嘉维后退两步，扑通一下单腿跪地，说："这些天我想了许多，夜以继日的辗转反侧，一字一句地嘴嚼反刍，只因为你的存在对我很重要。苏雅，我愿意做你的绿叶……"

苏雅在怔怔中，突然清醒似地喜极而泣上前接过了鲜花。嘉维顺势将她拥进怀里……

他用手背抚弄了一下她光洁的额头，心中涌荡类似新婚的柔情蜜意。那是一长串愉悦欢乐如火如荼的日子，他们就像熟悉多年的老搭档，瞬间就把剧情推向了高潮。

……

事后，苏雅得知，白克浏女士之所作出这样的决定，是因为听到苏雅为爱付出而设计出这套别具一格的动漫服饰，并说一名女性敢为爱牺牲成就一项事业，实在太感动人心了……不过这时苏雅更加明白一个道理："爱一个人最好的方式，是经营好自己，给对方一个优质的爱人。不是拼命对一个人好，那人就会拼命爱你。俗世的感情难免有现实的一面：你有价值，你的付出才有人重视。"

事业和爱情双丰收一时间成为"静月轩"最美的风景，生动妩媚，具足实相。

后　记

　　梦幻如诗一样的故事是牵动人心的最好篇章。却不知，最动人的篇章，往往是伤感得最令人落泪的。多少年来，历代文人墨客的追求华章不惜浓墨重彩，力求让自己的作品绽放璀璨的光芒。我亦孜孜以求。

　　青春里的故事，来过了就挥之不去。于是这些故事随着成人后的困惑和执拗，渐渐长成参天大树，矗立在本已"负债累累"的心房。有时候它化作旗帜，每一眼的眺望和注目，都会令人欣喜若狂；有时候它又化作高山，横亘在心头，推之不去。

　　《围城之外》里的爱情故事，在主公们非黑即白的偏执中成长起来，因此当"长大"的钟声敲响时，它却迟迟赖着不走，于是那些年难以释怀的情感，终于被重新收纳排列，展现在自己面前。几位女主人公的故事也许只是个案，但却折射出单身人群已经成为一种社会独特的群体并影响着社会。

　　为什么现在有那么多单身。因为眼光到位，实力没到位。因为自己长得丑还嫌弃别人长得太实在。很多女人总以为，一遇"良人"就能从此高枕无忧，但其实从来没有良人和恶人这个对立的标准可言。当你足够强大时，能够随时从一段糟糕的关系里脱身，就没有人能伤害得了你；相反的，如果你只是以弱者的身份存在，需要怜惜、需要保护，那么最初觉得你楚楚可怜的人，最终也会把你变成可怜的人。

　　爱情中缺乏独立人格、整天郁郁寡欢、没兴趣没自我的女性，无论爱自己的门槛有多低，他都进不来。因为我们生命中的每一天，都会遇见很多人，注

277

定有些人会带来不一样的意义。

"幸福的家庭都一样，不幸的家庭各有不同。"这句人人皆知的话，听起来容易做起来难。作为新时代的女性，我们既要宽阔的见识，也要乌黑如瀑的黑发。既要叱咤职场的自信，也要三口之家其乐融融的温馨。

相反很多女性在婚恋的价值取向上偏离了方向。譬如包养当成生存方式，反婚姻当作人生的跳板等等，完全背离了婚姻的主旨。相互利用的婚姻长不了，就如生意人样，只有永远的利益，一旦利他无用，你的悲惨就会到来。

人们常说，谎言就是谎言，不管你怎么重复，不管你有多相信，它们也不会成真。"信念成就未来，行动者有未来"这样的话也许在爱情关系中会起到作用，可是却阻止不了时间的改变。为此有人悟出了"不是在最好的时光遇见你，而是有你在，才是最好的时光！"

定稿于 2016 年 5 月